Erschienen
im Jubiläumsjahr 1997
bei Klett-Cotta

Ulrike Kolb

Roman ohne Held

Klett-Cotta

Gefördert durch ein Stipendium
des Deutschen Literaturfonds

Man mag so gern das Leben aus dem Tode betrachten, und zwar nicht von der Nachtseite, sondern von der ewigen Tagseite her, wo der Tod immer vom Leben verschlungen wird.

J. W. v. Goethe

Weimar, den 27. September 1826,
in einem Brief an Nees v. Esenbeck

MEINE ARME RUDERN, Wasser durch Mund und Nase, ich halte den Atem an, eine Drucksäule unter meiner Brust, sie stößt in den Magen, um meine Rippen ein Band, hart wie Metall. Zurück an der Oberfläche schnappe ich nach Luft, ein, zwei heftige Züge, dann ein Schwall Flüssigkeit mit Unrat vermischt. Ich habe diesen Moment schon einmal erlebt, denke ich, dieses sprudelnde Gemenge, verloren zu sein in einem Aufruhr der Dinge. Meine Arme schlagen ohne Wirkung, ich bin Teil eines Materialgemischs, im Kessel meines Hirns tobt es, von neuem taucht mein Körper unter, zieht den Kopf mit, noch wehre ich mich, noch will ich die toll gewordenen Gedanken einfangen, in Bahnen lenken, aber der Magnetismus versagt.

Noch einmal will ich die Knie anziehen und die Füße von mir stoßen, aber es geht nicht, um meinen Leib haben sich Wasserblasen gelegt, überziehen die Haut als stumpfe Hülle, jedes Körperhaar ist von ihr umgeben, vergrößert und erleuchtet, mein großer Leib unter mir, allmählich geben meine Arme Ruhe, meine Augen gleiten offen durch die Wassergrenze, mir ist, als kippte ich zur Seite und sänke zugleich, in Wirklichkeit hänge ich senkrecht im stillen Wasser. Ich will den in meinen Mund drängenden Strom zurückpressen, eine Anstrengung der Muskeln an der Wurzel meiner Zunge, ich huste, jetzt stürzt es in meinen Kehlkopf, die Muskeln verkrampfen und pressen die Stimmbänder zu, die Botschaft meines Hirns, die das Kinn zur Wassergrenze heben will, zerfällt auf dem Weg zu ihrem Ziel, ich schreie, doch was ich für den Schall meiner Stimme halte, bleibt eingeschlossen in meinem Schädel.

Ich strenge mich an, Töne sprengen von meinen Stimmbändern ab, kleine, kraftlose Explosionen, aber nur in meiner Vorstellung, ein letztes Mal strenge ich mich an, mein Leben lang habe ich mich angestrengt, ich habe mich so sehr angestrengt, daß ich aus mir heraustrat und mich selbst wie einen Fremden beobachtete. Kaum öffnete ich am Morgen die Augen, schon sank schweres Gewicht auf mich, wollte ich aufstehen, mußte ich den Felsen fortschaffen, der mich in der Nacht gefangenhielt, die Anstrengung ließ meine Adern hervortreten und die Gefäße meiner Wangenhaut platzen, was man für die mir eigene gesunde Gesichtsfarbe hielt, war nichts als das Ergebnis eines übergroßen Drucks, mit dem ich nicht fertig wurde.

Ich treibe dem Beckenrand zu, noch hallt mein nicht hervorgebrachter Schrei nach, noch höre ich das Gluckern und Gurgeln nachströmenden Wassers, dessen Strahl in der weißen Masse meines Leibs Wellen schlägt, von neuem verengt sich das Metallband um meine Brust, mein Herzschlag beschleunigt sich, hört plötzlich auf, hetzt weiter, galoppiert auf der Stelle, unter meinen Füßen, achsengleich mit meinem Körper, hat sich ein Trichter geöffnet, von seinem Ende geht ein mächtiger Sog aus, meine Lippen und Wimpern wehen durch Licht. Mein Herz gibt nicht auf, je nutzloser sein Pumpen, desto hastiger, mein Name wird gerufen, ein in der Ferne davonsegelnder Ton, das Wasser verliert die Farbe.

Jetzt herrschen neue Gesetze. Was, seit ich denken kann, Hirn und Muskeln verbunden hat, ist jetzt getrennt. Meine Augen liegen offen in Licht, sie werden von Licht umspült, um mich ist Helligkeit, Wände aus Licht, eine gleißende Tiefe, aus der sich, diesseits scharf begrenzt, eine plane Fläche hervorhebt, eine reine plane Fläche. Wieder die Stimme, ich kenne sie gut, es ist die Stimme meiner Frau, folgte ich ihr, spränge ich durch den Kopf in meinen Körper zurück, der sich, das sehe ich jetzt, von mir entfernt hat. Die Stimme kommt aus seiner Nähe. Hier die Stimme und da eine wunderbare Fläche.

EIN VON DER LIEGEWIESE kommender Mann hält, als sein Blick das Becken erreicht, inne. Auf der Wasserfläche schwimmt etwas, es sieht aus wie ein abgewetzter Ball, unter dem sich ein großer Schatten ausbreitet. Ohne zu überlegen springt der Mann ins Wasser, ich werde unter den Achseln gepackt und mit kräftigen Armen an den Beckenrand gezogen, auf meinen Wangen landen Schläge, die meinen Kopf hin und her schleudern, mein Rücken wird gegen den Beckenausstieg gepreßt, der Mann greift unter meinen Armen hindurch die Leiterholme und versucht, indem er untertaucht, mich auf seine rechte Schulter zu befördern, mein massiger Leib aber rutscht ab, meine Stirn schlägt an einer kantigen Sprosse auf, meine Haut platzt, Blut wölkt im Wasser, und ich falle zurück. Bevor der Mann das Becken verläßt, um Hilfe zu holen, zieht er sein Hemd aus und bindet mich damit an das Leitergestänge, das heißt, er schiebt, während er darauf achtet, daß ich über Wasser bleibe, das Hemd hinter den Holmen hindurch, wringt die Ärmel aus und knotet sie über meiner Brust fest zusammen, mein Kopf kippt vor, meine Unterlippe fällt als naßglänzender Wulst herab, ich sehe mich nicht wie zu Lebzeiten aus mir selbst heraus, sondern von außen, unter meiner von einem Haarkranz umsäumten Glatze schimmert mein Körper. Mit einem Kopfsprung taucht der im Gefolge zweier Helfer zurückgekehrte Mann ins Wasser, schwimmt zu mir, bindet mich los, schiebt den Kopf zwischen meine Beine und stemmt mich auf seinen Schultern hoch, die beiden anderen ziehen an meinen Armen, ich werde auf dem Boden vor dem Café abgelegt, da wo Schatten ist, zwischen meinen Lippen quillt Schaum hervor, ein Nest hellroter Bläschen, über meinen Körper und mein Gesicht schwärmen Ameisen und sammeln sich in meiner Nase, meinem Mund und meinen Augen.

Leute finden sich auf der Terrasse ein, jemand kniet neben mir nieder, greift mein Handgelenk, sucht meinen Puls, man muß ihm einen Spiegel vor den Mund halten, ruft jemand, verdammt, einen Spiegel. Nein, schreit ein anderer, man muß ihn mit dem Kopf nach unten hängen, das Wasser muß raus, und schon steigen zwei Männer auf eine Bank und versuchen, mich, der ich mit zur Brust gedrücktem Kinn vor ihnen auf dem Rücken liege, an den Beinen in die Höhe zu ziehen. Nach einigen mißglückten Versuchen, während derer mein Kopf auf den Boden stößt, beschließen sie, aufzugeben und mich auf einen Tisch zu lagern, die Tischplatte ist kürzer als ich, nur mein Kopf und mein Rumpf haben darauf Platz, meine Beine hängen herab. Jemand sagt, er habe den Notarzt gerufen, ein zweiter Tisch wird herangeschoben, ich höre das Quietschen des über dem Kachelboden schleifenden Metalls, meine Beine werden hochgehoben und landen auf erhitztem Marmor, dann werde ich auf die Seite gerollt, der Mann, der mich gefunden hat, versetzt mir mit der flachen Hand Schläge auf den Rücken, dabei kämpft er gegen ein hochkommendes Lachen an. Je mehr er sich zusammenreißt, desto schlimmer wird es, er kann kaum noch an sich halten, so stark ist der Lachzwang jetzt, bei jedem Schlag, den er tut, prustet es ihm zwischen den Lippen hervor, er hat den Blick fest auf mich gerichtet, als glaubte er, so nicht gesehen zu werden. Aus meinem Mund schwappen Wasser und Speisebrocken, der Geruch von Magensäure breitet sich aus, wieder auf dem Rücken, wird mir mit einem Griff unter das Kinn der Kopf in den Nacken gebogen, ein Lappen fährt über meine Lippen, die zusammengeklemmt werden, über meine Nase stülpt sich ein weitgeöffneter Mund, Luft stößt in meine Lungen, Hände pressen auf mein Brustbein, der Mann wendet all seine Kraft auf, Schweißperlen stehen ihm auf der Stirn. Zu denken, mein Leben liege in seiner Hand, hat eine gewaltige Energie in seinen Muskeln bewirkt. Der Druck seiner Hände ist so stark, daß mir eine Rippe bricht.

Die Leute stehen um mich herum und starren auf meinen Körper. Manche halten Abstand, manche wagen sich etwas näher an mich heran. Im klaren Licht der späten Sonne erscheinen die Dinge von harten Konturen umgrenzt, eine Stimmung hat sich ausgebreitet wie ein bitterer Geruch, der verrutschte Beinausschnitt meiner Badehose entblößt einen Teil meines Glieds und einen Hoden. Verstohlen richten die Leute ihr Auge darauf und wundern sich über die Alltäglichkeit dieses Anblicks, denn jetzt erwarten sie etwas Besonderes, sie haben das Gefühl, dem Leben näher zu sein als gewöhnlich.

Vor allem die Begleiterin meines letzten Abends

fühlt sich jetzt wichtig, da sie ja unter den Anwesenden die einzige ist, die von sich sagen kann, mich näher gekannt zu haben. Jetzt fragt sie sich, was sie mir gestern preisgegeben hat von ihrem Leben, denn heute weiß sie, daß sie gestern abend zu viel Rotwein getrunken hat, und sie erinnert sich, daß sie auf meine Frage, sind Sie glücklich, gelächelt und die Brauen in der Mitte zu hochgezogen hat, bis sie wie ein Accent Circonflexe über der Nase zusammenstießen, und daß sie mir die Frage zurückgab, sind denn Sie glücklich. Aber sie weiß nicht, wie schwach sie auf mich wirkt, wie unerträglich schwach, als sie nicht einmal eine Antwort abwartet, sondern gleich weiterredet, als die Wörter ihr aus dem Mund fallen, als ihre Augen, fast zu Zirkeln gerundet und ruhelos glänzend, am Blickziel vorbeirutschen, und als sie nicht mehr aufhört zu lächeln, so als wollte sie mit diesem Lächeln für das Ausmaß ihres Unglücks um Vergebung bitten.

Jetzt beugt sie sich über mich. Daß ich tot sein könnte, erregt sie, denn in ihrem ganzen Leben hat sie noch keinen Toten gesehen. Es erregt sie auch, daß sie ausgerechnet mir ihr Herz ausgeschüttet hat, ihr kommt sogar die Idee, ich könnte als Folge ihres an mich herangetragenen Elends gestorben sein, dann hätte ihr Schicksal wie tödliches Gift auf mich gewirkt. Außerdem ist sie froh, daß sie sich für die Unbeherrschtheit des gestrigen Abends aller Voraussicht nach nicht mehr entschuldigen muß. Schon beim Aufwachen hat sie nämlich der Verdacht gepeinigt, sie habe sich verraten, ja entblößt vor mir.

Ich hatte gehofft, zu späterer Stunde meinen Kopf in ihren Schoß legen zu dürfen, ich hatte eine genaue Vorstellung, wie ich dies tun würde, vor ihr kniend, die Hände um ihre Fessel und die Stirn auf ihren Knien. Mehrmals am Tage hatte ich daran gedacht, wie ich mit der Stirn den über ihren Schenkeln gespannten Rocksaum hochschöbe, auch wollte ich meinen Mund an die Wölbung ihrer Kehle legen und den Geschmack ihres Halses einsaugen. Von dem Moment an, wo die Frau mir eine Zusage für den Abend gegeben hatte, war der alte Druck von meinem Schädel gefallen, und ich spürte einen Funken Lebenslust. Als ich, um zu erreichen, was ich suchte, ihr Versprechungen machte und Interesse für ihr Leben vortäuschte, obwohl mir doch in Wirklichkeit nichts gleichgültiger war als das, und als sie betrunken und glanzäugig auf mich einredete und mich ein Ekel befiel bei der plötzlichen Zwangsvorstellung, sie liefe aus und ginge auseinander, und als mir war, wie wenn sie sich dehnte und weitete, wie wenn sie auseinanderflösse, und als, obwohl sie nicht weinte, ich ihre Augen überschwappen sah von Flüssigkeit und ihre Arme und Beine auftreiben, und als ich angewidert ihren nassen Mund, ihre aufgequollenen Lippen und ihr Geschlecht sah, ihre vor Übererregtheit genäßten Schleimhäute, als ich ihre ganze auseinanderfließende schreckliche Gestalt vor mir sah, und als ich mit einem zerstreuten Abschiedsgruß aus der Bar flüchtete und sie alleine zurückließ, erblickte sie in ihrer alkoholischen Klarsicht ihre eigene jämmerliche Gestalt, und dies erschreckte sie dermaßen, daß sie sich vollends zulaufen ließ.

Ein Arzt betritt jetzt die Terrasse, packt seine Gerätschaften aus und saugt mir die Atemwege frei, meine Zunge wird hervorgezogen und herabgedrückt, ein Tubus schiebt sich durch meinen Mund in meine Luftröhre, eine Klemme verschließt meine Nase, in mein Herz stößt eine Kanüle, ich werde auf eine Trage gelegt, mit Tüchern bedeckt und in einen Krankenwagen geschoben. Meine Begleiterin vom letzten Abend erhascht noch einen Blick auf meine Füße, es kommt ihr seltsam vor, daß diese Füße mit den verwachsenen Nägeln etwas mit ihr zu tun haben könnten, denn beinahe wäre sie ja meiner Aufforderung gefolgt, mit mir auf mein Zimmer zu kommen, dann hätte sie womöglich die ganze Nacht in der Nähe dieser Füße verbracht.

Ich, schreibt meine Tochter, indem sie mich meint, bin vollkommen ihrer Idee von mir ausgeliefert, dabei argwöhnt sie, ich könnte ihr zuvorgekommen sein, könnte ihr zu Lebzeiten bereits eingegeben haben, was sie nun Ich-sagend von mir behauptet. Ich, der ich sie ja schließlich gezeugt habe, bin darauf reduziert, das Ergebnis ihrer Fantasie zu sein. Die Hölle, das ist jetzt meine Fantasie, schreibt meine Tochter, das ist deine Hölle, mein Alter, mein Alter ego. Ob er wohl hört, wie ich über ihn denke, fragt sie sich.

Die moderne Medizin hat es ja geschafft, den Menschen aus ungeahnten Entfernungen ins Leben zurückzuholen, es gibt Berichte aus nächster Nähe zur Todesgrenze, denkt sie, obwohl Skeptiker ja vor dem Irrtum warnen, die dabei immer wieder auftauchenden Bilder für absolut zu nehmen, denn man müsse davon ausgehen, daß selbst im Todeserlebnis die Vorstellung eines Menschen nichts Eigenes sei, sondern vorgefertigt, vor Jahrtausenden schon in die Seele der Vorfahren gesenkt. Es reite sie der Teufel, bekennt meine Tochter, es befalle sie Übermut, ja Lust, und so gestimmt bürdet sie mir ihr Hirngespinst auf, eine postmortale Allwissenheit, die sie mit einem Kinderglauben vor sich rechtfertigt: Er ist jetzt im Himmel und kann alles, alles sehen.

Gnädigerweise entledigt sie mich dabei jeder Gefühlsregung, ich sehe alles, aber befreit von Lust, Trauer, Schmerz, Verlangen, Liebe, Neid und was da noch zu nennen wäre. Mein Himmel ist der kalte Blick. Meine Tochter meint, in meinem Leben habe es Geheimnisse gegeben, Abspaltungen meiner Persönlichkeit, Seiten, die ich vor ihr und der restlichen Familie verborgen hätte. Das überraschende Ausbleiben heftiger Gefühle, als man ihr meinen Leichnam zeigt, beunruhigt sie. Erst im Abstand von Tagen begegne ich ihr in einem Traum, der sie wimmernd zurückläßt.

In diesem Traum irrt meine Tochter durch einen langgestreckten Saal, dessen Boden mit Glassplittern bedeckt ist, es ist eine dichte Schicht winziger Splitter, die auf den ersten Blick aussehen wie Rauhreif, sich bei genauerem Hinsehen aber als sehr dünnes Glas erweisen. Bei jedem Schritt knirscht und splittert es, und in dieses Geräusch hinein mischt sich plötzlich meine Stimme. Sie kommt aus der Tiefe des Saals, meine Tochter kann mich nicht sehen, also folgt sie dem Ton der Stimme, die meine Tochter immer tiefer in den Saal hinein lockt. Da und dort meint sie zwischen den funkelnden Splittern einen Mantelärmel aufblitzen zu sehen oder einen Rockschoß, aber kaum ist sie dort, ist, was sie zu sehen glaubte, auch schon wieder verschwunden. Barfüßig über den Splitterboden laufend ruft sie nach mir, da liege ich in ihren Armen, eine Miniaturausgabe meiner selbst, in Trenchcoat und Hut ruhe ich wie ein Säugling an ihrer Brust, die Lippen liebessüchtig vorgestülpt wie einen Rüssel. Meingott, wie konnte ich dich nur übersehen, wirft sie sich vor, da hast du die ganze Zeit in meinen Armen gelegen und ich habe es nicht gemerkt, und sie wiegt mich, meine Ohrmuschel küssend, in den Schlaf. Der Traum läßt sie in Mitleid und Reue zurück, ihre Handflächen und Fußsohlen schmerzen wie nach Stockschlägen, so daß sie noch lange mit geöffneten Augen liegenbleibt, den Blick auf den Vorhang gerichtet, der den aufkommenden Tag in Form eines Lichtstreifens einläßt.

Hinter verschlossenen Türen macht sie sich an ihre Aufzeichnungen, heimlich wie die unter aufgeschlagenem Schulbuch versteckte Winzigschrift im Tagebuch einer von Liebe und Haß gebeutelten Halbwüchsigen. Manchmal glaubt sie, mich im Griff zu haben, dann wieder fährt ihr der Schreck in die Glieder, es wäre umgekehrt. Daß sie mich meint, wenn sie ICH sagt, ruft sie sich bei ihren Exerzitien immer wieder ins Gedächtnis. Denn wie leicht könnte sich vermischen, was doch getrennt gehört!

SIE ERINNERT SICH an unsere letzte Begegnung, es war in einem Sanatorium am Starnberger See, ich wartete vor dem Hotel, unruhig wanderte ich vor dem Eingangsportal auf und ab, ich, der ich Unpünktlichkeit haßte, wartete geduldig auf meine Tochter.

Meine Frau, der ich ein Opfer an Zeit gebracht habe wie niemandem sonst, wußte genau, daß sie mit ihren Verspätungen nicht nur meinen Zorn, sondern auch mein Verlangen hervorrief. Sie genoß es, fingerfächelnd, in den Wagen zu steigen, wo mein Fuß bereits auf dem Gaspedal wippte, sie genoß es, mich vor Ungeduld zittern zu sehen. Wenn sie dann beiläufig sagte, Liebling, mach dir nicht ins Hemd, schließlich wartet nicht der liebe Gott auf uns, floß ihr die Genugtuung ins Gemüt. Es bereitete ihr Vergnügen, seelenruhig ein Kleid nach dem anderen an- und wieder auszuziehen und dabei zu wissen, daß ich unten im Wagen wie auf glühenden Kohlen saß. Erst auf mein wiederholtes Hupen hin entschied sie dann, was sie an diesem Abend tragen wollte, zog sich in Ruhe an, frisierte sich das Haar, prüfte den Inhalt ihrer Tasche, lackierte sich die Fingernägel und setzte sich langsam in Bewegung, um dann, an der Haustür angekommen, mich zu bitten, die Tür abzuschließen, da der Lack auf ihren Fingernägeln noch nicht getrocknet sei. Sie kostete es aus, zu sehen, wie ich mich bezwang, nicht zuzuschlagen, und dabei zu denken, er hat mich zwar in der Hand, aber ich lasse es ihn spüren.

Ich trat meiner Tochter vor dem Eingangsportal

des Hotels mit ausgebreiteten Armen entgegen, ich trug einen abgetragenen Kamelhaarmantel, der mir, weil ich im Jahr zuvor ungewöhnlich geschrumpft war, wie ein Clownsgewand von den Schultern hing, umarmte sie, drückte sie an mich, stammelte Worte der Rührung, diesmal ohne einen Vorwurf, denn das Alter und die Vergeßlichkeit hatten mich längst gemäßigt, und meine Tochter wunderte sich über das Federgewicht von Vater, den sie doch als große, männliche Erscheinung in Erinnerung hatte.

Sie brachte mich in mein Zimmer, wo ich auf der Bettkante Platz nahm, ohne das Erschrecken in ihrem Blick wahrzunehmen. Vieles entging mir hinter dem Schleier meiner eingeschränkten Wahrnehmung, die mich nur merken ließ, was mir erträglich erschien. Meine Veränderung hatte sich nicht allmählich, unmerklich, im Laufe der Zeit vollzogen, so wie man es sich vorstellt in jungen Jahren, sondern plötzlich, gewissermaßen von heute auf morgen.

Zusammengesunken saß ich auf der Bettkante und richtete meinen Blick in das Gesicht meiner Tochter, mein rechtes Auge war von dem herablappenden Lid verdeckt, mein Haar war weiß, seit ich aufgehört hatte, es zu färben, mein Mund stand offen, und es entströmte ihm ein warmer, müder Geruch. Dies und die Zusammengesunkenheit meines Körpers erschreckten meine Tochter sehr.

Ich nahm ihre Hände, legte sie auf meine Knie und ließ meinen Blick in ihrem Gesicht nieder. Von ihrem Gespräch mit dem Sanatoriumsarzt ahnte ich nichts. Er bereitete sie darauf vor, daß ich bald ein Pflegefall sein würde. Gnädige Frau, sagte er zu meiner Tochter, und er beschrieb den Zustand meines Badezimmers, über den sich die Zimmermädchen täglich beschwerten. Das Klosett war besudelt, auf dem Boden hatte sich jeden Morgen eine Urinlache ausgebreitet, und manchmal verwechselte ich das Bidet mit dem Klosett. An manchen Abenden, nach schlechten Tagen, tropfte mir der Urin durch die Hose und drang in die Polster, wo er sich übelriechend festsetzte. All dies aber nahm ich längst nicht mehr wahr.

Ich blickte in die Augen meiner Tochter und tätschelte die auf meinen Knien liegenden Hände. Merkwürdig, dachte sie, wie dünn seine Haut ist, wie fleckig seine Hände und wie fleischlos seine Fingerkuppen. Und die Fingernägel, sie hätten längst geschnitten werden müssen. Das Weiße in seinen Augen, ich hatte ihn ganz anders in Erinnerung, ist nicht mehr weiß, sondern trübe, irgendwie schmutzig. Und was dieses kleine Rote in seinem Mundwinkel wohl ist, ob er Tomatensuppe gegessen hat, oder ob es eine kleine Wunde ist? Was er wohl denkt jetzt, wie er mich unter herabhängenden Brauen ansieht, so wie er mich früher nie angesehen hat.

IN EINEM RESTAURANT am Baseler Bahnhof sehe ich zwei Männer an einem Tisch sitzen. Länger als drei Stunden sitzen die beiden schon so da. Das Menü ist beendet, der Espresso ist getrunken, und der Cognac wird gerade aufgetragen. Das Lokal hat sich geleert, die beiden sind die letzten. Es sind ein jüngerer und ein älterer Mann. Der jüngere ist mein Sohn.

Ich hätte es wissen müssen, daß Geld in ihm etwas wachkitzelt, was seine Illusionen nährt, ich hätte es an jenem Mittag, als ich mich mit ihm zum Essen traf, merken müssen, er hatte dreißig Tausender in bar abgehoben, nur um sie im Lokal vor den Augen der anderen Gäste und der Kellnerin aus der Tasche zu ziehen und damit zu spielen, als mich der Gedanke anflog, er wäre irrsinnig, ich habe einen Wahnsinnigen als Sohn, fuhr es mir durch den Kopf, wie er mir gegenüber saß und mit lockerem Handgelenk das Bündel Geldscheine auf die Tischkante schlug, über meine versteinerte Vatermiene lachend, in der sich meine Scham über meinen Sohn verriet. Ich sagte nichts dazu, war aber drauf und dran, das Lokal zu verlassen, unter den Augen der Kellnerin fächerte er die Scheine auf, ließ die Fingerspitzen darüber schleifen, blätterte, lächelnd, lachend, das Bündel auf und ließ es mit lockerer Schulterbewegung im Jackett verschwinden.

Jetzt sitzt er seinem Gläubiger gegenüber, intensiv hat er den Blick auf ihn gerichtet, er hat sich auf den Tisch gelehnt, um ihm so nahe wie möglich zu sein, während sein Gläubiger sich zurücklehnt, meinen Sohn wie aus der Ferne betrachtet und dessen Wortschwall an sich vorbeirauschen läßt. Als der Kellner den beiden zu verstehen gibt, man wolle das Restaurant schließen, und die Herren mögen sich bitte in die Bar begeben, hört er nicht auf, zu reden. Trotz seiner Körperfülle hat er einen leichten Schritt, seine Arme begleiten in schwungvollen Gesten seine Rede, mit der er versucht, seinen Gläubiger von einer in einer schlaflosen Nacht ausgeheckten Idee zu überzeugen. Nur bräuchte er zur Verwirklichung seiner Idee eine halbe Million Mark, genauso viel, wie er seinem Gläubiger schuldet. Er sitzt im Sessel, und sein Gesicht hat sich zu einem Lächeln verzogen, an dem jedes Wort, jede Bitte, jedes an ihn herangetragene Begehren abprallt.

Das Lächeln meines Sohnes hat mich schon immer irritiert, schon oft saß ich ihm gegenüber und habe gedacht, ein hinter einer Glaswand sich bewegender Mund stoße Wörter aus, die nichts mit dem zu tun haben, was an mein Ohr dringt. Das Lächeln meines Sohnes war eine Wand.

Der Ältere, der Gläubiger meines Sohnes, wundert sich, die widersinnigen Reden des jungen Mannes lassen ihn an der Wirklichkeit zweifeln, er fragt sich, ob dieser Mann, so nennt er ihn für sich, noch zurechnungsfähig ist oder ob er es mit einem Verrückten zu tun hat. Mein Sohn trägt seine Idee so verschlungen vor, daß sein Gläubiger sie nicht versteht. Er hat es aufgegeben, die vertrackten Ideen meines Sohnes nachzuvollziehen. Nachzufragen, so gut kennt er meinen Sohn, würde eine

Kette umständlicher Erklärungen auslösen, von denen doch keine Klärung zu erwarten wäre. Er weiß jetzt, daß das Geld, das er in die Firma meines Sohnes investiert hat, für immer verloren ist. Für sich selbst beschließt er, ein Auge auf die Erbschaft zu haben, denn er weiß, daß ich gestorben bin. Um meinen Sohn loszuwerden, sagt der Gläubiger, er wolle sich die Sache überlegen. Jeder, der die beiden jetzt sähe, würde merken, daß der Gläubiger meinen Sohn nicht ernst nimmt.

Aber mein Sohn merkt nichts. Wie immer merkt er nichts. Er hat sich das Merken abgewöhnt. Schon als Kind hatte er sich vor seinen Wahrnehmungen geflüchtet, denn sie hätten ihm ja die Wahrheit aufgezwungen, die er fürchtete, weil sie vor allem Verlassenheit bedeutete, eine sich in seinem Inneren auftuende Fallgrube, in der das Entsetzen lauert.

Als Knabe flüchtete er in den Wald, in seinen Lederhosengeruch, in seine Comicheftchen, in den mutterzarten Hautsamt seiner Armkuhle, später dann in den Protest gegen mich, in die Trautheit des Wohnkollektivs, in die müffelnde Dichte täglichen und nächtlichen Beisammenseins, in krude Selbstentäußerungen, in selbstzerstörerische Liebschaften, in die Erlöseridylle seiner Privatrevolution, in die freie Liebe, in Größe und Triumph imaginärer Siege. Und dann, nachdem all dies vorbei war, in die Welt des Geldes, in meine Welt, in der er hätte kämpfen müssen. Er wähnt sich heimisch hier und ist zugleich voller Hochmut, er glaubt, er könne, was ich mit dem Einsatz meiner ganzen

Kraft erreicht habe, mit lockerer Hand zuwege bringen. Meiner Zwanghaftigkeit, wie er mein frühes Aufstehen nennt, setzt er das Spielerische entgegen, meiner Regelmäßigkeit, mit der ich mich zur Arbeit begab, eine flexible Organisation des Tags. Er meint, ohne meine in seinen Augen altväterlichen Gesetze leben zu können, kommt in flekkigen Anzügen ohne Krawatte daher, erscheint federnden Schritts bei den Bankiers, Maklern, Brokern, sammelt Kunst, gibt Geld aus, das er nicht hat, sonnt sich in dem strahlenden Eindruck, den er hinterläßt, ein brillanter Kerl, ein ausgefuchster Geschäftsmann, einer, an den man sich halten muß, flexibel, modern, leicht, nicht wie der störrische Alte, der Geschäftemacher, der Dickkopf, der verkörperte Starrsinn, als der ich im Vergleich zu meinem Sohn erscheine.

Von seiner Reise nach Basel zurückgekehrt, zieht sich mein Sohn wieder in seine Wohnung zurück, in der er, getrennt von Frau und Kind, mit einer Katze lebt. Kommt er nach Hause, öffnet er den Wasserhahn gerade so weit, daß ab und zu ein Tropfen daraus hervorrollt, dann springt die Katze auf den Beckenrand und fängt den Tropfen mit der Zunge auf. Zu gern sieht mein Sohn die kleine, rosa Katzenzunge, wie sie sich hervorschiebt und unter der Hahnöffnung zittert. Er kann sich in diesen Anblick ganz verlieren, das beruhigt ihn, tröstet ihn, läßt ihn seine Katastrophe vergessen.

Als er den Briefkastendeckel scheppern hört und das schlurfende Aufkommen von Papier auf Papier, wirft er einen erschöpften Blick nach der

Wohnungstür, vor der sich ein Haufen unangerührter Briefe angesammelt hat. Plötzliches Läuten, und ein Ausdruck von Pein verzerrt sein Gesicht. Er wartet, bis die Schritte des Briefträgers sich entfernt haben und er die Aufzuggeräusche hört.

ICH SEHE MEINEN SCHWIEGERSOHN mit meiner Tochter zu der Bauruine fahren, die ich vor Jahren auf der Insel erstanden hatte und die nie zu Ende gebaut wurde, jene nicht veräußerbare Liegenschaft, mein Sehnsuchtsschloß, mein Orianda, das mich ruiniert hat. Die Sonne wirft lange Schatten nach Osten, als meine Tochter und ihr Mann sich dem Gebäude nähern. Auf dem Plateau einer Anhöhe, deren meerzugewandte Seite eine gewaltige Felswand bildet, erhebt sich eine schwarze Silhouette wie übereinandergeschichtete Tempel gegen den Himmel. Irgendwo winselt ein Hund. Der Westtrakt, unter dem der Felsen in sich zusammengebrochen ist, hat sich herabgesenkt, so daß die Geschoßdecken wie ein verschobener Kartenstapel übereinanderliegen. Die oberste Lage ragt in die Höhe, ein in den Himmel starrendes Skelett, festgehalten im Moment des Zerfallens, an einer einsamen Stahlstrebe baumelt ein Brocken Beton. Mit Stöcken in den Händen nähern sich meine Tochter und mein Schwiegersohn dem Gebäude, die Zufahrt ist von Unkraut zugewuchert, nur ein schmaler Pfad im Gestrüpp zeigt, daß hier vor kurzem jemand gewesen ist. Meine Tochter, Handgelenke und Fessel von Schnakenstichen übersät, folgt ihrem Mann, sie steigen die Stufen der unbefestigten und zum Teil auf Schrittbreite abgebrochene Treppe hoch, in die oberen Geschosse des Gebäudes. Jetzt bellt ein Hund aus nächster Nähe, und die Hand meiner Tochter sucht Halt, Du warst es doch, die hierher wollte, sagt mein Schwiegersohn. Er löst sich von ihr und geht voraus.

Als meine Tochter durch die Treppenflucht nach unten blickt, wird ihr schwindlig, sie bleibt stehen, mein Schwiegersohn steigt weiter hoch. Durch die Fensteröffnungen sieht meine Tochter das Meer, in der Ferne eine Insel, da plötzlich taucht der Hund auf. Es sieht aus, als wäre er aus dem Meer direkt durch das Fenster gelaufen. Es ist ein falbes, mageres Tier, fast nackt wirkend, von der Größe eines Kalbs, er kommt direkt auf meine Tochter zu, das Aufkommen seiner Pfoten ist zu hören und das leise Hecheln seines Atmens. Vorsichtig geht sie rückwärts, Schritt für Schritt tappt der Hund auf sie zu, schon fast ist er bei ihr.

Mein Schwiegersohn hat den Hund und meine Tochter die ganze Zeit beobachtet, er sieht, wie sie sich, Fuß hinter Fuß, rückwärts der Treppe zu bewegt, den Hund im Auge, hinter einer Säule verfolgt er, wie der Hund meine Tochter erreicht und seine Schnauze ihre Hand berührt, er hört, wie meine Tochter schreit, sieht, wie sie die Treppe hinunter fällt. Jetzt verläßt mein Schwiegersohn seinen Beobachtungsposten, kommt heruntergelaufen, den Mund weiß zusammengepreßt, dorthin, wo meine Tochter nicht, wie er dachte, mit gebrochenem Genick oder zu Tode gebissen am Boden liegt. Diesmal hat ihr genützt, was ich ihr einst beim Reiten beigebracht habe, sie hat im Fallen den Kopf eingezogen und ist wie eine Kugel über die Stufen gerollt. Dem Hund drückt sie jetzt einen Knüppel ins Maul, er springt hoch, schlägt wild den Kopf. Beim Blick in die Augen ihres Mannes weiß sie plötzlich, was er vorhatte.

Mein Schwiegersohn zieht eine Pistole aus dem Jackett und streckt den Hund nieder, und während er meine Tochter in die Arme nimmt, ihr Küsse aufs Haar drückt und mit seinem Hemd ihren zerbissenen Arm verbindet, verfliegt ihre eben gewonnene Erkenntnis. Was sie noch kurz zuvor in den Augen ihres Mannes hatte aufflackern sehen, rieselt wie Sand aus ihrer Erinnerung.

Jetzt, wo ich tot bin, sieht mein Schwiegersohn seine Stunde gekommen. Er eilt von Bank zu Bank und versucht, an meine Schließfächer heranzukommen. Nachdem ich, um Steuern zu sparen, unser Haus verlassen und meinen Wohnsitz in England, Italien, später in der Schweiz und auf der Insel genommen hatte und als mein Sohn sich der Studentenbewegung anschloß und meine Frau mich verließ und mir, als ich sie zum Tanzen aufforderte, einen Korb gab, verteilte ich mein Geld und meine Wertpapiere auf viele Schließfächer in vielen Banken. Aber die Schlüssel, die mein Schwiegersohn hat, passen nicht, und die Informationen, die ich ihm gegeben hatte, stimmen nicht. Mit listigen Fragen macht er sich an meine Frau, meine Tochter und meinen Sohn heran. Aber niemand weiß Bescheid. Zu Lebzeiten dachte ich, ich hätte meinen Schwiegersohn in alle Anlagen eingeweiht, denn ich wollte ja, daß er die Verantwortung dafür übernimmt, wenn ich einmal tot wäre. Jetzt sehe ich, daß ich selbst nicht mehr gewußt habe, wo ich meine Gelder und Papiere versteckt hatte. Da ich glaubte, meine Tochter verstünde nichts von Geld, und da ich meinem Sohn politisch immer noch nicht ganz vertraute, habe ich sie nicht in meine Geldgeschäfte eingeweiht. Meinem Sohn zahlte ich nur, nachdem er sich politisch besonnen hatte, einen Teil seines Erbes im voraus aus und erwartete, daß er sich dessen würdig zeige. Da die Vermehrung meines Geldes ebenso wie die Liebe zu meiner Frau oder das, was ich dafür hielt, die Triebkraft meines Lebens waren, aus der sich alles andere speiste, eine beständig in meine Seele hineinpulsierende Energie, die mich in wenigen Momenten sogar von dem mörderischen Druck auf meinen Schädel erlöste, war ich bestrebt, mein Vermögen in die Hände eines Mannes meines absoluten Vertrauens zu geben. Und niemand erschien mir vertrauenswürdiger als mein Schwiegersohn.

RÜCKLINGS AUF EINEN SEZIERTISCH gebettet werde ich von dem Sektionsgehilfen freigelegt. Mit Schwung zieht er die Tücher hoch, unter denen mein nackter Körper erscheint. Die Pathologin, noch im Gehen Kittel und Handschuhe überstreifend, wirft einen Blick auf das zur Sektion notwendige Arrangement, rückt den Eimer zwischen meinen Beinen zurecht und kontrolliert die Instrumente. Der Sektionsgehilfe begibt sich zu meinem Kopf, schnell und geräuschlos macht er sich an mir zu schaffen. Ein unscheinbares Skalpell in der Hand, löst er die Kopfhaut vom Schädelknochen und klappt sie nach vorn über mein Gesicht. Stirn, Nase und Kinn zeichnen sich unter der blaß geäderten Schädelinnenhaut ab. Der Sektionsgehilfe ist ein kleiner, rundlicher Mann, der gerne lacht. Wie er die Schädelsäge ansetzt, wie er ihr Geräusch durch gekonnte Kantenführung dämpft, wie er geschickt, fast elegant seine Handgriffe tut, bis sich die Schale löst, würde in einem Unkundigen wie mir, wäre ich noch am Leben, höchste Achtung hervorrufen. Die nun neben meinem Kopf ruhende Schädelkalotte dient als Schüssel für die lappige Hirnhaut. Mit ein paar Griffen nimmt der Sektionsgehilfe das Gehirn aus seiner Höhle.

Die Pathologin läßt lange den Blick auf den beiden Hemisphären meines Kleinhirns ruhen, als ob sie in den verschlungenen Windungen etwas bis dahin Verborgenes zu entdecken meinte. Aber es ist nur die Zerstreutheit am frühen Morgen, der Rest Nachtschwere ihrer Augen. Sie gibt sich einen Ruck und beginnt, mit einem Schnitt von einer

Schulter zur anderen meinen Körper zu öffnen. In ihrer praktischen Hand hat das Sektionsmesser jegliche Brillanz verloren. Nichts funkelt, nichts blitzt. Ohne Zögern findet die Schneide ihren Weg. Von der Mitte meines Halses aus geht es nach unten und von dort im stumpfen Winkel nach rechts und nach links. Wer hätte gedacht, daß eine nach außen geklappte Haut wie eine lässig über der Brust geöffnete Jacke herabhängt? Lebte ich, lachte ich darüber. Dunkelrotes, faseriges Fleisch und Fettgewebe bilden buntgestreifte Muster, bald durchtrennt von einer Schere, die aus Rippen und Brustbein ein Dreieck schneidet.

Jetzt hat die Pathologin freien Zugang zu den in meinem Brustkorb liegenden Organen. Jetzt ist sie hellwach. Mit einer Kelle schöpft sie Flüssigkeit aus den Nischen und gibt sie in den Eimer zwischen meinen Beinen. Daß die Stulpen ihrer schwarzen Gummihandschuhe fast bis zu den Ellbogen reichen, ist einleuchtend, wenn man sieht, wie tief die Pathologin in den Körperraum greifen muß. Auf den Zehenspitzen stehend, beugt sie sich über den Rand meiner Rippen und löst mit zielstrebigen Schnitten die Lungen, legt sie auf den über meinen Füßen hochragenden Tisch. Dick balloniert ruhen sie da, die rechte Lunge knistert unter dem Druck der Fingerspitzen, die linke ist ledrig vernarbt.

Die Arbeit ist anstrengend, von Zeit zu Zeit wischt sich die Pathologin mit dem Oberarm über die Stirn. Aus dem sogleich geöffneten Lungenlappen rinnt Wasser, fließt durch fingerweite Löcher in der Tischplatte ab. Schneidend spürt die Pathologin die Bronchiengänge auf, öffnet sie und betastet die Rötungen der Innenwände. Sie hat einen sicheren Instinkt und arbeitet leicht und präzise. Lebte ich, würde mich der Anblick ihres Könnens erfreuen. Um eine bessere Sicht zu haben, fährt sie ein paarmal mit der Dusche über das Gewebe und wischt mit dem Schwamm nach. Wie brüchige Glasur ist die Außenhaut meiner Lunge überzogen von einer rissigen Zeichnung. Die untersuchten und gewogenen Flügel werden in eine neben meinem Oberschenkel bereitstehende Schale gelegt.

Nun wird das Gekröse meines Rippenfells auf dem Tisch ausgebreitet, die Pathologin streicht darüber, wie man über einen zarten Faltenstoff streicht, bevor man ihn zu einer Bluse verarbeitet. Beinahe zärtlich ist ihr Blick auf die hellen Geweberüschen. Die empfindlichen Schichten werden mit zierlicher Schere präpariert. Dann wird die Leber vom Zwerchfell getrennt, herausgehoben und aufgeschnitten. Im Boden des Brustraums sammelt sich Flüssigkeit, und die Pathologin hat unentwegt damit zu tun, ihr Arbeitsfeld trockenzulegen. Die Leber auf dem Tisch über meinen Beinen glänzt ungesund dunkel. Die Pathologin hebt sie hin und her und betrachtet sie von allen Seiten, mal mit nach rechts, mal mit nach links geneigtem Kopf. Schnell trennt sie ein fingerspitzengroßes, von ihrer Pinzette gehaltenes Stück heraus und gibt es in ein mit Formalin gefülltes Glas. Immer wieder tupft sie den Schwamm auf Tisch und Organ, um einen ungehinderten Blick auf das vor ihr liegende

Material zu haben. Auch von Niere und Nebenniere wandern Teilchen in das Glas. Wie nun die Pathologin nach einem Parenchymmesser verlangt und sich daranmacht, meine Körperhöhle zu leeren, mit wendiger Hand und ruhigem Schnitt, verfolge ich von oben, den Blick auf den Rücken der Frau. Jetzt ist das Herz an der Reihe. Die Pathologin wendet sich ihm mit besonderer Ruhe zu. Sie schenkt ihm ihre ganze Aufmerksamkeit. Es in Händen wiegend, schätzt sie sein Gewicht. Sie rollt es herum, stuppt die Herzohren hoch und spielt damit, als hätte sie ein lebendiges Wesen vor sich, ein kleines Tier.

Sie wäre nicht eine Meisterin ihres Fachs, wüßte sie nicht augenblicklich, daß mein Herz zu groß und zu schwer ist. Mit leichtem Druck streicht sie über die aufgefaltete Klappe, sie soll gut auf der Tischplatte liegen. Daß die Sehnenfäden weder verdickt noch verkürzt sind, erkennt sie sofort. Zufriedenheit ist ihr anzusehen, als sie den sauberen Vorhof und die gotische Verästelung meiner Mitralis erblickt, Schönheiten am frühen Morgen eines Arbeitstages.

Wie heißt er, will sie von dem Sektionsgehilfen wissen, und da keine Antwort kommt, greift sie selbst nach dem gelben Schild an meinem linken Fußgelenk und entziffert meinen Namen. Dies schon ist eine Grenzüberschreitung, denn die Pathologin ist während ihrer Arbeit auf die Anonymität des Objekts angewiesen. Manchmal jedoch widerfährt ihr, wie jetzt, aus Neugier ein Lapsus. Indem sie mit der langen Schneide ihres Sektionsmessers aus meinem Herzen dunkles, mageres Fleisch zutage fördert, Gefäßgängen folgt, das Material mit den Fingerspitzen stößt, drückt und tastet, erforscht sie die besonderen Phänomene meines Falls. Zur gleichen Zeit macht sich der Sektionsgehilfe an meiner Wirbelsäule zu schaffen. Meine Brusthöhle ist ausgeschöpft, ihre gewölbten, vom Rippenfell umgebenen Wände leuchten rot und gelb wie von Damast bespannt. Exakt setzt der Sektionsgehilfe den Meißel an und wandert hämmernd meinem Kopf zu. Leicht läßt sich die obere Schicht meiner Wirbelsäule abschlagen. Zurück bleibt eine weiße Leiter, zwischen den Sprossen Felder von sattem Rost. Die Pathologin ist immer noch mit meinem Herzen beschäftigt. Ihr Messer fördert kleine und größere Narben zutage. Sie prüft die gelben Beete in den Kranzarterien und die Eingänge zu den Gefäßen. Währenddessen füllt der Sektionsgehilfe meine Schädelhöhle mit Zellstoff, klappt die Kopfhaut zurück und streicht mein Haar glatt.

Mein entspannt daliegendes Gesicht erweckt den Anschein vollkommener Unversehrtheit. Vorsichtig, als könnte mir eine Nachlässigkeit ihrer Hand noch gefährlich werden, hebt die Pathologin mein Herz in die Waagschale, nimmt Messungen an Wänden und Klappen vor und schreibt die Ergebnisse ins Protokoll. Als das Herz in allen Besonderheiten geprüft ist, wandert es in das neben meinem Oberschenkel bereitstehende Plastikbehältnis. Der Sektionsgehilfe nimmt jetzt die Gedärme in Empfang. Die Pathologin hat sie zuvor aus der Bauchhöhle gelöst und der Länge nach durch die Hände gleiten lassen. Der Sektionsgehilfe begibt sich damit in die hinterste Ecke des gekachelten Raumes, wo er die Schläuche in eine geöffnete Schere gleiten läßt, sie reinigt und samt einem eigens dafür bestimmten Gefäß in eine Plastikhülle schiebt. Später wird die Pathologin ihre Innenseite Partie für Partie in Augenschein nehmen. Sie ist sehr genau in ihrer Arbeit, und obwohl es sich in meinem Fall unzweifelhaft um Tod durch Ertrinken handelt, will sie doch auf eine Bestandsaufnahme bis ins letzte Detail nicht verzichten. So findet sie die Klarheit der Grenze zwischen Speiseröhre und Magen gestört. Wie eine Feuerqualle hat sich dort ein Geschwür ausgebreitet. Auch die Bauchspeicheldrüse weist rosarote Unregelmäßigkeiten auf, von denen ich, während ich lebte, keine Kenntnis hatte. Meine Hoden klaffen unter treffsicheren Schnitten auf, im Inneren braun und rauh dem Anschein nach.

Was aber das größte Entzücken der Pathologin hervorruft, ist die Gallenblase mit ihrem glimmernden Beutel. Ihr Gesicht leuchtet auf, ihre Lippen öffnen sich sogar ein wenig. Den letzten Messungen, den letzten Schnitten, den letzten Eintragungen ins Sektionsprotokoll folgt die Bemerkung „Rübe ab“. Dem Ton nach ein rituelles Abschiedswort, ein kameradschaftlicher Gruß an einen guten Mitarbeiter. Die Pathologin hat soeben meine Rübenarterie geöffnet, die einmal Kopf und Gesicht versorgt hat. Meine Organe werden in ein Sammelfach gelegt, später werden sie an eine zentrale Verbrennungsstelle geschickt. Die Pathologin wendet sich von mir ab. Sie zieht Kittel und Handschuhe aus, wäscht sich die Hände und blickt in den Spiegel. Lebte ich, senkte ich jetzt meinen Mund auf den Flaum ihres Handrückens.

Nun, da der Sektionsgehilfe meinen Körper geschlossen, gewaschen und mit Tüchern bedeckt hat, bin ich bereit zum Anblick meiner Lieben. Barthaar ist nachgewachsen, und in meinem Genick breitet sich blaues Gefleck aus.

ICH SEHE DEN KNABEN, der ich war, er reckt sich aus der Gruppe der Kirchenchorsänger, ich höre ihn „da wischt mir der Heiland die Tränen selbst ab" singen, er hat sich auf die Zehenspitzen erhoben und die Stimme weit geöffnet, sie soll hervorschallen, hörbar werden, von anderen Stimmen unterscheidbar. Das Gesicht des Knaben leuchtet, die Anstrengung läßt seine Schläfenadern hervortreten, seine Gesäßmuskeln ziehen sich zusammen, eine Spannung seiner Wirbelsäule entlang, einem Krampf gleich, der von flackernden Kerzen und unzähligen Köpfen gefüllte Kirchenraum gerät in Bewegung, in ein Schwanken, dem Knabcn ist, als wäre er auf hoher See, ihm schwindelt, vor seinen Augen flimmert es, gewaltige Schwünge treiben den Kirchenraum in die Höhe und in die Tiefe. In seiner Brust löst sich etwas wie ein flatterndes Tier, dessen er sich zu erwehren sucht, indem er laut, noch lauter singt, die Hände zu Fäusten geballt, wehrt er sich gegen den beschämenden Drang, sich in Tränen aufzulösen. Erst der sogleich zurückkehrende innere Druck befreit ihn, legt sich auf seinen Kopf und zwingt ihn in die stabile Senkrechte seiner Körperachse zurück, auf die Sicherheit des Bodens, befreit ihn von der unerträglichen Wirkung der Melodie und der Worte.

Wie später meine Frau so hat schon meine Mutter mir vorgeworfen, mir fehle die Ausgeglichenheit, die der Mensch braucht, wenn er zufrieden sein will. Sie hat vergessen, daß mich schon der erste Augenblick meines Lebens daran gehindert hat, jemals jemand zu werden, den man einen ausgeglichenen Menschen nennt, denn, das sehe ich jetzt, nachdem ich den Weg aus der Fruchtblase in das Becken meiner Mutter geschafft hatte, unter einem Druck, den zu überleben schon ein Wunder ist, blieb mein Kopf kurz vor dem Austritt ins Freie stecken. Mein blutiges Gesicht glich nach den durchstandenen Stößen dem Gesicht eines Boxers. Wie sehr meine Mutter sich auch anstrengte, das Pressen war völlig wirkungslos. Ihre Schreie hallten durch den Kreißsaal, kehlig, gegen ihren Widerstand und ihre Scham hervorgestoßen. Denn zugleich wollte sie mich hinaustreiben und in sich behalten, das sehe ich jetzt. Meine Mutter wollte mich nicht freigeben, obwohl die Preßwehen sie zu zerreißen drohten und obwohl sie dachte, ihre inneren Organe drückten sich durch den After nach außen und sie presse nicht nur mein, sondern auch ihr eigenes Leben aus sich heraus, und dieser Geburt genannte Vorgang wäre mehr ein todbringendes denn ein lebengebendes Ereignis.

Es vergingen viele Stunden des Kampfes, im Laufe dessen meine Mutter mehrmals dachte, es wäre eine Erlösung, einfach einzuschlafen, bis es der Hebamme gelang, mich mit ihrer eigenen Körperkraft ein Stück weit vorwärts zu schieben, sie legte dabei die verschränkten Arme unter die Brust meiner Mutter und preßte so den im Leib tobenden Inhalt nach unten. Dann packte sie mich und versuchte, mich aus dem Körper meiner Mutter herauszudrehen, was nicht gelang. Am Ende nahm sie die Zange zu Hilfe und zog aus dem blutenden, bis zum äußersten gedehnten Hautgewebe meinen

Kopf hervor. Mein linkes Ohr wurde dabei so unglücklich abgequetscht, daß es am oberen Rand abstarb. Dieses fehlende Stückchen an meinem Ohrrand war bis zum Ende meines Lebens ein Kennzeichen meines Äußeren.

Als die Hebamme mich endlich an den Füßen in die Höhe hielt, dauerte es noch lange, bis sich meine verklebten Lungen entfalteten, bis langsam die Luft in sie stieß und sie blähte, bis der erste Atemzug getan war. Man dachte schon, es würde nichts werden mit mir, und meine Großmutter hatte der Hebamme bereits nahegelegt, mich nackt ans geöffnete Fenster zu legen. Den vom Lachgas benebelten Blick auf das zerdellte, blau angelaufene, bluttriefende Stück gerichtet, das mit dem Kopf nach unten vor ihren Augen pendelte, wußte meine Mutter zuerst nicht, ob sie wollte, daß es einen Schrei täte, oder ob sie nicht eher darüber froh sein sollte, wenn es dabei bliebe, wo es zur Zeit noch war, nämlich dem Tod näher als dem Leben.

Da plötzlich stieß ein Winseln aus mir heraus, und ich tat den Atemzug, der meinem Leben den Anfang setzen sollte. Erst japste ich, riß stimmlos den Mund auf, dann schrie ich. Ich schrie aus Leibeskräften, und jetzt erst sehe ich die große Angst, die mich im Moment des Ausgestoßenwerdens packte und meiner noch formlosen Seele ihre unverwechselbaren Züge aufdrückte, diese für immer nur durch allergrößte Anstrengung zu bewältigende Angst, die gleichbedeutend war mit dem unerwünschten Zustand außerhalb des Mutterleibs, dem Leben. Eine Angst, die ich nicht wieder loswurde und deren Macht über mich ich erst jetzt erkenne.

Lebte ich und sähe, was ich jetzt sehe, würde mich die Unbewußtheit meines Tuns erschrecken, es würde mich ängstigen zu sehen, wie es mich treibt und welch ein geringer Teil von mir tut, was ich wirklich will. Und am meisten würde es mich empören, zu sehen, daß ich dies alles nicht merke, daß dies alles mit mir geschieht, als wäre da noch ein anderer, der über mich und mein Denken und Tun verfügt, zum Hohn meines Willens.

ICH WAR ZWÖLF JAHRE ALT, als ich in den Sommerferien mein Gesicht zwischen die Brüste des Dienstmädchens meiner Tante drückte, damals, Anfang der zwanziger Jahre, als ich und meine drei Vettern der Reihe nach bei dem Mädchen Marta antreten durften, während die anderen durch eine Ritze in der Tür zusahen, als ich, schaudernd vor Ekel in Martas Fischgeruch tauchte und gegen ihr Fluchen, denn sie zog die anderen vor, was hast du nur für ein verhautes Gesicht, du Köter, meine Initiation als Mann vollzog. Als Marta sich unter meinen Augen von der Montur befreite, mit der sie sich die Brust hochgebunden hatte, ein aus Leinenbändern bestehendes, zwischen den Brüsten und am Rücken gekreuztes Geflecht, das die Brustspitzen offen ließ. Damals, als ich, mutiger geworden, sie bat, ihr Geschlecht sehen zu dürfen, und als ich, da ich einmal unbeobachtet war, meinen Urinstrahl auf den Bauch des nackt auf einer Decke liegenden und kreischenden Säuglings richtete, der meine schöne Cousine werden sollte, nachdem die Tante mich aufgefordert hatte, einen Moment auf das Baby aufzupassen. Dabei dachte ich, den Himmel zu betreten. Ich hatte das Baby von der Decke genommen und ins Gras gelegt, meine Lust befriedigt, das Baby wieder abgetrocknet und auf die Decke zurückgebettet. Meine Cousine kreischte dabei, als täte ich ihr etwas Gutes an, damals, als ich anfing, meine mir selbst auch späterhin nie verständliche Sexualität zu entdecken und als ich Dinge tat, die ich später aus meinem Gedächtnis tilgte.

Zu jener Zeit näherte sich mein Vater dem Ende seines Lebens. Er lag in einem Sanatorium, nachdem man ihn von einem Lazarett nach Hause geschickt hatte. Er hatte aufgehört zu sprechen und starrte mit hängender Unterlippe und ausdruckslosen Augen in das Gesicht seines Gegenübers, egal, ob es das Gesicht eines Fremden oder das seiner Frau oder mein eigenes war. Es war, als stünde man einem Gegenstand gegenüber, der wie ein Mensch aussieht und sich wie ein Mensch bewegt.

All dies entdecke ich erst jetzt. Er konnte weder schmecken noch riechen, Farben hatten sich für ihn in Grautöne verwandelt, sogar die Lust an seiner sonst so geliebten Musik hatte er verloren und auch das Verlangen, zu uns zurückzukehren. Jedesmal wenn die Kur zu Ende gehen sollte, verschlechterte sich sein Zustand, und er wurde „dabehalten", wie meine Mutter sagte. Niemandem, auch nicht meiner Mutter, hatte er die Ereignisse mitteilen können, die ihn in seine trostlose Gefühlsverfassung gestoßen hatten. Meine Mutter erzählte mir später, was für ein mutiger Mann mein Vater gewesen wäre, ein tollkühner Reiter in der Heereskavallerie, er habe sich verdient gemacht bei waghalsigen operativen Aufklärungsritten, und er sei neunzehnhundertvierzehn bei der Vernichtung der Narew-Armee dabei gewesen, als Ostpreußen vom Feind befreit wurde. Solche Geschichten erzählte meine Mutter, und ich glaubte sie ihr. Jetzt sehe ich, in Wirklichkeit war mein Vater ein Melancholiker, der die Pferde liebte, weil sie ihn weniger bedrohten als die Menschen. Die Menschen ermüdeten ihn, auch meine Mutter ermüdete ihn. Am liebsten wäre er Pferdezüchter geworden, statt dessen hatte sein Vater ihn gezwungen, die gerade gegründete Glühbirnenfabrik zu übernehmen, die Anfänge meines Betriebs. Nach dem Krieg hat mein Vater kein Pferd mehr bestiegen, auf dem Speicher standen seine Reitstiefel, sein Sattel hing über einem Balken, seine Reitgerte aber lag auf dem Kleiderschrank meiner Mutter, jederzeit griffbereit, für den Fall, daß sie es für nötig hielt, mir eine Tracht Prügel zu erteilen.

Jetzt sehe ich, daß meine Mutter lange nicht wußte, wo mein Vater am Ende des Ersten Weltkriegs geblieben war. Länger als ein Jahr hörte sie nichts von ihm, sie ahnte nicht, daß er sich in einem Lazarett auf einer Pritsche wälzte, den Kopf voller Bilder und Geräusche, gegen die er sich nicht wehren konnte. Er war besessen von diesen Bildern und Geräuschen, für nichts sonst war noch Raum in seiner Vorstellung. Uns hatte er vergessen, nicht einmal eine Nachricht von seinem Aufenthaltsort ließ er uns zukommen, so daß meine Mutter schon dachte, er wäre gefallen.

Zwischen schmutzigen Pferdedecken dämmerte er dahin und sah bei geöffneten oder geschlossenen Augen immer dasselbe. Es waren die Bilder eines Tages im September, sie hatten sich in sein Hirn gebohrt und in seine Seele, es gab nur noch diese Bilder, sein ganzes Leben hatte sich auf einen immer wiederkehrenden Film reduziert: Mein Vater lag in einem Schützengraben, der Graben war durch eine Blumenwiese gezogen, hochgewachsene Gräser, Mohnblumen und Margeriten wippten über den Grabenrand, mein Vater lag rücklings auf dem Boden und blickte nach oben, Beine sprangen über ihn, Stiefel, jemand schrie, mein Vater dachte noch, ich träume, ich möchte immer in diesem schönen Graben liegen bleiben, da donnerte es plötzlich los, ein furchtbarer Lärm, etwas Schweres sackte auf ihn nieder, etwas Warmes strömte über ihn, und als er wieder zu sich kam, fand er sich unter einem aufgerissenen Leib, aus dem das warme Innere fiel. Mein Vater schaffte sich darunter hervor und sah seinen Kameraden bei vollem Bewußtsein mit dem Rücken an einem Baum lehnen, den Leib vom Hals bis zum Geschlecht aufgeschlitzt. Noch nie hatte mein Vater einen Menschen so schreien hören, er wußte nicht, daß solche Töne menschenmöglich sind. Dies war der Moment, über den mein Vater nicht hinwegkam, so wie Kinder in einer Altersstufe stehenbleiben, wenn sie über ein Erlebnis nicht hinwegkommen.

Mein Vater, der nie so lebenstüchtig war wie meine Mutter, dem die meisten seiner Geschäfte mißrieten, der, passiv und gutgläubig wie er war, seiner Sekretärin eine große Summe Geld lieh, die er nie zurückbekam, mein Vater, der es nicht verstand, sich die richtigen Leute zu holen, mein Vater, von dem ich ein ganz anderes Bild hatte, als das, welches ich jetzt sehe, hat am Ende nicht mehr leben wollen. Meine Mutter empfand es als eine Schande, daß mein Vater den Verstand verloren hatte und daß er im Irrenhaus war, wie sie das Sanatorium insgeheim nannte.

Als er schließlich doch nach Hause zurückkehrte, erwartete sie von ihm, daß er endlich wieder seinen Pflichten nachkäme, daß er sich um die Glühbirnenfabrik kümmere und weitere Kinder zeuge, daß er nun, da der Krieg zu Ende war, den allgemeinen Aufbau in die Hand nehme, damit die Familie es zu etwas bringe, jetzt, wo Glühbirnen gefragter denn je waren, jetzt, wo endlich eine Chance da war. Aber wenn sie ihm sein Lieblingsgericht vorsetzte, Sauerbraten und Klöße, stocherte er darin herum, bis sie ihm beleidigt den halbvollen Teller wegriß und „das sind doch keine Kommißnudeln" bellte.

Sie hatte keine Ahnung von dem unter seiner Kehle sich ausdehnenden Leerraum, in dem sich das Unbeschreibliche ausgebreitet hatte. Sah er mich, seinen Sohn, so sah er mich an einen Baum gelehnt, den Leib geöffnet wie ein aufgeknöpftes Jackett, und er hörte mich mit der Stimme seines Kameraden schreien, er hörte diesen Kameraden beinahe ohne Unterlaß schreien, nicht nur nachts, wo das Schreien wegen der Alpträume gewissermaßen an der Zeit und von meiner Mutter inzwischen geduldet war, sondern auch mitten am Tag, wenn er im Büro saß und Rechnungen schrieb, hörte er seinen Kameraden schreien, er hielt sich die Ohren zu, so daß seine Frau, meine Mutter, fauchte, so reiß dich doch zusammen, Mann, wie lange soll das denn noch gehn.

Meine Mutter hatte sich Rat bei einem Arzt geholt, der ihr Beruhigungstabletten verschrieb, die sie meinem Vater ohne sein Wissen unters Essen mischte. Sein Zustand aber wurde nicht besser, wieder wurde er in die Kur geschickt, und man versuchte es mit Thermalbädern, mit Kneippkuren, er watete durch kaltes Wasser und lief barfuß auf Kieselsteinen, ein Masseur walkte seine Muskeln, bis mein Vater vor Schmerz schrie, aber auch das half nichts. Meine Mutter war sogar schon so weit, seine Geliebte, die Sekretärin, zu dulden, wenn sie nur meinen Vater wieder dazu gebracht hätte, zu funktionieren.

Als wir ihn in Baden-Baden besuchten, wo er in einem schönen Hotel wohnte, empfing er uns, als wären wir Fremde. Er gab uns ohne ein Lächeln die Hand, und ich wunderte mich, wie schlaff sie war. Seine Augen kamen mir vor wie flache, schmutzige Scheiben. Komisch, dachte ich, ob dieser Mann mein Vater ist? Vielleicht ist er ja ein Fremder, der nur so ähnlich wie mein Vater aussieht, und der nur so tut, als wäre er mein Vater? Bald wird er wieder der Alte sein, sagte meine Mutter, wenn seine Verdauung wieder funktioniert und wenn sein Kreislauf wieder in Ordnung ist, dann wird alles wieder so wie früher, sagte sie immer beim Verlassen des Sanatoriums, und ich merkte, daß ihre Zuversicht gelogen war, denn ihre Stimme klang immer einen Ton übertrieben.

Inzwischen hatte meine Mutter die geschäftlichen Chancen wahrgenommen, die der erhöhte Bedarf an Glühbirnen nach dem Krieg bot, und mein Vater blieb wieder mehrere Monate in Kur. Zu jener Zeit war sie sogar froh, daß er fortblieb, denn sein sonderbares Benehmen schadete dem

Geschäft mehr als daß es nützte. Meine Mutter hatte Angst, die Leute könnten denken, er wäre geistesgestört, denn dann würden sie auch mich für geistesgestört halten, weil ja, wie jeder weiß, so dachte sie, solche Geschichten erblich seien.

Einmal, das sehe ich jetzt, hatte sie ein Gespräch mit dem Hausarzt, sie erklärte ihm, daß sie bereits vom ersten Moment an, als ich aus ihrem Leib gekrochen war, das Gefühl gehabt hätte, etwas würde mit mir nicht stimmen. Jetzt, wo ihr Mann, mein Vater, dermaßen außer sich geraten sei, frage sie sich, ob sie nicht, ohne es zu wissen, in eine erblich kranke Familie eingeheiratet habe. Der Arzt gab ihr den Rat, mich mit äußerster Disziplin zu erziehen und mich möglichst weit entfernt von dem kranken Vater zu halten, damit die Krankheit nicht auf mich überspringe. Damals fiel meiner Mutter der Widerwillen ein, den sie im ersten Moment meines Lebens empfunden hatte, und sie dachte mehrmals daran, daß es besser gewesen wäre, die Hebamme hätte mich gleich ans offene Fenster gelegt. Jetzt aber, wo ich nun mal da war, und wo sich herausstellte, daß ich der Sohn eines Verrückten war, wollte sie mit all der ihr zur Verfügung stehenden Kraft das Schlimmste verhindern. Sie wurde noch strenger als früher, gab mir Kopfnüsse, wachte unerbittlich über meine Zeit und die Erfüllung meiner Aufgaben, über meine Verdauung und über meine Ernährung.

Nach Baden-Baden durfte ich nicht mehr mitkommen. Dort schlich mein Vater täglich von der Massage zu den Kneippbädern, von dort zum Essen, dann legte er sich hin und ließ die Stimmen und den unbeschreiblichen Lärm des Tages im September auf sich eindröhnen. Er hatte angefangen, Schlaftabletten zu nehmen, manchmal so viele, daß er tagelang durchschlief. Die Besuche meiner Mutter wurden immer seltener, denn sie fürchtete, die Geisteskrankheit könnte auch auf sie selbst überspringen. Wenn sie aber doch einmal zu ihm fuhr, dann nur deshalb, um ihm ins Gewissen zu reden. Sie dachte immer noch, sie müsse nur eines Tages das richtige Wort finden, als gäbe es ein Zauberwort. Er aber antwortete nicht mehr, er redete fast überhaupt nicht mehr.

Als er noch einmal, gegen den Willen meiner Mutter, für ein paar Wochen nach Hause zurückkam und wie ein subalterner Angestellter schweigsam den Dienst in unserem Betrieb versah, war ich froh, denn seine Gleichgültigkeit erschien mir wie Güte. Er ließ mir alles durchgehn und steckte mir Geld zu, wann immer ich darum bat. Jetzt sehe ich, daß ihm alles nur gleichgültig war. Es war ihm gleichgültig, ob ich rechtzeitig von der Straße nach Hause kam, ob ich meine Pflichten im Lager erfüllte und täglich zwei Stunden lang Glühbirnen in Kartons packte, oder nicht, ob ich meiner Mutter beim Abwasch half und mein Bett ordentlich machte, ob ich die kalten Güsse vornahm, die der Arzt mir als Prophylaxe gegen erbliche Geisteskrankheit verschrieben hatte, oder ob meine Verdauung richtig funktionierte, alles war ihm gleichgültig.

Die Gleichgültigkeit hatte sich auf seine Augen niedergelegt wie künstliche, über der lebendigen

Hornhaut liegende Scheiben aus blindgewordenem Glas. Morgens schlich er zur Arbeit, und abends schlich er zurück. Nach dem Abendessen nahm er seine Schlaftabletten, legte sich ins Bett und erschien am Morgen mit grauem, eingefallenem Gesicht wieder zum Frühstück.

Einmal hörte ich einen meiner Freunde einem anderen ins Ohr zischeln, sein Vater hat einen Gang wie jemand, der die Hosen voll hat. Seitdem schämte ich mich für meinen Vater. Aber als ich erwachsen war, dachte ich nicht mehr daran, ich hatte fast keine Erinnerung mehr an diese Zeit meiner Kindheit, und mein Vater war als fremder Mann in meinem Gedächtnis zurückgeblieben, eine verwischte Gestalt wie eine verblaßte Fotografie, die man, um sie lebendiger erscheinen zu lassen, koloriert hat.

Je mehr mein Vater verfiel, desto tätiger wurde meine Mutter im Geschäft. In ihrer Angst, daß alles zerfiele, daß auch ich von der Geisteskrankheit befallen werden könnte, und daß alles bergab ginge mit der Familie, ausgerechnet jetzt, wo der große geschäftliche Aufschwung angefangen hatte, ließ sie meinen Vater in Ruhe, das heißt, sie kümmerte sich so gut wie gar nicht mehr um ihn. Sie tat ihm nach wie vor Beruhigungsmittel ins Essen, was ihn, zusätzlich zu seiner täglichen Ration Schlaftabletten, in einem steten Dämmerzustand hielt.

Als er tot war, sagte meine Mutter, er sei an Herzversagen gestorben. In Wirklichkeit hatte er so viele Schlaftabletten genommen, daß er nicht wieder aufwachte. Jetzt sehe ich, daß er nicht mehr leben wollte. Er rasierte sich, zog ein frisches Nachthemd an, schluckte drei Röhrchen Schlaftabletten und legte sich ins Bett. Meine Mutter merkte es erst, als es schon zu spät war. Sie kam abends aus dem Betrieb nach Hause und fand meinen Vater immer noch im Bett liegend. Ich weiß noch, wie ich, erhitzt vom Fußballspielen, ins Zimmer stürzte, wo der Arzt, meine Mutter und das Dienstmädchen merkwürdig miteinander tuschelten. Ich wußte sofort Bescheid. Mein Vater wurde in die Klinik eingeliefert, wo man ihm den Magen auspumpte. Einen Moment hörte er noch das Schreien seines Kameraden, dann ließ er sich in das unendliche Grau sinken, begleitet von der freudlosen Stimme meiner Mutter. Er dachte noch einen Augenblick an mich, seinen Sohn, zu dem er jede Beziehung verloren hatte, und der für ihn nur einer der vielen Menschen geworden war, aus denen heraus die Bilder und das Schreien kamen. Jetzt sehe ich, daß ihm nicht einmal die nahe Todesgrenze eine Erlösung war. Meine Mutter brauchte mir nicht zu sagen, daß mein Vater gestorben war. Ich wußte es sofort, es roch gewissermaßen nach Tod.

MEINE FRAU WAR SPÄTER die einzige, die mich wirklich kannte, sie witterte meine Schwächen und meine Stärken, und da sie sich einmal für mich entschieden hatte, zog sie mich mit aller Kraft aus meinem Abseits, aus meinem Nichtraum, aus dem Ort, den meine Mutter mir zuweisen wollte, und der außerhalb der Gesellschaft war, so daß ich zeitlebens argwöhnte, eigentlich nicht dazuzugehören, gleichgültig mit wem ich zusammen war, immer war ich derjenige, der seinen Platz außerhalb des Kreises hatte.

Ich sehe mich, wie ich mit meinem für einen Knaben zu alten Gesicht am Rand des Sportplatzes stand, ich drückte die Fußballen in verlegenen Drehungen in die Aschenbahn, ich stand am Rand und wagte nicht, mich unter die ballspielenden Knaben zu mischen, die mich scheinbar ignorierten, mich aber verstohlen beobachteten, ich weigerte mich, an den Tanzstunden teilzunehmen, ich lästerte über „diese verweichlichte Spreizbeinakrobatik“, einsam wanderte ich an den Nachmittagen nach der Schule durch den Wald, band meine Hängematte zwischen zwei Tannen und schaukelte lesend hin und her, zum wiederholten Male las ich Dostojewskis Idioten und suchte immer wieder die Stelle, wo Graf Myschkin am Bett der toten Nastasja gemeinsam mit dem Mörder um die Geliebte weinte, anstatt ihn zu töten, weinte der verrückte Graf gemeinsam mit seinem größten Feind. Es fesselte und ängstigte mich zugleich, wie der Graf auf schreckliche Weise seiner Schwäche erlag, denn so verstand ich die Szene am Totenbett.

Ich aber wollte meiner Schwäche nicht erliegen, mit Macht und notfalls mit Gewalt wollte ich in das Leben hinein, wollte mir beweisen, daß ich zu dem, was man Leben nennt, taugte. An der Seite Robertas, meiner Frau, nahmen meine Gesichtszüge den Glanz der Erfolgreichen an, plötzlich sah ich nicht mehr um Jahre älter aus, als ich war, an ihrer Seite gab ich eine blendende Erscheinung ab, damals, zur Zeit meiner Erfolge, da waren meine Frau und ich ein beneidetes Paar, sie und ich schienen damals wie füreinander gemacht, und sogar ihr Geliebter trat damals in den Schatten.

Als ich eines Nachts in ihre geöffneten Augen sah, entdeckte ich, daß dies dieselben Augen waren wie die des kleinen Mädchens, das sich mir, als ich zwölf war, näherte. Durch den Aufprall eines Fußballs auf meinem Nasenrücken schoß mir das Blut aus der Nase, ich lehnte den Kopf gegen die Wand und ließ das Blut frei aus mir heraustropfen und beobachtete, wie es auf dem Trottoir eine Lache bildete, da drängte sich das Mädchen an meine Seite, erschien in meinem Blickfeld und sah zu mir hoch. Es hatte wunderbare Augen. Ich fand das Mädchen wieder während der weihnachtlichen Schulfeier, es war die Schwester eines Klassenkameraden, von da an verfolgte ich das Kind heimlich, ich ging ihm nach und lockte es mit Bonbons oder Murmeln in meine Nähe, nur um mich in seinen Augen wiederzufinden, ich wollte den Augenblick, während das Blut aus meiner Nase tropfte, wiederholen.

In den zu mir aufblickenden Augen des Mädchens fand ich etwas Vertrautes, etwas, was mich zugleich tröstete und beunruhigte, und von dem ich damals nicht wußte, was es war. Als ich mich in der Nacht beim Blick in die Augen meiner Frau an das Kind erinnerte, glaubte ich, daß dies die einzige Möglichkeit war, mich aus dem Zustand des Nichtdazugehörens zu befreien, in meiner Frau liebte ich dieses Mädchen, ihre Mädchenhaftigkeit und Neugier, und wenn ich nach Geliebten suchte, suchte ich immer nach diesen Frauen, nach dieser Ungerührtheit, die von meinen Zerstörungswünschen nicht berührt werden konnte. Als ich älter war, nahm ich das Mädchen einmal auf den Schoß, jetzt sehe ich mich auf der Bank hinter dem Sportplatz das Mädchen auf dem Schoß halten, es sieht aus, als hätte ein Vater seine Tochter auf dem Schoß, das Mädchen griff lachend nach meinem Adamsapfel, der zu dieser Zeit besonders groß und hervorspringend war, er zuckte auf und ab, das Mädchen machte sich einen Spaß daraus, danach zu greifen, als könnte es, wenn es nur schnell genug wäre, das hüpfende Vögelchen, als welches das Mädchen meinen Adamsapfel bezeichnete, festhalten, was ihm nur gelang, wenn ich es zuließ. Ich foppte das Mädchen so lange, bis es seine kichernde Siegesgewißheit aufgab und in einen bettelnden Ton verfiel, das Vögelchen soll stillhalten, mach doch, bitte.

Das Mädchen wollte aber nur so lange mit mir zu tun haben, wie es noch ein Kind war, als es in die Pubertät kam, war ich abgemeldet. Eifersüchtig sah ich zu, wie das Mädchen die Nähe eines Klassenkameraden suchte, wie es in das in meine Richtung geworfene Lachen des Jungen einfiel, der mich verhöhnte, wie es tat, als erkenne es mich nicht auf der Straße, und wie es im Sommer, auf der Schulhofmauer sitzend, absichtlich die nackten, braungebrannten, knochigen Beine vor mir baumeln ließ.

Ich betrachtete mein Gesicht im Spiegel und fand, daß es einer Fastnachtsfratze gleiche, ich haßte dieses Gesicht, ich haßte es so sehr, daß ich es mit einer Rasierklinge verletzte. Täglich streifte ich an dem Mädchen vorbei, meine Niedergeschlagenheit äußerte sich in beständiger Krankheit und am Ende in dem Ausbruch einer leichten Tuberkulose, worauf ich, in ein Internat im Allgäu verfrachtet, den Augen des Mädchens zeitweilig entkam.

Dort begann ich in einer mir wohltuenden Ferne von allem Vertrauten, von meiner Mutter, von dem Mädchen und von den mich beständig hänselnden Klassenkameraden ein sozusagen gesellschaftsfreies Leben. Es war ein Neuanfang in einer mich nicht sofort als Außenseiter erkennenden Gruppe, denn hier waren alle Außenseiter, es wimmelte von Ausgestoßenen. Ich verlegte mich aufs Lernen, ich paukte mich in der Schule an die erste Stelle. Meine Mutter nannte mich, wenn sie mich besuchen kam, einen Trauerpinsel, sie hätte es vorgezogen, mich mit sportlichen Aktivitäten beschäftigt zu sehen, anstatt versunken über Büchern, ich nahm an Gewicht zu, ähnlich wie mein eigener Sohn im gleichen Alter, und zum ersten

Mal in meinem Leben erfuhr ich Anerkennung. Damals lernte ich meinen späteren Freund Altmann kennen, denn auch er litt an einer Lungentuberkulose, auch er hatte schattige Falten um die Augen, und auch er war einer, der in der normalen Gesellschaft nicht dazugehörte.

DIE SCHULD, mein Leben auf eine Gehorsamsverweigerung meiner Mutter gegenüber gebaut zu haben, indem ich, den ersten Schrei ausstoßend, ihrem Nein zuwiderhandelte, diese Schuld setzte sich in mir, in meinen Sinnen und in meinem Fleisch als eine Substanz fest, sie war der Kern meines Wesens, wie ich zu Lebzeiten gesagt hätte, ein fortwährend Bestätigung fordernder Kern, und nur wenn ich ihm Nahrung verschaffte, wenn ich ihn mit Gründen fütterte, war das innere, lebensnotwendige Gewicht da, der nukleare Mittelpunkt, in dem sich der zu meinem Funktionieren notwendige Druck erzeugte.

Die Wiederholung der immer gleichen Muster wirkt im nachhinein, aus der Entfernung des Todes betrachtet, wie eine serielle Ornamentik, und wenn ich mich im Alter von dreiundzwanzig Jahren sehe, wie ich der jungen, neben mir liegenden Studentin zur Bedingung unseres Beisammenbleibens absolute Pünktlichkeit und Ordnung abverlangte, und wie sie auf dieses Ansinnen ergeben einging, wird mir die gegenseitige, regelmäßige, sichtbare und voraussehbare Fügsamkeit der Seelen klar. So klar, wie sie den Lebenden verborgen bleibt.

Ich holte sie, die damals meine Verlobte war, am Bahnhof ab, aus einiger Entfernung sah ich sie aus dem Zug steigen, ich sah, wie sie in ihrem hellen, geblümten Sommerkleid die Zugtreppe herabstökkelte, ich sah, wie sie den Koffer heraushob, sie erblickte mich sofort und lachte mir zu, so kam sie mir entgegen, während sich, ohne daß sie es merkte, ihr Koffer öffnete und Wäsche entließ, nach und nach segelten Schlüpfer, Unterröcke, Strümpfe und Büstenhalter auf den Bahnsteig und bildeten eine Spur, bis jemand sie darauf aufmerksam machte.

Ich empfand Scham für diese der Öffentlichkeit aufgezwungene Intimität. Es war, als habe meine damalige Verlobte sich entblößt, als habe sie ihre Innereien dargeboten, sie erschien mir wie eine einzige Preisgabe, meine bis dahin noch empfundene angenehme Spannung löste sich sofort auf und verwandelte sich in Ekel. Was blieb, war eine Pfütze von einem Gefühl.

Als ich meine Verlobte in gebückter Haltung zurücklaufen und die Wäschestücke einsammeln sah, als ich ihren gebeugten Hintern sah und darunter ihre Fersen, von denen die Schuhkappen gerutscht waren, als ich sie so sah, sie schien nicht zu ahnen, welches Bild sie von hinten abgab mit ihrem sich rund wölbenden, von bieder geblümtem Stoff umspannten Gesäß, das sich mir entgegenreckte und das, je näher ich kam, als Riesenarsch auf mich zuragte, fiel die ganze Anziehung, die mich zu dieser Verlobung getrieben hatte, in nichts zusammen.

Die ganze kleinliche, von kleinlichem Geist und kleinlichem Geschmack bestimmte Welt meiner Verlobten, die vor allem danach strebte, sich gesellschaftlich höher zu schaffen und reich zu werden, was ich damals nicht erkannte, und die mich mit ihrer körperlichen Attraktivität für eine gewisse Zeit gefangenhielt, meinte ich damals in dem Bild von diesem geblümten Hintern zu erkennen. Scham befiel mich, ich wollte in der Öffentlichkeit nichts mit diesen lachsfarbenen, lappigen, hautigen, sich mir und der Öffentlichkeit preisgebenden Peinlichkeiten zu tun haben, und ich tat, als wäre ich ein meiner Verlobten Unbekannter, der sich höflicherweise bückt und mithilft. Ihr Hintern war mir in diesem Moment geruchsnah, ein mir vertrauter und plötzlich widerlicher Duft stieg mich an, ihr Rock war hochgerutscht, so daß ich den Strumpfsaum sah, unter dem sich ihr speckiger Schenkel zwischen sich feucht und geblümt knautschendem Stoff hervorquetschte, mir fiel das Wort blümerant ein, in der Folge wurde mir mein Leben lang flau im Magen, wenn ich diese Art Blumenstoff auf sich wölbenden dicken Frauenhintern sah.

Ich brachte meine Verlobte ins nächste Hotel, führte sie zum Essen aus und ließ mich danach nicht mehr bei ihr blicken. Sie wartete, wie ich jetzt sehe, zwei Tage in dem Hotel und versuchte, mich zu erreichen, indem sie alle paar Stunden bei mir das Telefon klingeln ließ, vor meiner Wohnung Wache hielt und sich mit meinem Freund Altmann in Verbindung setzte, bis sie in verzweifelter Stimmung abfuhr und mir die Verlobungsgeschenke samt einem bitteren Brief zurückschickte. Noch jahrelang litt sie unter dieser brüsken, unerklärten Abweisung, das sehe ich jetzt, in ihren geblümten, nach Achselschweiß, Hintern und Mouson Lavendel riechenden Kleidern und ihren hochhackigen Riemchenschuhen lag sie tagelang in Tränen aufgelöst auf dem Bett ihrer Großmutter, bei der sie sich ausweinte. Dann meldete sie sich zum Arbeitsdienst, bis sie sich mit dem reichen, sehr viel älteren, verwitweten Landwirt verheiratete, dem sie den Haushalt führte und der jedes Gefühl, das dem für mich empfundenen ähnlich war, von vornherein ausschloß.

Mich indessen hatte die frische, meinem Wesenskern gezollte Schuldzufuhr enorm belebt, und ich jagte neuen Verbindungen nach, nicht ahnend, daß, während ich Abende lang durch die Charlottenburger Bars zog, mein Freund Altmann seine Frau in demselben Hotelzimmer betrog, in dem ich meine verlassene Verlobte vergeblich hatte warten lassen.

JETZT SEHE ICH, daß meine erste Verlobte damals, als sie in dem geblümten Kleid aus dem Zug stieg, schwanger war, sie war gekommen, um es mir zu sagen, sie schämte sich, daß sie die Schwangerschaft erst im dritten Monat festgestellt hatte, schämte sich ihrer Unkenntnis vom eigenen Körper. Die Periode war ihr ein Mysterium, des öfteren war sie ausgefallen, da hatte sie sich nichts dabei gedacht, sie wußte nicht, was in ihrem Körper vor sich ging, wenn das Blut aus ihr herausstürzte, denn es stürzte entweder, oder es kam gar nicht, damals, als ich meine Schwäche dafür entdeckte, in ihre blutigen Lefzen zu dringen, gegen den Widerstand ihrer zitternden Muskeln. Je größer ihre Schmerzen waren, desto besser war es für mich. Es war eine Art süchtiges Verlangen. Wenn ich die nassen Tücher, die ihre Schmerzen linderten, gegen ihren Willen von ihrem Leib gezogen und ihre Hände von ihrem sich mir verbergenden Gesicht weggebogen hatte, konnte ich ihre Pein sehen, ihr entwaffnetes Gesicht, das mir noch bloßer erschien als ihr entblößter Körper.

Ihr Körper, der mir, als ich mich von ihr trennte, damals am Bahnhof, amorph und schwappig erschien, war in Wirklichkeit sportlich, geradezu gestählt, eine im Arbeitsdienst gehärtete Schönheit, ihre gebräunten Beine unter hellblauen Blumenröcken, das Haar mit Kämmen zu dicken Wülsten rechts und links über die Ohren gerollt, über ihrer Stirn die Kontur eines Stiefmütterchens formend, hell, klein, wendig, schlau. Man sagte von ihr, sie habe Haare auf den Zähnen, aber nach ein paar

Jahren des Zusammenseins mit mir war sie von nagenden Selbstzweifeln befallen, innerlich heulend vor Sehnsucht, und wenn sie neben mir schlief, erschien ich ihr noch entfernter als sonst.

Jetzt sehe ich es, und ich weiß, daß, hätte ich es damals gewußt, ich nichts geändert hätte, ich hätte sie, mein Liebes, wie ich sie nannte, und wie ich fortan alle meine heimlichen Geliebten nennen sollte, nicht anders behandelt als bisher. Im Gegenteil, es befriedigte mich, zu merken, daß ihre Gedanken mehr und mehr um mich kreisten. Je mehr sie sich bemühte, eine geschickte weibliche Strategie durchzuhalten, desto schwächer wurde sie, sie versuchte, wie es damals in den Frauenzeitschriften geraten wurde, sich rar zu machen, sie ahnte ja schon, daß ich die Verlobung irgendwann auflösen würde.

Denn seit wir bei einem Fest im Kreise ihrer und meiner Familie feierlich einander anzugehören gelobt hatten, war mein Interesse an ihr fast geschwunden, die Spannung hatte nachgelassen, ich hatte bekommen, was ich wollte, sobald sie mein Besitz war, fing sie an, mich zu langweilen, und das spürte sie natürlich.

Ich erinnerte mich später nicht mehr daran, wie ich meine erste Verlobte entjungferte, ich schob ihr ein Kissen unter das Gesäß und gab ihr nüchterne Anweisungen, wie sie sich halten sollte, ich spielte den Erfahrenen, um mein mangelndes Wissen zu verbergen, damals, als ich sie noch achtete, weil sie aus einem guten Stall kam, wie ich sagte, Unternehmerfamilie, Elektrobranche, alles hätte bestens gepaßt. Ich merkte nicht, wie sie weinte, als ich auf sie sackte, um sie ein zweites und ein drittes Mal zu Schmerzschreien zu treiben, und als ich ihr den Weg zur Toilette wies, im Bett liegend, nur den Arm bewegend, und grundlos mach schnell! sagte, nur um etwas zu sagen, denn es war mir peinlich, ihr besudeltes Hinterteil zu sehen, das sich mir entgegenreckte, während sie sich am Waschbecken wusch.

Sie zog den Waschlappen zwischen ihren Beinen hindurch und betrachtete ihn, ich konnte ihr Gesicht im Spiegel sehen, die Wangen hochrot, als käme sie vom Schlittenfahren, die Idee gefiel mir, ein vom Rodeln heimgekommenes Kind entjungfert zu haben. Sie bückte sich und legte ein dünnes Handtuch zu einem schmalen Wulst zusammen, den sie sich zwischen die Beine schob, dann zog sie ihren geblümten Schlüpfer an. Ich forderte sie auf, das Ding wieder auszuziehen, es sieht lächerlich aus, diese komische Windel, sagte ich, ich sprach, indem ich mich rauchend ins Kopfkissen lehnte und sie betrachtete, sie wand sich vor Verlegenheit.

Ich rauchte und öffnete kaum den Mund, während ich mit ihr redete, ich sagte, du warst gut. Was heißt das, wollte sie wissen. Du hast deine Sache gut gemacht, Liebes, sagte ich, und ich sah zu, wie sie ihre Hose wieder auszog und sich vor mich stellte, wie ich es verlangte, so daß ich das an ihren leicht geöffneten Beinen entlangrinnende Blut sehen konnte, zarte helle Rinnsale. Ich wußte nicht, daß mich dieser Anblick vor allem deshalb aufregte, weil er mich in der Tiefe meines Vergessens daran erinnerte, wie meine Mutter vor dem Spiegel saß und sich mit einer Rasierklinge verletzte, ich erinnerte mich daran, ohne es zu wissen, ich spürte nur die Wirkung der Erinnerung, und so zog ich meine spätere Verlobte am Handgelenk herab zu mir, kostete noch einmal ihre Schmerzschreie aus, betrachtete mein Glied, bevor ich es wieder in sie stieß und zwang sie, mir ihr Gesicht zu zeigen, was sie widerwillig gehorchend tat.

Die nach unserer Trennung bei mir eintreffenden Briefe von ihr öffnete ich nicht einmal, schon der Anblick ihrer Kleinmädchenschrift verursachte mir Übelkeit und rief sofort den Geruch in mein Gedächtnis, der am Bahnhof von ihrem geblümten Rock ausging, ich ließ die Briefe, ohne sie geöffnet zu haben, in die Mülltonne gleiten, bis keiner mehr kam. Auch wenn ich gewußt hätte, was sie mir schrieb, ich hätte mich nicht anders verhalten, ich hätte es nicht gekonnt, mein Ekel war so stark, daß schon ihr Name, hörte ich ihn in Verbindung mit einer anderen Person, Abneigung hervorrief.

Jetzt erst sehe ich, daß sie mir in ihren Briefen von ihrer Schwangerschaft schrieb. Zum Zeitpunkt unserer Trennung war es bereits zu spät für eine Abtreibung, sie trug tapfer ihr Schicksal, wobei ihr der Umstand zu Hilfe kam, daß viele Männer im Krieg fielen, so daß sie behaupten konnte, der Vater ihres Kindes hätte sie heiraten wollen, wäre aber gefallen. Ich ahnte nichts von meinem ersten Sohn, einem Frühchen, wie die Hebamme sagte, den seine Mutter während der ersten Wochen seines gefährdeten Lebens beinahe ununterbrochen auf ihrer Brust liegen hatte. Sie sah in seinem Gesicht mein Gesicht, ein vom ersten Tag alt aussehendes Kind, es trug meine einem Hund ähnlichen Züge, und doch päppelte sie das Balg, wie sie es manchmal in liebevoller Bitternis nannte, auf, flößte ihm tröpfchenweise die abgepumpte Milch ein, die zu saugen es nicht die Kraft hatte, und fluchte auf mich, ihren treulosen Verlobten, wenn sie ihre Brustspitze unter der gläsernen Pumpglocke sich ausdehnen sah und beobachtete, wie ihre Brustwarze hervorgesogen wurde, bis in dünnem Strahl die Flüssigkeit kam.

Sie sah ihr Leben verpfuscht, aber welches Leben war nicht verpfuscht in dieser Zeit, gegen Ende des Krieges, die Brüder entweder gefallen oder irgendwo an einer Front, werweißwo, alles den Bach runter, und dieses Balg soll geliebt werden, allem zum Trotz, trockenrotes, ältliches Gesicht, Schorf auf der Kopfhaut, ein Riesengeschlecht, fast ekelte es sie. Zwei Jahre lang stillte sie das komische und nie wie ein Kind aussehende Wesen. Es überstand die Flucht, auf hochgeladenem Wagen zwischen einem Neffen und einer Cousine, die das Balg zwickten, schubsten, hochwarfen und wieder auffingen, während seine Mutter vor dem Wagen herlief, auf dem das Nötigste in Kartoffelsäcken zusammengepackt war, jetzt ist sowieso alles egal, der Betrüger, der Scheißkerl, dachte sie und wünschte mir den Tod, stellte sich mich vor mit zerrissenem Leib, so bleich wie die, die man im Straßengraben mit den Füßen beiseite schob und manchmal flach verscharrte.

Dennoch wurde dieser Sohn sieben Jahre alt und ging sogar zur Schule. In der Rede seiner Mutter wurde ich zum Kriegshelden, dein Papa war ein mutiger Mensch, er war sehr lieb und sehr treu, und ich wünsche dir, daß du wirst wie dein lieber Papa, der in Rußland gefallen ist. Sicher hat er im letzten Moment an dich gedacht, ja, er konnte das Lied vom Kameraden singen, und du hast auch einen, einen Schutzengel im Himmel, was konnte er lachen! Meingott, was haben wir gelacht, und er hat gesagt, ich soll dir die Geschichte vom großen Bären erzählen, der sich von der Erde an den Himmel gezaubert hat und den du, wenn die Sterne leuchten, sehen kannst, dann sprich mit ihm, Söhnchen, sagte meine erste Verlobte zu meinem Sohn, von dem ich nichts wußte, und der mit sieben Jahren an den Masern starb, hochfiebrig von einem Bärenvater träumend.

Die Masern hatten sich von außen nach innen geschlagen, Mundhöhle, Gaumen, das Innere des Halses übersät, das aufgequollene Kindergesicht meines Sohnes im hellgrünen Schleiflackehebett seiner Mutter, die einen Landwirt geheiratet hatte, gegen den mein Sohn vergeblich ankämpfte. Nacht für Nacht mit kläglicher Stimme, Mama, stahl er sich unter die Decke meiner früheren Verlobten, bis ihr Mann, der Landwirt, ihn daraus verscheuchte. Tracht Prügel, Geschrei, Rotznase, ins Bett gepinkelt, schnell die Wäsche gewechselt, in die Waschküche hinter den Bottich geknüllt, nächste Nacht das ganze Theater von neuem. Mein Sohn fieberheiß, die Haut pustelbestreut, die

Beine in nassen Kompressen, die Hand in der Hand seiner Mutter, ihre Stimme im Ohr, vor Augen die silbrige Himmelserscheinung, den Vater, den großen Bären am großen Himmel, leuchtender Held mit geöffneten Armen, in Lichtstreifen aufgelöst das Haar der Mutter, ihr Lächeln, horchwaskommtvondraußenrein, Tränen, Druck ihrer Hand auf die Stirn, schlapp, ganz schlapp, rumgerollt, nichts mehr tun, keine einzige Bewegung mehr, der arme Junge, meingott. Das kalte Hörrohr des Doktors auf der Brust, leises Weinen, Wadenwickel, zerknüllte feuchte Tücher auf Stuhllehnen hängend, fiebermüde Nächte, kleine Knabenhände, weiß, schwach zuckend, und seine Mutter, meine frühere Verlobte, flüsterte, der Bär beschützt dich doch, du schaffst es, direkt in sein Ohr hinein, aber mein mir wie aus dem Gesicht geschnittener Sohn starb, es stirbt ein Hund, dachte seine Mutter, als sie ihn ansah und feststellte, wie erleichtert sie war, und daß sie jetzt in Ruhe die Frau des Landwirts werden konnte.

DER DRUCK MEINER SEELE auf meine Brust, meine nach außen gekehrte innere Unruhe, der unter glattrasierter Haut brodelnde Unruheherd, einem Vulkan gleich, hat mich Zeit meines Lebens und bis in meinen Tod hinein nicht verlassen, bis in mein Sterben, wo er bis zum Platzen auf meine Lunge preßte, ein Druck, der mir den Schädel zu sprengen drohte, mich nach unten zwang, herab, auf den Boden, in die Erde, in das Innere der Erde, dahin, wo niemand mich sehen würde, wo die für immer Niedergeschlagenen einander begegnen, die, die keine Gefühle haben, an einen Ort der Entlebung. Von Entzauberung gar nicht zu reden, denn es sind ja nur wenige, sehr wenige, die von dem Zauber eine Ahnung haben. Mein Leben, obwohl es nach außen hin erfolgreich erschien, war nur der tägliche, stündliche, augenblickliche Versuch, den Druck auf meinen Schädel zu überwinden, ein Kampf gegen das Hinabgezwungenwerden, als läge über mir eine große, stählerne Hand, die über meiner Fontanelle ruhte und, auf meine Körperachse pressend, mich zu dem gedrungenen Wesen herabzwang, das ich war und das sich selbst nicht einmal hassen konnte, weil es nicht einmal zu dieser Empfindung fähig war. Es war ein Nichts, dessen abgewürgte Lebensimpulse allein durch Gewalt wiederzubeleben waren, durch Zorn, Haß und Zerstörungswut.

Und jetzt erst sehe ich, daß es nicht die Alkoholvergiftung war, die mich im Moment des Zusammenbruchs meiner Ehe und des Niedergangs meines Unternehmens beinahe das Leben gekostet hätte, sondern mein Scheitern im Kampf gegen diesen inneren Druck, der mich mehr als einmal in die psychiatrische Klinik brachte. Damals, als meine Frau, noch bevor wir geschieden waren, mit ihrem Liebhaber unter den Tanzenden auftauchte, einem jungen Mann, der aussah wie ihr jüngerer Bruder, da brodelte die Eifersucht in mir auf, die ich nicht wahrhaben wollte. Je öfter ich sie mit Alkohol zu löschen versuchte, weil sie den auf mir lastenden Druck ins Unerträgliche steigerte, desto schmerzhafter flammte sie auf.

Ich sehe jetzt auch, daß dieser stete, in einer unglücklichen Beschaffenheit meiner Charakterzüge gründende Druck etwas bewirkte, was meine Frau einmal mein inneres Feuer nannte. Es war eine mir selbst unbegreifliche Anziehungskraft auf Menschen, mit der ich so gut wie alles erreichen konnte, was ich wollte. Man hielt mich für einen Ausbund an Vitalität, man sagte, er strotzt vor Leben, und niemand argwöhnte, daß meine Ausstrahlung auf einem Irrtum beruhte.

Denn hinter meiner Haut verbarg sich der Tod. Nicht einmal meine Frau wußte, daß ich kaum in der Lage war, die für das tägliche Leben notwendige Kraft aufzubringen, wollte ich mich nicht ganz niederpressen lassen von der unsichtbaren Hand auf meiner Schädeldecke, die sich in den grauen Monaten von November bis Februar immer wieder auf mich legte, so daß ich mehrmals die Beendigung meines Lebens erwog. Vor allem in jener Silvesternacht, als meine Frau mit ihrem jungen Geliebten in der Runde der Tanzenden erschien und als mich das Unmaß an Alkohol, das ich in mich schüttete, nachdem ich mich vor ihr verbeugt und sie mir einen Korb gegeben hatte, bewußtlos machte. Wie ein geschlagener Köter schlich ich davon und landete in einem Zustand, wo alle Schleusen sich öffneten. Während ich ins Delirium sank, merkte ich, wie der Druck auf meinen Schädel nachließ, ich jedoch zu einem Meer auszulaufen drohte. Es war, als verflüssigte sich mein Körper, als träten Zelle für Zelle meines Fleischs und meiner Knochen in einen Auflösungsprozeß, dem ich dadurch entkommen wollte, daß ich meinem Leben ein Ende setzte.

Ich wälzte mich in Erbrochenem, mein eigener Gestank schlug mir entgegen, ich lallte, auf dem Rücken liegend, Arme und Beine wie ein Käfer in die Höhe gereckt, in vollkommener Hilflosigkeit. Aber der Schlaf war schneller als meine vom Trinken träge gewordenen Muskeln, so fand ich mich in einer psychiatrischen Klinik wieder. Meinen Kindern wurde dieser Zwangsaufenthalt verschwiegen, ebenso wie der Verwandtschaft, weil ich fürchtete, mein Anfall, der zu dem Aufenthalt in einer solchen Anstalt führte, könnte als Schande und als Zeichen mangelnder Disziplin angesehen werden oder als Folge geistiger Kraftlosigkeit, wenn nicht als Geisteskrankheit. Jetzt erst sehe ich, daß so gut wie niemand aus meiner näheren und ferneren Bekanntschaft von ähnlichen Anfällen verschont geblieben ist und daß manch einer, wie mein Freund Altmann, nur mit Hilfe starker Psychopharmaka seine Fassade zu wahren vermochte.

AUS DEM TOD HERAUS das Leben sehen, schreibt meine Tochter. Indem sie sich vorstellt, ich wäre derjenige, der schreibt, läßt sie Szenen des Lebens aufleuchten, die der Lebende vergessen hat, um sie in die Kellerverliese seiner Seele herabzupressen. So wie damals die Erlebnisse des jungen Wehrmachtsangehörigen, der ich war.

In einem von seinen Bewohnern hastig geräumten Haus sieht meine Tochter zwei junge Männer an einem Küchentisch Schach spielen, am Boden eine Batterie leerer Flaschen. Die angetrunkenen Männer haben einen langen Tag hinter sich, seinem Aussehen nach scheint der eine der beiden, der ich bin, älter, als er ist. Mit der Handfläche nach oben greift er den König und läßt ihn zwischen Mittelfinger und Zeigefinger pendeln, im selben Rhythmus wie der in seinem Kopf schlagende Satz, bin ichs oder bin ichs nicht. Es ist, als sei der Satz aus Metall, als gehorche er derselben Mechanik wie die Gewehrteile, die man ineinanderschiebt, und als stoße er, wenn er links gegen das Innere des Schädels rammt, zurück, in die entgegengesetzte Richtung, bis er mit hartem Schlag an die rechte Schädelwand donnert.

Am Morgen desselben Tages war der Mann dem Befehl gefolgt, mit seiner Einheit ein Partisanennest auszuheben. Ich sehe die Soldaten vor einer Höhle stehen, sie bewachen eine Gruppe Männer, die sie aus dem Dunkel gezerrt haben. Es ist November, und das Tal, auf das der junge Mann herabblickt, ist mit Nebel gefüllt, aus dem schwarz und zart die Baumgipfel ragen. So könnte es gewesen sein, schreibt meine Tochter, diese Dinge sind mitten in den schönsten Landschaften passiert, keine Schönheit hat so etwas verhindert.

Der junge Mann folgt dem Befehl, die Höhle nach Versteckten zu durchsuchen. Vor dem Eingang stehen die aus der Höhle getriebenen Männer und Frauen mit erhobenen Händen. Die Frauen halten die Handflächen in Schulterhöhe von sich gekehrt, so daß es aussieht, als hätten sie kleine Flügel. Vorsichtig betritt der junge Mann die Höhle, kein Ton ist zu vernehmen. Der junge Mann bin ich, ich stehe jetzt im Höhleneingang und lausche meinem eigenen Atem und dem Aufkommen meiner Sohlen auf dem festgetretenen Lehm. Erst allmählich läßt das durch den schmalen Eingang schwach hereinziehende Licht die Konturen eines Tischs, eines Ofens und einer Anhäufung Rüben oder Kartoffeln erkennen.

Ist da jemand, rufe ich. Langsam folge ich dem Schein meiner Taschenlampe und taste mich geduckt voran. Der Raum wird immer niedriger, und dort, wo die Rüben lagern, zwischen Zaumzeug, Sattel und Geräten, dort, wo im matten Licht die Gegenstände zu Schatten zerfallen, die kriechend auseinandertreiben, bewegt sich etwas. Ich nehme den erdigen, süßen Geruch der Rüben wahr. Etwas leuchtet in der Rille zwischen Wand und Boden auf. Ich werfe den Lichtstrahl hoch, höre etwas, ein Schnaufen, ein Rascheln, und plötzlich löst sich etwas aus der Anhäufung. Eine Rübe kugelt herab und löst einen Rutsch aus, so daß immer mehr Rüben bis zu meinen Füßen rollen. Etwas Schmales,

Weißes kommt zum Vorschein, dann ein Arm, eine Hand, ein Rücken, der sich noch geduckt hält, und der Zeigefinger meiner Rechten schiebt sich in den Abzug des Gewehrs.

Eine Gestalt richtet sich auf, ich kann nicht erkennen, ob es die eines Mädchens oder einer Frau ist. Sie kann mein Gesicht nicht sehen, denn ich stehe mit dem Rücken zum Licht, das durch den Eingang strömt, aber sie hält den Blick offen auf mich gerichtet. Ich kann ihr Gesicht jetzt sehen, es ist das einer jungen, vielleicht achtzehn Jahre alten Frau. Sie macht einen Schritt auf mich zu, erhebt die Hände, die mir zugekehrten Handflächen in Schulterhöhe. Ich atme ins Leere, unterhalb meines Halses hat sich ein hohler Raum gebildet, wo mein Atem verpufft. Ich schnappe nach Luft, und zugleich ist mir, als ersticke ich. Ich reiße den Gewehrlauf hoch, eine Drohung gegen die junge Gymnasiastin, als welche ich sie jetzt, nach meinem Tod, sehe. Ich sehe jetzt ihr Leben vor mir. Sie weiß, was sie jetzt erwartet. Ich sehe, daß sie aus einer wohlhabenden Familie kommt, ähnlich wie ich, ihre Eltern haben einen kleinen Betrieb in Krakau, und sie hat, wie ich, Klavier spielen gelernt. Ich sehe, daß sie versucht, mit einem erzwungenen Lächeln in die Augen ihres Gegenübers hinein ein Wunder zu bewirken, eine Regung.

Vor ein paar Wochen noch hätte sie sich gewundert, daß ein Mann, der ihr gegenübersteht, einen Gewehrlauf auf sie gerichtet hält. Vor ein paar Monaten noch hat sie sich nicht vorstellen können, daß ein junger Mann, der aussieht, als hätte er die gleichen Bücher gelesen wie sie selbst und dieselben Kinderszenen von Schumann auf dem Klavier gespielt und als träumte er wie sie davon, einmal nach Rom zu fahren, und dessen Aussehen sich nicht unterscheidet von dem Aussehen der jungen Männer auf dem Universitätsball, daß dieser junge Mann sie nicht zum Tanzen auffordert, sondern einen Gewehrlauf auf sie richtet.

Der junge Mann, der ich bin, weiß, daß er etwas tut, was ihn vollkommen von dem jungen Mann trennen wird, der er bis dahin gewesen ist. Es ist nichts als eine Kriegshandlung, sagt er sich. Aber er weiß, das stimmt nicht. Ihm dreht sich der Kopf, ihm ist übel. Das ist der Krieg, sagt er sich wieder, du stehst dem Feind gegenüber, die Frau ist eine Partisanin, entweder sie oder ich, sagt er sich und deutet mit dem Gewehrlauf Richtung Höhlenausgang, worauf die Frau mit erhobenen Händen folgt.

Draußen, wo die anderen stehen, ist es sehr hell. Der junge Mann wagt nicht, in dieser Helligkeit in das Gesicht der jungen Frau zu blicken. Einer von den Bewachern macht einen Witz und lacht. Der junge Mann lacht mit, er spürt den Blick der jungen Frau auf seinem Rücken. Der Blick schneidet ihm ins Rückenfleisch, dringt bis zu seinem Zentrum, seinem Seelenkern. Er lacht jetzt noch lauter. Entweder sie oder wir, wiederholt er sich. Entweder sie oder wir.

Jetzt soll er sehen, schreibt meine Tochter, die mir diese Geschichte unterstellt, was in der jungen Frau in dieser Stunde, von der sie weiß, daß es ihre letzte ist, vorgeht. Ich lasse mir nicht meinen Tod vorschreiben, denkt die junge Frau, nicht vorschreiben von diesem, und sie meint mich, diesem Soldaten, der sie aus der Höhle geholt hat. Diese Macht sollen sie nicht auch noch haben, denkt sie. Sie denkt, schreibt meine Tochter, an eine Zeile von Anna Achmatowa, an die Beschreibung eines Liebeszustands, der die rechte Hand in den linken Handschuh schlüpfen läßt. Und ich höre, daß die junge Frau, als die Grube ausgehoben ist und sie mit zur Schulter gehobenen Händen am Grubenrand steht, denselben Satz vor sich hin sagt, wie der Soldat, der sie aus der Höhle getrieben hat, am Abend desselben Tages: bin ichs oder bin ichs nicht.

Ich werde mich nicht wieder an diesen Tag erinnern, und ich werde auch keinem Menschen gegenüber jemals ein Wort darüber verlieren. Ich war Soldat, werde ich sagen, wenn meine Tochter später fragt, wie es sei, jemanden zu töten. Ein Soldat, verstehst du, das war kein Spaß, oder: Was weißt denn du, was man als Soldat durchmacht, sagte ich zu meiner Tochter. Glaub mir, ich war für den Lungenschuß dankbar, da konnte ich mich drükken. Was weißt denn du, sagte ich auch, wenn mein Sohn mir Vorwürfe machte und mich einen Faschisten nannte.

Die junge Frau mit den erhobenen Händen war für immer aus meinem Gedächtnis verschwunden. Manchmal träumte ich von ihr, und diese Träume häuften sich, als meine Tochter achtzehn wurde. In bewußtem Zustand blieb nur das von meiner rechten zu meiner linken Schädelwand stoßende Geräusch. Ich wußte nicht, woher es kam. Es tauchte überraschend auf, und wenn mein Schädel wie vom Schlag eines Stemmeisens dröhnte, wuchs das Geräusch zu einem metallischen Donner an, und vor meinen Augen tauchten Augen auf, die vor mir herpendelten und mich ansahen. Wimpernlose, lidlose Augen, wo ich auch hinsah Augen, von denen ein Schreien ausging, ein fast nicht hörbares Schreien in höchstem Ton.

ES FIEL MIR SCHWER, es mit anderen auszuhalten, aber noch viel schwerer fiel es mir, es mit mir selbst auszuhalten. Kaum hatte ich mich in einer Wohnung eingelebt, war sie mir auch schon zur Falle geworden. Kaum war ich irgendwo heimisch, zog es mich auch schon wieder fort, und als ich noch Junggeselle war, waren meine häufigen Umzüge schon sprichwörtlich. Kam ich abends aus dem Betrieb nach Hause, überfiel mich Müdigkeit, Erschöpfung, eine Lähmung der Sinne.

Meine Frau sah darin Zeichen von Überarbeitung, drohende Managerkrankheit, versuchte mich mit gutem Essen und schön gedeckten Tischen, mit ausgesuchten Weinen und immer neuen Schellackplatten in Laune zu bringen. Manchmal mied ich die Wohnung wie einen Infektionsherd, flüchtete mich in Abendgesellschaften, machte mich, kaum hatte ich das Essen heruntergeschlungen, aus dem Staub, entweder alleine oder in Begleitung meiner Frau. Kein Film, den ich versäumte, keine Einladung, die ich ausgeschlagen hätte.

Blieb ich aber zu Hause, wurden meine Glieder von unsichtbaren Gewichten herabgezogen, preßte sich mein schwerer Körper in das Liegenpolster, und mir war, als sänke ich durch alle Materialien hindurch in den Fußboden hinein und mit unaufhaltsamer Macht dem Erdinneren zu, ein Zustand, den ich zu vermeiden suchte wie eine schreckliche Krankheit. Denn er verurteilte mich zur vollkommenen Untätigkeit. Als ich noch Junggeselle war, konnte es vorkommen, daß ich tagelang, ja wochenlang diesem Zustand verfiel, der nach außen als Trägheit erschien, und es kam vor, daß ich nicht mehr aus meiner Wohnung herausfand. Hatte ich mich einmal eingenistet in einem Raum, fing dieser Raum an, mich zu beherrschen. Als junger Mann flüchtete ich mich mehrmals aus gemieteten Zimmern, ohne meine Sachen mitzunehmen, weil sich etwas dort ausgebreitet hatte. Ich wußte nicht, was es war, ich empfand nur eine Unerträglichkeit der Luft, eine klebrige Atmosphäre, die ich auf die Geschmacklosigkeit der Einrichtung schob, auf die Zudringlichkeit der Wirtin oder auf den Lärm der Umgebung.

Jetzt sehe ich, es war der Geruch meiner Gefühle, er hatte sich ausgebreitet, wie eine Staubschicht hatte er sich überall hin gelegt, jeden Gegenstand überzogen, es war mein eigener Seelengestank, der mich am Atmen hinderte und meinen ganzen Organismus paralysierte. Dann konnte ich morgens nicht mehr aufstehen, und nachdem jede entschuldbare Verspätung bei der Arbeit überschritten war, sagte ich mir, jetzt ist es sowieso zu spät und jetzt lohnt es sich schon gar nicht mehr. War ich dann bis zum Nachmittag liegengeblieben, umhüllt vom Pesthauch meines Selbst, war ich erst recht nicht mehr fähig, mich zu erheben. Ich konnte gerade noch meine Notdurft verrichten, aber schon aus der Küche eine Tasse Kaffee zu holen, war zuviel. Hinter meinen Augen war eine bilderlose Wüste, jedes Gefühl war aus mir herausgeflossen, und eine große Hand drückte mich in die Kissen.

Ich brauchte dann immer mehrere Wochen, bis ich wieder auf die Beine kam, und mehrmals war ich in Gefahr, mich überhaupt nicht wieder fangen zu können, sondern im Sud meiner ausgekochten Seelenstücke zu erkalten wie ein Schweineauge in einer Sülze, das einen durch den Gelee anglotzt, die Fettspuren der Trägheit im Blick.

Einmal habe ich wochenlang nur Wasser zu mir genommen. Ich vermied es, die Küche zu betreten, weil ich niemandem begegnen wollte, und weil ich mich davor fürchtete, mein zerstörtes Gesicht in den Augenspiegeln eines anderen zu sehen. Im Spiegel erkannte ich mich kaum wieder. Ich sah nicht mehr aus wie ein Mensch. Aus dem Dickicht des über meinem Gesicht wuchernden Barthaars äugte ein Köter. Bald ging ich dazu über, mich über der Badewanne ohne Spiegel zu rasieren, bis ich ganz auf die Rasur verzichtete, weil ich es nicht mehr schaffte, den Rasierapparat in Kinnhöhe zu heben.

Der Gestank meiner Gefühle hat sich auch auf meine Kinder niedergeschlagen. Auch sie müssen mit dieser Pest leben, ohne jedoch mit dem Kampfgeist ausgestattet zu sein, der mir noch gegeben war. Ich oder vielmehr etwas in mir riß mich im letzten Moment immer wieder aus meinen Zuständen heraus. Jagte, bevor es gnädig hätte zu Ende gehen können, wie Elektroschocks durch mein Gemüt, ähnlich den Schlägen der Hebamme. Meine Mutter witterte ja damals das von ihr zur Welt gebrachte Unglück, an dem sie künftig Schuld tragen würde, und deshalb verstehe ich heute ihr herausgeschrieenes Nein, bevor die Hebamme meinen Organismus zu einer Entscheidung zwang, als den Versuch, mich vor dem Schlimmsten zu bewahren.

VON MANCHEN MENSCHEN erhoffte ich mir, daß mich in ihrer Aura solche Zustände nicht ereilten. So auch von Luise, die ich mit zweiundzwanzig Jahren auf einem Faschingsball kennenlernte, als ich, angehender Gerichtsreferendar, von meinem beruflichen Erfolg ermutigt, nun auch das Glück in der Liebe fortzusetzen trachtete. Auf der Suche nach einer Frau glaubte ich, mein Leben zu planen, aber ich sehe, in Wirklichkeit plante das Leben mich. Die in mein Leben sich hinein verlängernden Umstände meiner Geburt sehe ich wie eine Graphik, es ist die Zeichnung eines Bündels immer gleicher Linien.

Als ich Luises wasserfarbene Gestalt sah, saß sie im Kostüm einer Meerjungfrau an der Seite ihres Vaters, ihr mit Pailletten besetztes Kleid verjüngte sich um die Beine herum zu einem Fischschwanz. Auf ihre Schultern fiel eisfarbenes Haar, ihre Augen wandten sich mir zu, sie lächelte nicht, sondern blickte aufmerksam ernst und ohne jede Koketterie. Etwas lag in ihrem Gesicht, was nicht ihrem Alter zu entsprechen schien, wie eine ungerührte Ruhe. Mein von der anderen Seite der Tanzfläche herübergeschicktes Lächeln wurde von einem Nicken beantwortet. Für mich gehörte enormer Mut dazu, zu ihr zu gehen und mich vor ihr zu verbeugen, denn ich war schüchtern und fühlte mich häßlich.

Niemand hatte sie bis dahin zum Tanzen aufgefordert, was ich der einschüchternden Wirkung ihres ungewöhnlichen Aussehens zuschrieb. Ich lächelte ihr zu, und sie lächelte zurück. Mir war, als spiegele sich mein eigenes Gesicht in ihrem, so daß sich meine ältlichen Züge verwandelten, meine bis zum Muskelschmerz angespannten Wangen und Lippen weich wurden, es aus meinen Augen aufflatterte wie Vögel. Nach längerem Hin- und Herblicken und Lächeln zwischen Luise und mir, als ich dann aufstand und mich zwischen den Tanzenden hindurchdrängte, mich zwischen schwitzenden, stampfenden, von Schminke verschmierten Narren hindurch zu Luise schob, die neben ihrem Vater saß und an ihrem Glas nippend mir entgegenblickte, als ich, endlich vor ihr stehend, mich verbeugte, ging eine sonderbare Bewegung durch ihr Gesicht.

Ihre Augen weiteten sich, und es war, als käme ein Schrei aus ihnen hervor. Ich glaubte schon, abgewiesen zu werden, und suchte nach einer Erklärung, die ich natürlich in meinem abstoßenden Äußeren zu finden glaubte, da zerrte sie ihren Fischschwanz hoch, riß ihn auf und schälte etwas daraus hervor, was aussah wie ein verschlungener Schlauch oder eine weiße Schlange. Dann sackte sie in sich zusammen und brach in Schluchzen aus. Ich war völlig hilflos, ich wußte nicht, was ich sagen sollte. Ihr Vater war aufgesprungen und hatte sein Jackett über ihre verkrüppelten Beine geworfen, und um uns hatte sich ein Kreis Gaffer gebildet, narrenhafte Gesichter, die töricht glotzten. Ihr Vater wollte sie schon auf den Arm nehmen und aus dem Saal tragen, und ich, eine Entschuldigung versuchend, stotterte, ich wußte ja nicht, ich wußte das nicht, da richtete sie sich auf, wischte sich übers Gesicht, und bat ihren Vater, noch dableiben zu dürfen und mir zu erlauben, mich zu ihr an den Tisch zu setzen.

Jetzt sehe ich, wie ich täglich nach der Arbeit zu Luise eilte, eine Zeitschrift, ein Buch, ein Tuch oder sonst ein Mitbringsel mit mir tragend, wie ich das erste Mal in meinem Leben zu einem Menschen Vertrauen faßte und ein Bedürfnis nach Nähe verspürte, wie dieses Bedürfnis erwidert wurde, und daß ich zu all diesen Empfindungen nur in der Lage war, weil mir Luise schwächer als andere Frauen erschien. Nur aus diesem Grund wagte ich, den Kampf aufzunehmen, denn ohne einen auf das Äußerste gerichteten Kampf konnte ich mir weder die Liebe noch sonst eine menschliche Beziehung vorstellen. Allein die Tatsache, daß Luise mir durch ihre Behinderung von vornherein unterlegen war, ermutigte mich.

Erst jetzt erkenne ich, warum sie sich so seltsam benahm, irgendwie abweisend, obwohl sie mich doch täglich bat, am nächsten Tag wiederzukommen. Es hatte nichts mit ihrer Behinderung zu tun, und es lag auch nicht an meiner Häßlichkeit.

Jetzt erst verstehe ich ihr Verhalten. Denn wenn ich mich auf ihrem Zimmer mit ihr alleine wähnte, wenn sie sich auf dem Bett ausgestreckt hatte und ich meinen Kopf in ihren Schoß legte, die Hände auf ihren nie über Kindergröße hinaus gewachsenen Füßen, wußte ich nicht, daß wir beobachtet wurden. Erst jetzt sehe ich ihre ausweglose Situation, sehe, daß so gut wie jede Minute, die wir in ihrem Schlafzimmer oder im Wohnzimmer verbrachten, überwacht wurde, daß wir fast nie alleine waren, daß all unsere vorsichtigen Zärtlichkeiten beobachtet wurden und daß Luise davon wußte. Durch ein Guckloch über dem Toilettentischspiegel äugte ihr Vater in ihr Zimmer hinein. Vor Aufregung zitternd saß er im Nebenzimmer und beobachtete uns. Legte ich meinen Kopf in Luises Schoß, klopfte er gegen die Wand und Luise hob meinen Kopf zur Seite und lächelte mich auf eine so hilflose Weise an, daß ich mich stotternd entschuldigte.

Eines Tages wollte ich nach der Arbeit zu ihr kommen, aber niemand öffnete die Tür. Luise und ihr Vater waren verschwunden. Niemand wußte, wohin. Weder Nachbarn noch die Putzfrau, weder die Vermieterin noch sonst jemand in der Stadt wußten etwas über sie.

Jetzt sehe ich, daß ihr Vater sie damals in ein Sanatorium brachte. Sie wehrte sich, sie schrie und tobte, bis man ihr eine Beruhigungsspritze gab. Ich ahnte nicht, daß ihr Vater unsere Verbindung nicht ertragen konnte und daß er sein Durch-die-Wand-Äugen vor seiner Tochter mit der Erklärung rechtfertigte, er müsse sie beschützen, er müsse verhindern, daß sie wehrlos den Gemeinheiten der Männer ausgeliefert wäre.

So hatte ihr Vater die Kontrolle über sie, und ich sehe auch, wie er sie, nachdem er sie abends auf dem Rücken ins Bett getragen hatte, auf eine Weise berührte, die ihr den Atem abschnürte, ich sehe seine Hände auf ihren Beinen, ich sehe ihn, wie er ihr Gesicht mit Küssen bedeckte und wie er ihr das Versprechen abverlangte, sich niemals einem Mann auszuliefern, und wie er sie beschwor, das zu bleiben, was er eine gute Tochter nannte. Wenn er sie trug, legte sie die Arme um seine Brust und ließ sich die Beine um seine Taille schlingen, ihr Kinn lehnte auf seinem Kopf, so konnte er sie über lange Zeit tragen.

Einmal, als wir an einem Sonntag zu dritt eine Wanderung machten, schleppte er sie über drei Stunden lang auf seinem Rücken. Mein mehrfach ausgesprochenes Angebot, ihn abzulösen, schlug er mit unwirschem Murmeln aus. Eine Weile ging ich hinter den beiden her, ich sah Luise auf dem Rücken ihres Vaters hängen, der Saum ihrer Jacke wippte im Takt seiner Schritte über ihrem Gesäß, ihr zu einem Pferdeschwanz gebundenes Haar hüpfte, von Zeit zu Zeit blickte sie sich lachend um und winkte mir zu, mich auffordernd, dem schnellen Schritt ihres Vaters zu folgen, ja, ihr Lachen war übermütig und stolz, als sagte sie, sind wir nicht ein starkes Gespann, und ich sehe jetzt, wie sie im Laufe der Jahre auf dem Rücken ihres Vaters groß geworden ist, wie ihre gegen den Rücken ihres Vaters gepreßte Brust wuchs, so daß er einmal träumte, es wüchsen ihm eigene Brüste auf dem Rücken, und wie sie von Jahr zu Jahr auf seinem Rücken schwerer wurde. Wie eine auf seinem Rücken angewachsene Pflanze gehörte sie zu ihm, so wie sich gewisse hölzerne Pilzarten an Bäume schmiegen und sich ihnen anverwandeln.

Ich sehe jetzt, wie ich als junger Mann nach der

Arbeit Luise besuchte, sie auf den Armen die Treppe hochtrug und sie auf das tagsüber in eine Couch verwandelte Bett niederlegte, ich sehe, wie ihr Vater uns durch das Loch in der Wand beäugte, sehe seine heimlichen, vor Eifersucht fiebernden Blicke. Ich sehe Luise, wie sie sich mir gegenüber zierte, ihr verqueres Verhalten, das ich ihren Minderwertigkeitsgefühlen zuschrieb, das aber in Wirklichkeit von der Angst herkam, ihren Vater zu enttäuschen. So hatte ihr Vater sein Auge auf uns, und ich sehe seine Ohnmacht angesichts der Zuneigung seiner Tochter zu dem jungen Mann, der ich war. Jetzt verstehe ich, warum ihre Bewegungen nie den Mitteilungen ihrer Augen und ihrer Stimme entsprachen.

Als sie sich in dem Sanatorium ohne ihren Vater fand, konnte sie nicht mehr aufhören zu weinen. Ihr Vater mußte sie vorzeitig abholen. Nie wieder hatte sie einen Freund. Ihr Vater wurde sehr alt, und auf seinem Rücken war Luise alt geworden. Bis zu seinem Tod hatte er sie getragen, obwohl es längst Rollstühle gab, die ihm diese Anstrengung hätten ersparen können.

Am Ende hatten sich die Verhältnisse umgekehrt, jetzt war Luise es, die ihren Vater unter Kontrolle hatte. Keinen Schritt konnte er mehr ohne ihre Zustimmung tun. Obwohl sie zu schwer geworden war, trug er sie sonntags durch die Wälder, schleppte sie morgens zu ihrer Arbeit in einem Handarbeitsgeschäft, und nur selten schob er sie im Rollstuhl durch die Straßen. Jetzt sehe ich sie, eine einsame Frau mit der matten, flaumigen Haut alter Nonnen, wie sie auf einem Sofa sitzt, die dünnen Beine unter sich zu einer weißen Schlange zusammengerollt.

NUR IN MEINEN TRÄUMEN wagte ich, der jungen Partisanin wieder zu begegnen, die ich 1944 aus der Höhle trieb, und bei deren Erschießung ich zugegen war, die junge Frau, die ich nach dem Krieg so vollkommen aus meinem Gedächtnis tilgte, daß ich sie bewußten Zustands nie wieder erinnerte. Sie begegnete mir im Traum, und wenn ich aufwachte, hatte ich sie wieder vergessen. Nur das metallische Geräusch war geblieben, als würden sich zwei stählerne Rohre in meinem Schädel ineinanderschieben, um dann mit Wucht von innen gegen meine Schläfen zu stoßen, bis ich mit einem harten Schmerz im Kopf aufwachte, der mich lange, manchmal über Tage nicht verließ, ein Schmerz, daß mir die Augen aus dem Kopf sprangen, tanzende, große, auf mich gerichtete Augen, die im Auf und Ab ihrer Bewegung unverwandt auf mich blickten.

Ich sah die junge Frau am Ende eines Saales, sie hatte den Kopf geneigt und zog sich aus, das heißt, sie befreite ihren Körper von den Lumpen, die sie trug. Sie trug sie so, wie man normale Kleidungsstücke trägt, so selbstverständlich, als wären diese Lumpen ein schönes Kleid. Sie stand am Ende des Saales und entkleidete sich, ihren Kopf hatte sie nach unten fallen lassen, so daß ihr langes Haar nach vorn fiel und ich ihren hellen Nacken sehen konnte. Teil um Teil streifte sie ab, sie bewegte sich wie unter Wasser, langsam und mühelos zog sie die schmutzigen Lumpen über ihren Kopf und ließ sie zu Boden fallen, wo sie sich zu einem Stoffhäufchen türmten. Obwohl die junge Frau Fetzen um

Fetzen von ihrem Körper nahm, blieb sie doch bekleidet. Sie hörte nicht auf, sich zu entkleiden, und stand immer noch nicht nackt da.

Ich konnte weder ihre Augen sehen, ich sah nur undeutlich die Konturen ihres Gesichts, aber ich wußte, es war die junge Frau, auf die das Erschießungskommando seine Gewehrläufe richtete, als ich als junger Mann in Rußland war. Ich wartete, denn die Frau stand im Ausgang des Saales, so daß ich den Saal nicht hätte verlassen können, ohne sie zur Seite zu schieben oder sie zu bitten, zur Seite zu gehen. Ich wußte im Traum nicht, was ich tun sollte. Ich wagte nicht, sie einfach zur Seite zu schieben, aber genauso wenig wagte ich, sie zu bitten, mir Platz zu machen, denn sie mußte mich ja erkennen, und ich wußte, für sie war ich einer der Täter. Mir hatte sie es ja zu verdanken, daß sie aus ihrem Versteck gezerrt worden war.

Ich hätte dem Kommandanten sagen können, die Höhle ist leer, aber ich hatte nicht den Mut. Selbst wenn man die Frau, hätte ich sie gedeckt, gefunden hätte, die Frau, die mir in diesem Moment als Mädchen erschien, weil sie so abgemagert war, daß sie zugleich jünger wirkte, als sie war, und zugleich älter, weil ihr Gesicht so ausgemergelt war, selbst wenn ich sie nicht und jemand anders sie ja gefunden hätte, ich hätte mich immer noch herausreden können. Ich war es, der die Frau vielleicht hätte retten können, und insofern war auch ich es, der ihren Tod zu verantworten hatte. Aber selbst im Traum wagte ich nicht, mich der Frau zu nähern, sondern beobachtete nur, wie sie sich entkleidete und doch nicht entblößte. Und auch diesen Traum hatte ich, während ich lebte, vergessen, wie ich überhaupt so gut wie nie einen Traum behielt.

Ich sehe jetzt, daß sie aus einer gutbürgerlichen Familie kam, daß sie eine fromme Katholikin gewesen war, bevor sie sich in Yankerle, den Kämpfer, verliebte, dem sie folgte und der sie in seine Jugendorganisation mitnahm, wo junge Juden sich eigentlich darauf vorbereiten wollten, irgendwann nach Palästina auszuwandern, jetzt aber gegen die Deutschen kämpften. Seinetwegen hatte die Frau, die fast noch ein Mädchen war, ihr Elternhaus verlassen.

Sie war einfach fortgegangen, hatte ihren Eltern einen Brief auf dem Kopfkissen zurückgelassen, in dem sie alles zu erklären versuchte, und war sich vorgekommen wie ein Jünger, der bedingungslos Jesus folgt. Sie wäre sogar bereit gewesen, für ihren Freund den Glauben zu wechseln, aber als sie es ihm sagte, lachte er nur und versicherte ihr, daß Religion ihm nichts bedeute, es käme auf ganz andere Dinge an und es wäre ihm egal, ob sie aus der Kirche austrete oder nicht, ob sie zum Judentum übertrete oder nicht. Im Moment gäbe es Wichtigeres, sagte er, er wolle zu den Partisanen gehn, und wie David gegen Goliath wolle er gegen Hitler kämpfen.

Sie ging mit ihm, obwohl es ihr komisch vorkam, daß sie, die nichts konnte als Klavierspielen und ein paar Gedichte auswendig sagen, etwas können sollte, was die ganze Welt nicht geschafft hatte. In ihren Rucksack packte sie neben Hosen und praktischen Kleidungsstücken auch das hellblaue Kattunkleid, das ihre Mutter ihr zum achtzehnten Geburtstag genäht hatte, denn sie hoffte, sie würde einmal mit ihrem Verlobten tanzen gehn oder wenigstens am Sonntag in einer Sommerwiese liegen.

Die Vögel, denkt die Frau später, warum zwitschern sie so laut, oder sind es Kinder, oder ist es meine Schwester, hörst du, geh nicht einfach weg, wenn du mal groß bist, hörst du! Warum machen sie einen solchen Lärm, denkt sie, und warum sagt Yankerle nichts, was mache ich hier vor diesen Fremden? Der mit dem Maschinengewehr hinter mir, was will er? Ist es wahr, daß ich hier am Rand einer Grube bin und nicht am Ende des Gartens zu Hause an der Böschung, ist es wahr, daß ich in ein Tal sehe? Die Baumkronen tanzen im Nebel, ich werde gleich aufwachen, vielleicht bin ich in Peterchens Mondfahrt, und die Kinder schreien, der fliegt, der fliegt. Die Erde macht ihr Maul auf, ihr großes, kaltes Maul. Ich höre sie atmen, wo ist nur Yankerle, warum kümmert er sich nicht um mich, ich werde gleich aufwachen, sind es Vogelschreie, ist es die Sonne, ist es nicht wahr, ist es das Erschießungskommando, ist es der junge Soldat, machen sie Spaß, wollen sie uns nur erschrecken, träume ich, bin ichs oder bin ichs nicht?

Ich höre Yankerle, höre die Vögel und die Kinder und den Lärm, die Kinder laufen durcheinander und rufen, ich öffne die Arme und fange sie auf, sie rufen Papa, Mama, hört ihr mich, warum haben sie sich diesen Morgen ausgesucht, ich sehe meine Füße. Jetzt weiß ich alles. SO HILFLOS KALT WAR DIE BRUST, ABER MEINE SCHRITTE WAREN LEICHT, ich bin hungrig, ich weiß jetzt, wie es ist, wenn man nicht träumt, ICH ZOG AUF DIE RECHTE HAND DEN HANDSCHUH VON DER LINKEN, Finger biegen sich in die falsche Richtung, so machen sie es doch, die Verliebten, ich friere, der Himmel schreit, die Kinder und die Vögel schreien ...

Dies schreibt meine Tochter, und sie fügt hinzu, weil ich mir nicht vorstellen kann, daß ein deutscher Soldat nichts damit zu tun haben konnte, und: warum hast du nie gesagt, was du gesehen und getan hast? Dabei siehst du, wie halbherzig ich in dieser Vorstellung bin, weil ich mir nicht wirklich denken kann und will, daß du, der du Briefe geschrieben hast von der Front, mein liebes Kleines, wenn du mal groß bist, einem Erschießungskommando angehörst, ich kann mir eine solche Schuld nicht vorstellen, aber das, was ich mir nicht vorstellen kann, findet seine Fortsetzung in meine verkrümmte Seele hinein. Die junge Frau kann ich nicht zum Sprechen bringen, schreibt meine Tochter, ich habe es versucht, aber es ging nicht, du siehst es ja. Ich habe sie zu einem todesschönen Geschöpf gemacht, habe mir etwas angeeignet, was mir nicht gehört. Dir aber ziehe ich die Wörter von der Zunge, als wären sie deine, dabei weiß ich, alles, was ich dir in den Mund lege, ist eine Täuschung.

DER DRUCK DES ENTGEGENPRESSENDEN Windes verschloß mir den Mund. Ich sehe einen Mann und eine Frau mit einem Kind auf dem Rücken, sie stapften am Wasser entlang, der Strand vor ihnen schob sich in die Unendlichkeit, das Kind schlief. Zu unserer Linken die See, landwärts die im Dunkel des herabsinkenden Himmels erleuchteten Dünenkuppen, das ebbende Wasser hatte einen breiten Streifen zurückgelassen, dessen Festigkeit uns das Gehen erleichterte, bis eine plötzliche Welle an unsere Füße schäumte, wir sprangen zur Seite, Robertas Gesicht glühte, der Geruch von Widerwillen schlug mir entgegen, sie wollte sich bücken und sich den Schuhsenkel zubinden, aber es ging nicht mit dem Kind auf dem Rücken, ich kniete nieder und half ihr. Im Aufrichten spürte ich ihren Atem, ein warmer Geruch. Beeil dich, sagte ich, und es klang wie ein Befehl. Als sie sich wieder in Bewegung setzte und ich ihr das Kind abnehmen wollte, wich sie zur Seite, und wir stapften wortlos weiter.

Von Zeit zu Zeit blickte ich zurück, um mich zu vergewissern, daß sie mir folgte, ich sah sie als schwarzen Punkt auf hellem Grund in der Ferne, und jetzt sehe ich, daß sie weinte. Ich sehe unser Haus in der Königsallee, sehe die mit schwarzen Tüchern zugehängten Möbel, und ich sehe Roberta, meine Frau, in den Armen Altmanns, der in dem Moment, wo sie zwischen den mit schwarzen Tüchern zugehängten Möbeln hin und her hastete, in einem Lazarettzug von Osten Richtung Westen lag, den Kopf in einem schmutzigen Verband, eng zwischen anderen, mit blutigen, stinkenden Binden umwickelten Gliedmaßen, Stümpfen, Köpfen, seufzend, von Zeit zu Zeit aufschreiend, in Lumpen gewickelte Menschenreste. In Altmanns fiebrigem Kopf leuchtete es, er hielt im Fiebertraum meine Frau in den Armen, die ich zur gleichen Zeit in das Haus am Meer in Sicherheit brachte.

Wir stapften weiter, kurz vor dem Kliff hatte sich eine Masse Treibgut angesammelt, gegen das Weiß des Schaums hob sich etwas Großes, Kompaktes, Schwarzes ab, etwas von dunklen Fetzen Umflattertes, aus der Nähe erkannte ich einen menschlichen Körper, zwischen Schiffsbohlen geklemmt, die rechte Seite des Kopfs zertrümmert, die Beine ragten zwischen Hölzern und Tauen hoch, bis zum Platzen aufgequollen. Meine Frau mit unserer Tochter auf dem Rücken näherte sich aus dem hinter mir liegenden Grau, sie erblickte das zertrümmerte Gesicht des mit dem Kopf nach unten hängenden Mannes, sie weinte. Und jetzt sehe ich, daß sie schon lange weinte und daß es nicht der Tote war, wegen dem sie weinte, sondern Altmann, mein Freund Altmann, auf den sie in unserem mit schwarz verhängten Möbeln gefüllten Haus vergeblich gewartet hatte.

Es ist im dritten Kriegsjahr, als ich Roberta zum ersten Mal mit auf die Insel nahm, wir waren gerade angekommen, sie beugte sich über den geöffneten Koffer und entnahm ihm einen Packen Wäsche, ich sehe sie von hinten, ihren wunderbaren, breiten, weiblichen Hintern, der mir unter ihrer schlanken Taille entgegenragte, ihr Duft streifte mich, ich schloß die Augen. Bei keiner anderen Frau hatte ich je einen solchen Duft wahrgenommen, andere Frauen dufteten unter den Achseln, an der Stelle hinter dem Ohr, ihr Sex duftete, ihre Armbeugen und ihre Handflächen, ihr Atem, aber bei Roberta verströmte der ganze Körper einen sinnverwirrenden Duft, ihre ganze Haut war umgeben von diesem Duft, er umhüllte sie wie eine Aura. Ich stand am Fenster und beobachtete, wie sie die Koffer auspackte, ich folgte ihren Bewegungen, sah, wie ihre Finger über die durch ihre Hände fließenden Stoffe glitten, wie sich ihre Hand unter die Bluse schob und bei rollender Schulterbewegung, einem Zucken gleich, den Träger hochzog, eine Geste, die ich gut von ihr kannte und die sie bis heute, wo immer sie ist, ohne Hemmung vornimmt, ein Sichdavonstehlen ihrer Hand an eine heimliche Stelle, von der ich mir einbildete, sie gehöre nur mir, und die, wie ich jetzt sehe, noch ehe ich überhaupt eine Ahnung davon hatte, meinem Freund Altmann gehörte. Denn mein Freund Altmann kannte meine Frau lange vor mir.

Es war in dem Sommer, als ich, gegen das Fenstersims des Hotelzimmers gelehnt und rauchend, ihr beim Auspacken der Wäsche zusah und als ich beschloß, sie zu meiner Frau zu machen, nicht ahnend, daß sie, lange bevor ich diesen Entschluß faßte, denselben Entschluß gefaßt hatte, und daß mein Entschluß nichts war als der Erfolg ihrer zielstrebigen Arbeit an meinen Gefühlen, nachdem mein Freund Altmann sich zu einem Heiratsantrag nicht hatte durchringen können. Es war in jenem Sommer, als ich feststellte, daß ich Roberta liebte. Ich hatte mir diesmal länger als eine Woche Zeit genommen. Robertas Duft war veränderlich wie ihre Stimmungen, die plötzlich von einem Extrem ins andere umschlagen konnten. Wie damals, als wir in der Hotelbar unter anderen Gästen saßen und Roberta in der Gewißheit, strahlender Mittelpunkt der Runde zu sein, Witze erzählte, als auf ihren Augen, deren Farbe ich nie eindeutig erkennen konnte, ein schimmernder Film lag und als sie mitten im Satz verstummte, aufstand und den Raum verließ, als ich ihr folgte und sie haltsuchend gegen die Wand gelehnt fand, den kleinen Bauch vorgeschoben, die Schultern schmal, die Hände müde wie abgeknickte Hasenpfoten, den Atem in mein Gesicht stoßend. Als ich sie ins Zimmer trug, die vielen Knöpfe ihres Kleids öffnete, einen nach dem anderen, geduldig, sorgfältig, während sie schweigend den Bewegungen meiner Hände folgte und beobachtete, wie meine Finger sich unter die Ränder ihrer Strümpfe schoben, sie langsam nach unten rollten, diese Nacht, in der sie bereits wußte, was ich erst jetzt erkenne, als meine spätere Frau, krank vor Sehnsucht nach Altmann, sich mir hingab.

ALTMANN, DEN ICH SEIT meinen Schülertagen kannte, seine Mutter war bei seiner Geburt gestorben, und sein in ärmlichsten Verhältnissen lebender Vater haßte ihn dafür und impfte ihm das Gefühl ein, ein Ausgestoßener zu sein, diese Gemeinsamkeit einte uns, mich und meinen Freund Altmann, der immer der für mich war, als welcher er mir im Heim für Tuberkulosekranke zum ersten Mal begegnete, damals, als ich in der Bibliothek saß und für mein Abitur paukte, ich übersetzte De bello Gallico, da spürte ich einen Atem in meinem Nacken, und als ich den Kopf wand, blickte ich in klare blaue Augen, ein Gesicht lächelte mich an, und eine weiche Stimme sagte, man hat also seinen Spaß an diesen Dingen, worauf ich fragte, an welchen? und zur Antwort eine schmale, große Hand über meinen Caesar wischte, na diese da, diese martialischen, und er bat mich, ihm seinen Text zu übersetzen, was ich, ganz gegen meine Gewohnheit, tat. Ohne nachzufragen und ohne eine Gegenleistung zu verlangen, machte ich ihm seine Übersetzung, schrieb ihm seine Aufsätze und löste ihm seine Mathematikaufgaben, auch während des schriftlichen Abiturs übersetzte ich ihm seinen Text, den er, in Winzigschrift kopiert, mit einem Klebstreifen auf der Toilette an das Abflußrohr geheftet hatte, wo ich ihn fand, um ihn schnell ins Deutsche zu übertragen und auf den Zettel zu kritzeln, ich verlor dabei so viel Zeit, daß mein eigener Text nicht ganz fertig wurde und ich eine schlechtere Note bekam als er, mein Freund Altmann, eine Tatsache, die mich zur Weißglut getrieben hätte, wäre es jemand anders gewesen, für den ich dies tat.

Wie ich fühlte er sich als Außenseiter, obwohl er für mich die Verkörperung des leichten Lebens war, er erschien mir hell und wie von der Lichtseite des Lebens kommend, während ich mich auf der Schattenseite, in der Kälte zu Hause fühlte. Er benutzte andere Waffen als ich, um sich in die Gesellschaft zu drängen, von der er glaubte, sie lehne ihn ab, und während ich, hundegesichtig und weder sehr groß noch sehr schlank, nie meine Drohgebärden ablegte, setzte er seine im Jünglingsalter plötzlich entdeckten Fähigkcitcn als Verführer ein. Jetzt sehe ich, daß sogar unser Deutschlehrer, ein Mann um die Fünfzig, sich in ihn verliebte, und daß mein Freund Altmann ihm zu Diensten war, das heißt, er folgte ihm in den Keller der Knabenanstalt, wo er sich, nackt über einem Schemel liegend, von dem Lehrer mit einer Peitsche schlagen lassen mußte, es waren sanfte, liebevolle Schläge, die keine Male hinterließen. Mein Freund Altmann hatte in diesem Lehrer das erste Mal einen Erwachsenen gefunden, der ihn ernst nahm, der sich Mühe mit ihm gab, der ihm gewissermaßen ein Vater war, der ihm lange Briefe schrieb und ihm selbstverfaßte Gedichte schickte. Auch späterhin kümmerte er sich um ihn, schickte ihm immer wieder Geld, wurde Pate seiner Kinder, und jetzt verstehe ich auch, wieso ihm dieser Lehrer, als er starb, seine ganze Bibliothek und sein Haus vererbte, damals, als mein Freund Altmann aus dem Krieg zurückkehrte und darüber enttäuscht war, daß seine Geliebte meine Frau geworden war. Mit seinem Lächeln und seiner Verbindlichkeit schlängelte er sich durch das Leben, sogar in der Wehrmacht kam er damit durch, niemand, mit dem er nicht flirtete, niemand, den er nicht dahin kriegte, wo er ihn haben wollte, dies hatte er mit mir gemein, es verband uns der Druck, bestätigt zu werden von der glänzenden, erfolgreichen, funkelnden Gesellschaft, wir suchten den Erfolg, koste es, was es wolle. Mit seinen nicht besonders geistreichen Witzen erheiterte Altmann jede Gesellschaft, nur weil er eine blendende Erscheinung war, vor allem in späteren Jahren, als sein Haar grau wurde und seine Stimme einen melancholischen Ton annahm, der die Frauen dahinschmelzen ließ, sogar Robertas Instinkt setzte in seiner Gegenwart aus, immer wieder erlag sie seinen Schmeicheleien, selbst als sie ihn längst durchschaut hatte und wußte, nie würde er für sie Verantwortung übernehmen, und erst am Ende, kurz vor seinem Tod, gestand sie sich ein, daß sie sich hatte benutzen lassen, er brauchte sie, um sich seiner Macht über mich zu vergewissern, das sehe ich jetzt, denn er beneidete mich um meine beruflichen Erfolge, die ihm versagt blieben. Später suchte er sich aufzuwerten, indem er Sportwagen fuhr und seine sensible, empfindsame, verletzliche Seite betonte, die Frauen verspürten den Drang, ihn zu beschützen, sie schütteten ihm ihr Herz aus, und ich mokierte mich über die Klatschsucht meines Freundes. Er überragte mich um Haupteslänge, und er war im Gegensatz zu mir ein guter Sportler, seine Bewegungen glichen denen eines schlanken Pferdes. Betraten wir gemeinsam eine Bar, richteten sich alle Blicke auf ihn, und ich genoß es, von seiner Aura umgeben zu sein. Bis ins Alter hinein stand er unter dem Zwang, jedem zu gefallen, selbst wenn sein Friseur ihn nicht mit Aufmerksamkeit behandelte, war er niedergeschlagen, ich sehe es jetzt, wie lächerlich er wirkte am Ende seines Lebens. Seine Kinder waren schon erwachsen, und immer noch spielte er den schönen Jüngling, und die Frauen schickten ihm immer noch Rilkegedichte und sagten, sie liebten das Weibliche an ihm. Sein unehelicher Sohn, den er einen Fehltritt nannte und über den er nur mir gegenüber gelegentlich ein Wort verlor, weil er wußte, ich setzte ihn nicht unter moralischen Druck, war genauso gutaussehend wie sein Vater, aber er haßte ihn. Dieser mein Freund Altmann küßte eines Silvesternachts, als das Licht um zwölf ausging, meine damals zwölfjährige Tochter, die sich über den weichen Mund wunderte, der sich unerwartet auf ihren preßte, und die Zunge, die sich zwischen ihre Lippen drängte. Ich brachte meinem Freund Altmann ein solches Vertrauen entgegen, daß ich nie auf die Idee gekommen wäre, er könne mich betrügen, und ich fand dieses Vertrauen bestätigt, als er mir einmal das Leben rettete. Damals, als ich von der Gestapo verhaftet wurde, Anfang der vierziger Jahre in einer Charlottenburger Bar, in der wir uns des öfteren trafen, als ich vernahm, wie ein neben Altmann stehender Offizier mit einem Sektglas in der Hand das Kinn in meine Richtung schob und fragte, wer ist denn der verwachsene Köter da?, und als mich plötzlich der Teufel ritt und ich diesem Offizier einen Kinnhaken versetzte, er schlug zurück, und plötzlich befand ich mich mit ihm auf dem Boden, ineinander verhakt, mit eiserner Kraft umklammerte meine Hand sein Kinn, ich hielt ihn im Schwitzkasten, bis mich mein Freund Altmann mit einem Schlag zur Besinnung brachte. Ich löste mich, stand auf, klopfte mir den Rock sauber, aber anstatt mich zu entschuldigen, setzte ich an, den Offizier und seine Begleiter zu beleidigen, ich selbst stand gewissermaßen neben mir und hörte mir selbst mit hochrotem Kopf und herausgedrückter Brust zu, ich schmetterte ihm, mir völlig unbegreiflich und wissend, daß ich damit alles nur noch schlimmer machte, Flüche an den Kopf, darauf wartend, daß das geschähe, was dann auch eintrat, ich wurde festgenommen und landete in einer Zelle, wo ich mehrere Tage lang vernommen und geschlagen wurde, bis es meinem Freund Altmann gelang, seine Beziehungen spielen zu lassen und zu erwirken, daß man mich wieder freiließ. Damals war ich bereits mit Roberta verheiratet, und ich ahnte nicht, daß der blaue Fleck an ihrer Schulter von dem Kuß kam, den mein Lebensretter ihr aufgedrückt hatte, während ich in der Zelle saß und mich nach dem Meer sehnte.

ROBERTA neunzehnhundertsechsundvierzig, spät abends, sie eilte eine Straße entlang, ihre Flanken vertieften sich unter dem dünnen Stoff ihres Kostüms rechts und links zu beweglichen Mulden, das Aufkommen ihrer Absätze war die Tacktackbeschleunigung meines Herzschlags, solange ich lebte. Ihre aus dem Rockschlitz hervorblitzenden Waden, auf denen sich schräg die Strumpfnähte hochzogen, vorgetäuschte Absichtslosigkeit, als wüßte sie nichts davon, sie, die doch in allen Dingen der äußeren Erscheinung immer überaus genau war. Sie blieb stehen, schob das Kinn einem Straßenschild entgegen, kniff die Augen zusammen und versuchte zu entziffern, was von der um Schußlöcher herum abgeblätterten Schrift übriggeblieben war. Dann zog sie einen Zettel aus der Jackentasche, fuhr mit dem Zeigefinger suchend darüber und eilte weiter. An einem großen Holztor machte sie halt, und nachdem sie sich prüfend umgesehen hatte, bückte sie sich und hob einen am Fuß des Torpfostens liegenden Backstein hoch, unter dem ein Aluminiumschlüssel blinkte.

Sie durchquerte einen mit Autoreifen, Panzerketten, zerbeulten Kotflügeln und anderem ölstinkenden Gerümpel angefüllten Hof und verschwand hinter einer klapprigen Tür in einem halb zerbombten Hinterhaus. Die Fingerspitzen an der Wand entlangtastend stieg sie hoch, und bevor sie den Zeigefingerknöchel gegen den Bretterverschlag schlug, der eine Tür ersetzte, zog sie ihre Puderdose aus der Handtasche und warf einen Blick in den Spiegel. Es war jedoch so dunkel, daß sie nichts sehen konnte, sie strich mit dem Stift über den Mund, den sie, wie ich es von ihr kenne, halbgeöffnet vorstülpte.

Ohne daß Schritte zu hören waren, wurde geöffnet. Der Mann hatte hinter der Tür gestanden und angespannt dem Rascheln im Treppenhaus gelauscht, bis seine Muskeln sich entspannten. Meine Frau und der Mann standen einander gegenüber und tasteten mit den Augen ihre Schattenprofile ab. Bist du es, die Stimme meiner Frau war leise, und der Mann schlug seine Arme unter ihre Achseln, hob sie durch das Zimmer, oder besser, den mit ein paar Munitionskisten ausgestatteten Dachboden, bis zu dem Feldbett in der hintersten schummrig beleuchteten Ecke.

Du bist es, du bist es, ja, du bist es, die Stimme meiner Frau am Ersticken, sie nahm das Gesicht des Mannes in die Hände, betrachtete es, ließ die Hände an seiner Narbe zwischen Schläfe und Ohr entlangwandern, strich über das fest geschlossene, wimpernlose Lid, dann kniete sie vor ihm nieder und öffnete seine Schuhe, zog sie an den Fersenkappen von seinen Füßen. Der Mann beugte sich zu meiner knienden Frau hinunter und hob sie zu sich hoch, dann drückte er ihr Gesicht zwischen seine Beine.

Vier Tage lang blieb meine Frau bei dem Mann auf dem Dachboden, mir sagte sie, sie fahre zu einer Freundin nach Paris, und als sie zurückkam, hatte sie ein lachsfarbenes Seidenhemd, das, wie ich jetzt sehe, nicht gekauft war, sondern von dem

Liebhaber meiner Frau stammte, meinem Freund Altmann.

Er sagte, daß er viele Briefe von der Front an ihre elterliche Adresse geschickt aber nie eine Antwort bekommen habe, bis schließlich die Heiratsanzeige gekommen sei, kommentarlos, und, wie er zu verstehen glaubte, als Aufforderung, sich für immer zurückzuziehen. Meine Frau, die ich zumindest damals für treu hielt, verbrachte mehrere Tage und Nächte mit meinem Freund Altmann in einem vor Schmutz starrenden Bett, auf klammen Laken, deren Gestank sie normalerweise geekelt hätte. Meine verwöhnte Roberta verzichtete während dieser Tage auf die Annehmlichkeiten ihres Lebens, und nicht einmal das Fehlen des Kaffees am Morgen verleidete ihr die Laune. Losgelöst von allem, ohne das sie normalerweise nicht leben konnte, pendelte sie selig zwischen Himmel und Erde. Während dieser Tage verließen Altmann und meine Frau das Bett nur, um sich zu waschen und von Zeit zu Zeit ein Stück in Sauermilch getauchtes und mit Salz bestreutes trockenes Brot in den Mund zu schieben.

Ich war zu jener Zeit so intensiv mit dem Aufbau meines Betriebs beschäftigt, daß mir nicht einmal ein Verdacht in den Sinn kam. Vor dem akustischen Hintergrund eines dudelnden Volksempfängers liebten sie sich. Als die Heiratsanzeige kam, wollte ich mir das Leben nehmen, sagte mein Freund Altmann, ich habe mich freiwillig an die Front gemeldet, und es ist ein Wunder, daß ich noch nicht über den Jordan bin, sagte er. Aber ich sehe, daß er log. Nie hatte er daran gedacht, sich von seiner Frau zu trennen, und auch seine Frage, ob sie, meine Frau, mich verlassen und mit ihm, Altmann, leben wolle, war nicht ernst gemeint.

Durch die Luke der Dachkammer schimmerte Staub, löste sich über dem Boden in Lichtflocken auf, in der Ecke standen ausgetretene alte Schuhe, deren Spitzen an den Innenseiten durchgewetzt waren, und Roberta empfand unendliches Mitleid. Sie beschloß, in den nächsten Tagen für Altmann einen sogenannten Persilschein zu besorgen, sie legte die Arme um ihn und überließ sich seinen von Schmerzen geschwächten Liebesbeweisen. Ihr Augenlid zuckte, ihr war, als hüpfte ein überspannter Geigenbogen über ihre Nerven, schon jetzt, noch neben Altmann liegend, ihre Brust an seinen Rücken gedrückt, fürchtete sie sich davor, daß der stinkende, schwitzende, vernarbte, abgemagerte Körper nicht mehr erreichbar wäre. Ich werde immer bei dir bleiben, ich werde mich von ihm, womit sie mich meinte, trennen, schwor sie, und sie glaubte in diesem Moment sogar selbst daran. Sie stellte sich vor, daß sie mit Altmann so leben könnte wie normale Leute, malte sich ein Alltagsleben mit ihm aus, mit Näharbeiten, Klavierstunden, Kochen und Putzen, wir werden Kinder haben, sagte sie, ich habe nie aufgehört, an dich zu denken, und wenn ich ehrlich bin, meine vor drei Jahren geborene Tochter ist eigentlich dein Kind, das Kind meiner Sehnsucht nach dir.

In diese Vorstellung steigerte sie sich, sie behauptete, sie habe während Johannas Zeugung nur an ihn, meinen Freund Altmann gedacht. Also ist sie dein Kind, sagte sie, wenn auch nicht dein leibliches, so doch dein seelisches, ich meine, das meiner mit dir verbundenen Seele, denn nie hab ich aufgehört, an dich zu denken, sagte meine Frau zu meinem besten Freund Altmann.

Als sie nach Hause kam, fiel mir ein beunruhigender Zug um ihren Mund auf, eine unerklärliche Gereiztheit, wo sie doch gerade, wie ich dachte, ein paar schöne Tage in Paris verbracht hätte. Ich nahm sie an diesem Tag nicht in den Arm, sondern hielt mich von ihr fern, denn ich wußte, nur so konnte ich mich vor Haßanfällen gegen mich schützen.

WÄHREND ICH MICH SCHLAFLOS hin und her warf, mit dem Gewicht meines Körpers hochschnellte, um dann so tief in die Matratze zu fallen, daß Roberta hochgehoben wurde, während das Bett unter meinem Hin und Her ächzte und mein Blick durch das Schlafzimmerfenster nach draußen schweifte, in die basaltfarbene Nacht, schlug mein vor Unruhe hämmerndes Hirn Felsen aus dem Dunkel. Sie ragten in meine mühsam eroberte, über die Jahre gewonnene Kraft, die ich brauchte, um den Strom unten zu halten, den Vulkan meines Unglücks, so daß in den Nächten höchstens die erkaltete Masse, die hartkantigen Brocken meines Entsetzens, meiner verleugneten Angst meine Schlaflosigkeit erfüllten. Zu Lebzeiten wagte ich nicht, zu erkennen, was in der Tiefe meines Herzkraters rumorte.

In Momenten der Schlaflosigkeit scheuerten sich meine Nerven dünn. Beim Blick auf die aus dem Dunkel hervorstoßenden Kanten, auf die Bruchstücke meines versteinerten Angstflusses, auf die erstarrten und korrodierten Reste meines Aufbegehrens gegen mein ungewolltes Leben, sah ich die Nachtschleier durch das Fenster hochtreiben. Neben Roberta auf dem Rücken liegend, schweißnaß, frierend, sah ich, wie sich Basaltbrocken in schwarze Luft auflösten, schwebend, schwarzem Flor gleich, mein von Überwachheit wundes Auge narrend.

Während ich den ruhigen und sanften Atem Robertas neben mir hörte, tosten von draußen die Mächte heran, die doch in Wirklichkeit aus meinem Inneren kamen. Ich gab mich immer noch den alten Täuschungen hin. Im nachtstummen Getöse meiner Schlaflosigkeit stoben Steinmassen auseinander, brach der Basalt meines gefrorenen Herzstroms, der sich in den ersten Momenten meines Lebens gebildet hatte, als mich, den Kopf nach unten, blau angelaufen, die Haut noch kalkig von der intrauterinen Fettschicht, die Hebamme an den Füßen hielt. Die Schreie, die aus dem nach unten baumelnden Kopf nicht herauskonnten, sondern in meiner Seele steckenblieben, wurden für immer zu kaltsteinigen Klumpen gepreßt, Stücke aus dem Paläolithikum meiner Seele. Denn, das sehe ich erst jetzt, je früher die Ereignisse, desto dauernder ihr Schrecken. Er blieb mir in den Gliedern, in den Sinnen, er bestimmte meine Wahrnehmung, trennte meinen Kopf von meiner Brust, drückte mit seinem Gewicht die von unten hochdrängenden Massen herab und hielt sie als komprimiertes Erlebnisgemenge dort fest.

Das hatte zur Folge, daß ich schon als Kind ältlich aussah, nie wirklich unbefangen, immer wie einer, den schon etwas niedergeschlagen hatte, bevor er sich aufrichten konnte, dem vorzeitig die Gesichtszüge geschärft worden sind, dem das Grau auf der Stirn stand, niemals hell, niemals frei, leicht, ruhig oder was man sich sonst für den Seelenfrieden wünscht. Immer zerdrückt, zerknautscht, nie ganz frei von den Boxerzügen der ersten Minuten, bevor ich den Schrei tat, bevor meine hartnäckig zusammengeklebten Lungen gezwungen wurden, Atem aufzunehmen, bevor ich mit dem Gesicht voran zwischen den Beinen meiner Mutter klemmte. Lebte ich, würde ich mich totlachen bei diesem Anblick.

Mein Leben lang heuchelte ich Normalität und Ruhe, wer mich kannte, nannte mich einen besonnenen, glaubwürdigen Mann, niemand außer Roberta ahnte, was in meinem Inneren vorging und sich zu Zeiten der Schlaflosigkeit als Fata Morgana aus Basalt vor meinem Auge drehte. Bis ich irgendwann am frühen Morgen wieder einschlief, niedergeschlagen, mit gereizten Lidern, mit erschlafften Muskeln, blutleer, auf immer müde, nur um eine Stunde später ohne Erinnerung an die Bilder der Nacht aufzuwachen, mit erschöpften Augen, ausgetrockneter Kehle, klebendem Haar, juckender Haut, fröstelnd, aber ohne Erinnerung.

Irgendwann hatte ich mich an diesen Zustand gewöhnt. Es waren Tage, die ich, ohne zu wissen, warum, wie gerädert begann, ich fragte nicht danach, sowieso hätte mir niemand eine Erklärung geben können, denn die Erkenntnisse der Lebenden machen an der Grenze der Erträglichkeit halt, und wer diese Grenze nicht achtet, wird den Verrückten zugeschoben. An solchen Tagen polterte ich los, als hätte ich immer noch Gestein abzuschlagen, stürzte mich streitsüchtig in Geschäfte, schrie meine Sekretärin an und wütete durch den Tag.

Die lange Wartezeit bis zu meinem ersten Schrei, als ich, den Kopf nach unten, die Füße im herrischen Griff der Hebamme, ich, ein blauroter, mit weichen Knochen gefüllter, violetter Hautbeutel, an dessen Ende ein runder, schmutziger, blau anlaufender Ballon baumelte, die Haut wie aufgeweichtes Milchglas, die lange Wartezeit, bis das drohende Leben sich bemerkbar machte, bis es das schlaffe Bündel in Zuckungen versetzte, da beging meine Mutter den Frevel der Ehrlichkeit und stieß ein mehrfaches NEIN aus. So war meine erste, gewissermaßen meine ganze Zukunft prägende Tat eine Tat gegen meine Mutter, der ich zwei Tage lang die Innereien zerboxt und zertreten hatte. Erschöpft vom Wüten in ihrem Leib und von ihren eigenen zwei Tage und Nächte währenden Schreien, lag meine Mutter im Kreißsaal. Die Nabelschnur war noch nicht durchtrennt, und die Nachgeburt war noch nicht herausgeholt, da formte sich ihr Urteil über mich. Mit dem Moment meiner Geburt war ich zum Tode verurteilt, und alles, was ich in der Folge tat, alles, was man auf Erden als Leben bezeichnet, war ein Kampf gegen dieses von meiner Mutter in halber Bewußtlosigkeit gefällte Todesurteil. Aber die Hebamme verabreichte mir kräftige Schläge auf Gesäß und Rükken, schlug gewissermaßen den Tod aus meinem Körper, so daß ich wider den Willen meiner Mutter den ersten Schrei tat.

Doch hinterließ der herausgeschlagene Tod etwas, eine wirksame Substanz, um sich, vor allem wenn sich mir das Glück zu nähern drohte, bemerkbar zu machen. Er nahm die verschiedensten Erscheinungsformen an, vor allem meine Lust an Zerstörung, mit der ich Roberta und die Kinder in die Falle meines Seelensystems trieb. Es war mir unerträglich, das Heitere, Leichte, Geglückte der anderen zu dulden. Ich fühlte mich erst wohl, wenn alles sich meiner eigenen Düsternis angeglichen hatte. Dabei verehrte ich meine Mutter, ich verehrte sogar ihre Herrschsucht, die für mich der Ausdruck einer starken, aus der Not heraus entwikkelten Persönlichkeit schien.

Als sie während der Krankheit ihres Mannes, meines Vaters, die Geschäfte übernehmen und für mich sorgen mußte, wurde sie immer gnadenloser. Mein Aufdieweltkommen war schuld daran, daß sie mir, wo sie nur konnte, Hindernisse in den Weg legte. Wenn sie mich mit Kopfnüssen, kalten Güssen und Ohrfeigen, mit Stockhieben und der Verordnung, ausgespucktes Essen wieder in mich zu stopfen, traktierte, dachte ich, dies alles seien Züchtigungen aus Liebe, erforderlich, um aus mir einen anständigen Menschen zu machen. Ihr herzhaftes Lachen angesichts meiner mäßigen Fortschritte wertete ich als Freude, ihre höhnischen Bemerkungen über meine Mißerfolge als erzieherische Notwendigkeit und ihre Abwesenheit in den Momenten, wo sie hätte stolz auf mich sein können, etwa als ich nach dem Abitur vor der versammelten Schule schwierige Beethovensonaten spielte, als Bescheidenheit.

Als Strafe dafür, daß ich ihr beinahe die Innereien zerrissen hätte, bevor ich ihr Sohn wurde, ließ sie mich auf Schritt und Tritt ihre Macht spüren. Eine Rache an ihrem, wie ich jetzt sehe, ungeliebten Mann, meinem Vater, der, weich, unentschieden, ängstlich, auch schon vor dem Krieg ihre Prüfungen nicht bestand und nach schwachen Behauptungsversuchen durch unmäßiges Essen bald resignierte. Zuerst in Form sich häufender geschäftlicher Mißerfolge, dann indem er tatsächlich aus dem Leben schied, ohne erlebt zu haben, wie sein Sohn, das Produkt einer seiner wenigen erfolgreichen Liebesversuche mit meiner Mutter, erwachsen wurde. Ich gewöhnte mich so sehr an das Raumeinnehmende meiner Mutter, daß mich Zeit meines Lebens nach raumeinnehmenden Personen verlangte. Ich wollte die Anfangssituation, die für mich Leben bedeutete, immer wieder herstellen. Auch meine Frau füllte mit ihrer Nervosität und ihrem Egozentrismus jeden Raum aus, so daß mir neben ihr kaum Platz zum Atmen blieb. Täglich mußte ich mich freikämpfen.

Während mir allerdings noch die paradoxe Eigenschaft gegeben war, mir den Raum nehmen zu lassen und ihn zugleich anderen zu nehmen, was einen immerwährenden Kampf bedeutete, sind meine Kinder nicht mehr in der Lage, zu kämpfen. Bei ihnen ist der Kampfgeist erschöpft. Ich sehe meine Tochter neben ihrem Mann. Er redet ununterbrochen, und er redet vor allem von Wichtigem oder dem, was er für wichtig hält. Die Stimme meiner Tochter verwandelt sich an seiner Seite in eine Art Piepsen, sie gluckst, blickt an seinem enorm aussehenden Körper hoch, seine Stimme füllt das Zimmer wie ein in alle Ritzen dringendes Gas, diese wie rollende Holzkugeln tönende Stimme, auf die er so stolz ist und auf die meine Tochter mit regelmäßiger Erregung reagiert. Ich sehe sie kichernd neben ihm, willig läßt sie sich auf das Minimum von Raum reduzieren, das er ihr übrigläßt, ihre Fügsamkeit verflüssigt ihren Körper zu lauter dünnen Rinnsalen.

Noch als ich lebte, fiel mir auf, daß sie manchmal neben ihrem Mann aussah wie ein kleines Mädchen. Jahrelang beschränkte sie sich auf den Platz, den man sich vorstellen muß wie der Raum zwischen großen, haushohen Luftballons, zwischen die sie eingequetscht ist. Ihr Mann hielt Reden über das Züchten von Kampfhunden, über Bergsteigen, über geschickte Verhandlungsführung beim Immobiliengeschäft, über Rotweine, und jetzt hält er Vorträge über seinen Entschluß, für die gerechte Verteilung des Erbes zu kämpfen. Wie ein Kampfhund, sagt er zu meiner Tochter, seiner Frau, mußt du kämpfen, das wird dir über deine Trauer hinweghelfen, sagt er, und seine Stimme klingt wie meine eigene Stimme.

UNSER SOHN MIMTE ALS KIND gerne den Lässigen, wie Roberta immer sagte, legte scheinbare Teilnahmslosigkeit an den Tag, die Roberta seiner Pubertät zuschrieb und als vorübergehend betrachtete, das wird sich auswachsen, sagte sie. Später schob sie das, was sie seinen Defekt nannte, dem Konsum von Haschisch zu. Er hat sich geschädigt, behauptete sie, mit der Kifferei hat er sich Langzeitschäden zugezogen, nicht wiedergutzumachend, und zeitweilig sah sie auch darin eine Machenschaft des östlichen Geheimdienstes, dem unser Sohn auf den Leim gegangen sei, dieser arme Irre, dieser gutmütige Narr, wie sie ihn entschuldend nannte.

In Wirklichkeit, das sehe ich jetzt, war seine Not so groß, daß ihm nichts blieb, als sich zu panzern. Das fing schon früh an, als er acht oder neun war, fuhren wir einmal im Wagen durch die Landschaft, unser Sohn drückte sich auf dem Rücksitz in die Ecke, wir hatten das Verdeck zurückgeschoben, Robertas Haar wehte im Fahrtwind, wir waren zu dritt, unsere Tochter verbrachte die Ferien in einem Mädchenpensionat am Genfer See, wo sie französisch lernen wollte. Wir fuhren durch die Sommerlandschaft, unser Sohn drückte sich in die Ecke und hielt ein Comicheftchen vors Gesicht, der Fahrtwind riß an den Seiten, er konnte nichts lesen, aber er tat als ob, während Roberta die Schönheit der Landschaft pries und, was bist du nur für ein dummes Kind, ausrief, siehst du nicht, wie schön das hier alles ist, siehst du nicht die Flachsfelder, so ein Gelb, diese herrliche Natur!

Aber ihre Begeisterung wirkte nicht ansteckend, sondern im Gegenteil.

Unser Sohn preßte sich umso tiefer in das Polster und hielt das Comicheft so nah vor die Augen, daß nicht einmal sein Gesicht mehr zu sehen war. Seine Abwehr reizte Roberta, sie steigerte sich in Übertreibungen, sie deklamierte Goethe, wie herrlich leuchtet mir die Natur, und sie mokierte sich über das Niveau der Comicheftchen, diese miese Massenware. Je begeisterter sie sich gab, desto tiefer preßte sich unser Sohn in das Polster und desto fester verschlossen sich seine Lippen. Was für ein Tag, rief Roberta aus, sag doch mal was, bist du stumm, worauf er einen gelangweilten Seufzer tat und „na und" hervorstieß, mit tonloser Stimme, mit ansteigender Ohnmacht, mit gespannten Gesichtsmuskeln, die er hinter seinem flatternden Heftchen verbarg.

Roberta und ich drückten uns gern in Superlativen aus, besonders wenn es um das Kundtun von Begeisterung ging, denn auch in diesen Dingen ging es für uns um Sieg oder Niederlage. Nichts ohne Kampf, ohne den Versuch, den anderen zu übertrumpfen, uns gegenseitig und jeden anderen auch, ob dieser nun anwesend oder abwesend war. Meine Ehe konnte nur deshalb so lange dauern, weil Roberta es mit mir aufnahm, weil auch sie den Kampf suchte. Mit unseren Superlativen erstickten wir unseren Sohn. Mit unseren übertriebenen Urteilen nahmen wir ihm die Luft. Jetzt sehe ich, was ich nicht sah, als ich lebte. War er in unserer Nähe, verstummte er. Sobald er sich in anderer Gesellschaft befand, lebten die Worte auf seiner Zunge auf, die er zu Hause herabgeschluckt hatte. In glücklichen Momenten wurde er gesprächig. Überfiel ihn das Unglück, schwieg er. Nach außen erschien er dann gleichgültig, innen jedoch wütete es in ihm, und er sann darüber nach, wie er uns aus dem Weg schaffen könnte.

Während Roberta unermüdlich auf die Schönheit der Bäume und das Malerische der Pferde auf den Weiden, auf die Einmaligkeit der Ausblicke und die Besonderheit der Kirchen aufmerksam machte, stellte unser Sohn sich hinter seinem dicht vor die Augen gehaltenen Heftchen vor, wie unser Wagen gegen eine Leitplanke rast, explodiert, wie wir in die Luft fliegen, flackernde Arme, Beine, Augen, ins All geschossene Splitter, lustig zersprengt, Sprechblasen ausstoßend, und wie wir zwischen Metallteilen in die Flammen stürzen oder wie wir mit dem Wagen in einen grünen Abgrund segeln und wie er die Zeit bis zum Aufprall nutzen würde, endlich die Wahrheit herauszuschreien: ihr Schweine, ihr Arschlöcher, ihr Sklavenhalter, ihr Unterdrücker, ihr Mörder! Oder er malte sich aus, wie ich, sein Vater, an den Füßen aufgehängt würde, wie man ein Messer von meinem Hals bis zu meinem Geschlecht führte und meinen Körper mit scharfen Schnitten aufschlitzte. Vaterschlacht, Vaterschlacht, dröhnte es in seinem Kopf. Es gab Zeiten, da war er besessen von solchen Fantasien. Kaum sah er mich, fingen sie an. Hatte er mich endlich beiseite geschafft, konnte er sich in Ruhe in seine Fantasiewelten zurückziehen. In der wirklichen Welt war ich, sein Vater, der Herrscher. In seiner Fantasiewelt aber ist mein Sohn der Mächtige. Bis heute ist es so. Tritt er hinaus in die wirkliche Welt, die, obwohl er längst erwachsen ist, immer noch die Welt seines Vaters ist, erscheint er als Sonderling, der fingerschnippend verkündet, wie man mit links Millionen macht. Dabei lächelt er ohne Unterlaß. Sein Schlaraffenland ist angefüllt mit schönen Frauen, die ihm zu Diensten sind, in deren weichen Armen er sich räkelt und die ihn anhimmeln. Draußen aber ist die Hölle.

Jetzt, wo ich gestorben bin, am Abend vor meiner Beerdigung, sehe ich meinen Sohn nachts vor dem Eisschrank, aus dem Dunkel eine in den Konturen beleuchtete Gestalt, seine siebzehnjährige Tochter steht in der Tür, groß, schlank, im weißen langen Nachthemd, und sieht zu, wie ihr Vater den Kühlschrank ausräumt, von hinten sieht sie ihn gebückt stehen, ein komischer Buckliger, der sich bedient wie ein Dieb.

Ich könnte heulen, denkt sie, und sagt, kannst du nicht schlafen, Papa, soll ich dir einen Tee kochen? Sie macht Licht, deckt den Tisch und setzt sich zu ihm, weil sie plötzlich Mitleid mit ihrem Vater hat.

DER TAG, an dem ich Roberta zum ersten Mal begegnete, war einer jener Herbsttage, wo das Licht die Menschen in Farbfetzen verwandelt und sie den von den Bäumen jagenden Blättern angleicht, sie zu einer bunten Masse zusammenwirbelt, für mich jedes Jahr von neuem eine Zeit aufstiebender Hoffnung ohne bestimmtes Ziel, aus meinem Kopf lösten sich Bilder, die ich lange vergessen hatte, der Geschmack der Kindheit kam zurück, eine wirbelnde Angst, die alles in mir durcheinanderbrachte, mich auf die unterste Ebene herabtrieb wie ein auf dem Weg dahergejagtes Blatt, da erschien Roberta. Sie kam daher, umflattert von einem dünnen Mantel und einem Schal, von halblangem Haar, vor dem Café blieb sie stehen, die Knie zusammengepreßt wie jemand, der friert, und blickte sich um. Jetzt sehe ich, daß sie sich, bevor sie das Café betrat, vergewisserte, daß Altmann nicht an seinem Stammplatz in der ersten, von außen zu sehenden Tischreihe saß, so erschien sie mir, und als sie das Café betrat, dachte ich, was für eine seltsame Frau. Sie kam mir weder schön noch häßlich vor, sondern auf eine mir unerklärliche Weise besonders, so ein Gesicht hatte ich noch nie gesehen, ihre Nase war leicht gebogen, und ihre Nasenflügel strebten den Wangenknochen zu, ihr Mund lag sehr nah bei der Nase. Und ihr Lachen dann! Es veränderte ihr Gesicht vollkommen, ihr Mund wirkte plötzlich sehr groß, und augenblicklich war ich gefangen von diesem Gesicht. Roberta hatte mich, noch ehe sie neben mir Platz genommen und ehe sie das erste Wort zu mir gesagt hatte, in ihre Zukunftsvisionen aufgenommen, die ihr Gesicht jetzt belebten, das, umrahmt von wirren, leicht gewellten dunklen Strähnen, sich mir zuwendete. Sie nahm Platz, ohne zu fragen, ob der unbesetzte Stuhl frei wäre. Die Selbstverständlichkeit ihres Auftretens befreite mich augenblicklich von jeder Schüchternheit, die mich in Gegenwart selbstbewußter Frauen immer befiel, sie setzte sich neben mich und blickte mich, ohne zu lächeln, an. Ich wußte nicht, daß sie nur hergekommen war, um mich kennenzulernen, aus keinem anderen Grund, und sie hat es mir auch später nie gesagt.

Was ich aber damals spürte und was mich sofort für sie einnahm, war die außergewöhnliche Zielstrebigkeit, mit der sie sich mir zuwendete und ein Gespräch über völlig Belangloses anfing, ich sehe es erst jetzt, denn ich hatte in Erinnerung, obwohl wir über nichts als den Kuchen und das Wetter sprachen, wir hätten über unser ganzes Leben gesprochen; sie vermittelte den Eindruck außergewöhnlicher Wachheit, ihr Blick war mit großer Aufmerksamkeit auf mich gerichtet, von ihren dunklen, fast schwarzen Augen ging Unruhe aus, ihr Mund, sobald er lachte, veränderte jedesmal das ganze Gesicht, leichtsinnig, unbemeßbar, auf jeden Fall überraschend. Ja, das war es vor allem, das jeden Augenblick zu einer Überraschung bereite Gesicht meiner zukünftigen Frau, schon damals wirkte ihr betörender, vor Aufregung intensiver Duft auf mich. Sie hatte ja einen ganz bestimmten Plan, der halb bewußt, halb unbewußt ihr Leben in die Nähe meines Freundes Altmann bringen sollte. Denn sie wußte, Altmann war mein Freund, dies war ihre Rache, ihr Triumph, mit dem sie Altmann für die Weigerung, seine Frau zu verlassen, strafen wollte. Ihr beinahe vollkommenes Desinteresse an mir als Mann nahm ich als Unabhängigkeit, ja Freiheit wahr, ihre Gleichgültigkeit deutete ich als eine seltene Unbefangenheit Männern gegenüber, die Zielstrebigkeit, mit der sie ihren Plan vorantrieb, erhöhte ihren Reiz. Ich merkte nicht, daß sie mich als menschliches Grundkapital benutzte, und ihre betonte Eindeutigkeit wirkte auf mich wie eine große seelische Ruhe.

WÄHREND ICH LEBTE, hatte ich ganz vergessen, was mir eines Nachts widerfuhr, und was ich jetzt wieder sehe, nämlich wie ich aus meinem Bett stieg, schlafend über den Flur tappte und mich an die Seite meiner Tochter drängte. Sie war gerade sechs, ich preßte mich an ihren schlafwarmen, mageren Körper, in dessen Umarmung ich am Morgen ohne einen Funken Erinnerung an meinen nächtlichen Weg aufwachte. Sie kitzelte mich, zupfte mir am Haar, zog mir die Decke weg, so daß ich aufwachte, nicht wissend, wo ich war, und, als ich es erkannte, schnell die Hände über mein unter meinem Hemd hervorlugendes Geschlecht legte.

Ich sehe auch ihren vor Freude zappelnden Körper an ihrem Geburtstag, höre ihre Stimme, ich habs gewußt, ich habs gewußt rufen. Ich sehe sie, einen Blumenkranz im Haar, wie sie mit aufgeblasenen Wangen dreizehn Kerzen ausblies, ich sehe ihr in der Taille geschnürtes Kleid, dessen Saum ihre gebräunten schlaksigen Beine umflatterte, sehe das zarte Geäder in ihren Kniekehlen, ich sehe, wie sie mein Geschenk auspackte, den Reitsattel, und mir jubelnd um den Hals fiel, sehe den rotlackierten Tennisschläger, den ihr Roberta schenkte, der aber nie benutzt wurde.

Ich sehe mich, wie ich ihr die ersten Reitstunden erteilte, sehe jetzt mein unverhohlenes Entzücken angesichts ihrer schlanken, kraftvollen Gestalt im Sattel, höre meine Stimme, Fersen runter, und Schenkel, Schenkel, Mädchen, Schenkel, das Pferd hat einen Leib, Druck erzeugt Gegendruck, vergiß das nicht, und das Gesäß, Johanna, dein Hintern! Ich sehe meinen Stolz, als sie geschickt das Gewicht verlagerte und meinem Kommando folgte, sehe, wie ich meine Tochter zu einer Amazone heranzog, sehe, wie ich mich an ihren Erfolgen weidete, ohne zu merken, daß nur eines sie trieb, die Angst, die schreckliche Angst vor dem Pferd und vor dem Mißerfolg und vor allem vor dem Verlust meiner Liebe.

Einmal, als sie den Kopfsteinpflasterweg von der Halle zum Stall entlangritt und plötzlich mit lautem Rattern ein Motorrad vorüberraste, ging das Pferd mit ihr durch. Erst jetzt sehe ich den Schrekken in den Augen meiner Tochter, als der Wallach, der von der Statur eines Hengstes war, auf dem der schmale Körper meiner Tochter wie ein Witz wirkte, im Streckgalopp losjagte, über die Straße hinweg, zwischen dem Verkehr hindurch, ein hartes, gehetztes Klappern der Hufe auf dem Asphalt, meine Tochter auf einem gefrorenen Acker abwarf, wo ich sie fand. Mein „Wasmichnichtumbringtmachtmichstark" drückte sich in ihr Bewußtsein wie ein Brandeisen. Ihre Oberlippe war geplatzt, und von ihrer Schulter rann Blut, ich hob sie hoch, trug sie auf meinen Armen, ihre rotgefrorenen Hände klammerten sich an mich, ich trug sie in den Stall zurück, wo das Pferd bereits angekommen war. Dasselbe Pferd, auch das sehe ich erst jetzt, hat meiner Tochter einmal in die Brust gebissen, so daß sie sich vor Schmerz krümmte, ichmußichmußichmuß flüsternd.

Ich sehe ihre Angst, als ich ihr die ersten Springstunden erteilte, wobei ich ihr zuerst das Fallen beibrachte, ich knallte die Peitsche zwischen die Hinterhand des Pferdes, daß es sich aufbäumte und seine Reiterin abwarf, die, wie ich es ihr erklärte, den Kopf einzog, über die Schulter des Pferdes rollte und wie ein Igel am Boden landete, meine gelenkige, kleine Tochter, die Frau, die ich mir machte.

Ich sehe sie am Boden, mit eingezogenem Kopf und angezogenen Knien wie eine Kugel, und sehe, wie sie vor Entsetzen zitterte, als ich sie aufforderte, nicht den Kopf hängen zu lassen, sondern von neuem aufzusitzen, sehe, wie ich die Peitsche unter den Schweif schlug, sehe das Aufbäumen des Pferdes und den zweiten, dritten, vierten, fünften Sturz meiner Tochter mit über der Pferdeschulter eingezogenem Kopf in das Sägemehl, aus dem sie mit wirrem Haar, die Hände auf die Brust geklammert, hervortauchte. Ich sehe, wie ihr Mund zuckte und lachähnliche Töne hervorstieß, die sich zu einem Glucksen steigerten, sehe, wie sich ihr Gesicht verzerrte, wie sich ihr Mund in die Breite zog und wie aus dieser mir zuliebe geschnittenen Fratze tatsächlich ein Lachen entstand. Ich sehe, wie ich mich vor ihr aufrichtete, vor meiner Kleinen, das Champagnerglas in der Hand, und wie ich sie hochleben ließ und meine Amazone! meine Siegerin! rief.

ZUSAMMENGESUNKEN saß meine Tochter, gerade vierzehn geworden, am Tisch und stocherte im Essen, Roberta saß ihr gegenüber, ungeduldig ihren Bewegungen folgend, meine Tochter nahm ein Häppchen auf die Gabelspitze, nach oben schielend führte sie es zum Munde, dann aber ließ sie, ohne die Lippen zu öffnen, die Hand wieder sinken, als wäre ihr auf dem Weg zum Mund die Kraft ausgegangen, Kartoffelbröckchen fielen von der Gabel. Auf einen bedeutungsvollen Blick ihrer Mutter gab sie sich einen Ruck, reckte sich und setzte zu einem zweiten Versuch an, als ginge es um die Beförderung eines Schwergewichts.

Ihr Ellbogen stieß gegen die Tischkante, sie knallte die Gabel auf den Teller, rannte in ihr Zimmer, verriegelte die Tür, warf sich aufs Bett, das Gesicht in die Armkuhle gegraben. Ihre Periode war ausgeblieben, ihre Haut war grau, sie war auf ein Skelett abgemagert, die Hüftknochen ragten unter dem Rockbund hervor, ihr Haar hing nach einer Behandlung mit einem aus Wasserstoffsuperoxyd und Mehl angerührten Brei in gelben Strähnen über die Augen, die Brust mit Schaumgummi abgepolstert, die Lippen weißrosa geschminkt, die Augen tiefschwarz: Ich hasse essen!

Als ich sie im Internat besuchte, hatte ich einen Strauß Rosen im Arm, wir gingen spazieren, meine in meiner Manteltasche ruhende Hand umfaßte die Hand meiner Tochter, du machst die gleichen Fingerbewegungen wie deine Mutter, sagte ich, sie drückte meine Finger, fragte, warum bist du denn gekommen. Ich brauche jemand, der mich tröstet, sagte ich, deine Mutter kann ihre Finger nie ruhig halten, sie betrügt mich mit einem jungen Mann, sagte ich, du, womit ich meine Tochter meinte, bist eigentlich viel liebenswerter als deine Mutter, bleib so, wie du bist, mein Mädchen, sagte ich in sentimentalem Ton.

Und später, schade, daß du aufgehört hast, zu reiten. Ich näherte mich ihrem Gesicht, sie wich zurück, mein Atem schlug ihr entgegen, mein modriger, väterlicher Atem, wir standen an einer abschüssigen Stelle, meine Tochter machte einen Schritt von mir weg und fiel rücklings in den Straßengraben, ich beugte mich über sie und zog sie hoch, es war kalt und bereits dunkel, mein Mantelkragen klappte über ihr Gesicht, mein Atem ging schnell, ich keuchte, meine Tochter klopfte sich den Schmutz vom Mantel, deine Mutter ist eine schreckliche Frau, sagte ich, sie ist mir ein Klotz am Bein, sie kann sich nie zufriedengeben.

Stolz kam in meiner Tochter auf, sie schlug vor, noch etwas trinken zu gehen. Ich habe es ja gewußt, dachte sie, ich bin besser als sie, womit sie Roberta, ihre Mutter und meine Frau meinte, sie bestellte einen Wein, sie lachte genauso wie ihre Mutter, ich legte meine Hand auf ihre Hand, ich fühlte mich ganz eins mit meiner Tochter und nahm ihr das Versprechen ab, das Reiten wieder aufzunehmen, sich wieder anzustrengen, für deinen Vater wirst du dich doch anstrengen, sagte ich.

Bevor ich sie an der Pforte des Mädcheninternats ablieferte, drückte ich ihr einen Geldschein in die Hand, glücklich lachend verschwand sie hinter der gläsernen Flügeltür in dem weißgestrichenen Gang, dann sah ich sie noch einmal aus dem Fenster blicken und mir zuwinken, ich lächelte ihr zu, einen Handkuß hochwerfend, und begab mich zu meinem Hotel, an diesem Abend erfüllte mich großes Glück.

Ich sehe sie vor dem Altar knien, ihr weißes Kleid auf dem Hintergrund eines schwarzen Talars, ein Bild, auf dem die Brautkrone genau bis zum Bäffchen reichte. Der Talar war mächtig und unglaublich breit, der von weißem Taft fest umspannte Rücken meiner Tochter war stark, fast ein Dreieck mit der Taille bildend, die Schultern ragten selbstbewußt aus dem weißen Stoff, die Schönheit des Rückens meiner Tochter empörte mich, jetzt, in dem Moment, wo sie als Braut vor dem Pfarrer kniete, und ich sah die Leberflecken über ihrem linken Schulterblatt, sie reihten sich zu einer Kette, ich kannte sie alle, jeden einzelnen konnte ich beschreiben, die flacheren und die erhabeneren, ich kannte sie alle von den vielen Stunden des Gutenachtsagens und Rückenkraulens.

Mein Mädchen, meine Große, jammerte ich, und indem ich auf den Rücken starrte, wurden die braunen Flecken unter meinen Fingerkuppen hart und erhoben sich, es war ein Fehler, jagte es mir durch den Kopf, ich will nicht, daß der Pfarrer seinen Wanst vor ihr Gesicht schiebt, hätte er nicht diesen lächerlichen Talar an, wäre ihr Gesicht direkt vor seiner Gürtelschnalle.

Ich saß in der ersten Reihe neben Roberta, meiner Frau, so daß ich alles wahrnehmen konnte, ich konnte sogar die geringen Erschütterungen ihres Rückens wahrnehmen, das sich ständig verändernde Schillern ihres Kleids, und ich ärgerte mich, daß die Geräusche der Hochzeitsrunde das von meiner Tochter ausgehende Rascheln und Atmen übertönten.

Hinter mir flüsterte es, schneuzte es, und ich sehe jetzt, daß meine Tochter in dem Moment, wo sie dem Pfarrer auf seine Frage mit Ja antwortete, dachte, ich lüge, wie kann man so ein Versprechen geben, wo man doch überhaupt noch nicht weiß, wie es ist, verheiratet zu sein. Sie warf einen kurzen Blick zurück, zu mir und Roberta, als wolle sie sich vergewissern, ich tue doch hoffentlich nichts Falsches. Und ich, in die väterliche Pflicht genommen, nickte, ein festes, vertrauenerweckendes, ermutigendes Lächeln auf den Lippen, die Täuschung war erfolgreich, genauso wie das verlogene Lächeln des gerade angetrauten Ehemannes, der ebenfalls wußte, daß auch er nicht an das glaubte, was er gerade feierlich gelobte.

Drei Monate später war meine Tochter schwanger, sie lag auf ihrem Bett, das getrennt von dem Bett ihres Mannes stand. Ich wußte, während ich lebte, nichts von dieser Schwangerschaft. Allein die Vorstellung, jede Nacht dem Schwitzkasten weiblichen Verlangens ausgeliefert zu sein, Händen die jederzeit nach ihm greifen und etwas von ihm wollen könnten, war eine Bedrohung für meinen Schwiegersohn, und diese Bedrohung verwandelte sich in tägliche Bedrängnis, machte ihn lustlos, starr, unfähig, schwach, brachte ihn zum Verstummen, bei jeder Entscheidung, zu der er sich durchrang, hatte er den Verdacht schwindelerregender Selbstüberschätzung, aber nach außen hin tarnte er sich mit Verachtung, legte sich eine ironische Weltsicht zu und Sprüche, diese Spießer, diese Lackaffen, diese Pißtopfhechte, diese Schwachköpfe, diese Weichhirne in Sauce. So lernte ich ihn kennen, er schien mir ein souveräner Mann zu sein, der witzig und zur Not zynisch sein konnte.

Nachts ging meine Tochter in das Zimmer ihres Mannes und lauschte seinem unruhigen Atem, bevor sie unter seine Bettdecke zu schlüpfen wagte und die Oberlippe dem Haarflaum auf seinem Rücken näherte, ihm zwischen die Schulterblätter hauchte, bis er aufwachte und sie in ihr Bett zurückschickte, komm Schätzchen, was soll denn das, geh doch, du weißt doch, ich vertrage das nicht. In wachem Zustand konnte er sich an die nächtliche Abweisung nicht erinnern, meine Tochter lag am Morgen ausgestreckt auf dem Bett und betrachtete das Kügelchen aus getrocknetem Blut an seinem Hals, das er beim Blick in den Spiegel nach dem Rasieren übersehen hatte. Sie schloß die Augen, eine weite Ebene breitete sich hinter ihren Lidern aus, eine sonnenbeschienene Bahn, auf der in gleichmäßigen Abständen Gegenstände zu sehen waren, die sich bewegten, schaukelnde fleischige Pakete, fest eingeschnürt.

Die Pakete waren mit Gewalt zusammengefaltete Körper, Seile schnitten tief in das Fleisch ein, hochgebundene Schenkel quollen zwischen den Strängen rechts und links hervor. Sie waren so zusammengebunden, daß die Rücken gekrümmt auf dem flachen Boden schaukelten. Die Knie waren an die Schultern hochgezogen, und die Glieder eng an die Körper gefesselt, die Geschlechtsteile der Frauen lagen klaffend offen, dem Himmel zugekehrt.

Meine Tochter hörte die Stimme ihres Mannes, sie versuchte, zu begreifen, was sie da hörte: Es tut nicht weh, du wirst eine Narkose bekommen, es wird alles ganz schnell gehen, alles absolut sicher, alles im OP, unter erstklassigen Bedingungen, ich habe alles vorbereitet, hörte sie die Stimme ihres Mannes, absolut diskret, Schätzchen, und deine Eltern werden nichts erfahren, keine Angst, ich liebe dich doch, dabei bohrte er mit dem Nagel seines Zeigefingers ein Loch ins Taschenfutter.

Meine Tochter krümmte sich und schwieg. Warum sagst du denn nichts, wollte mein Schwiegersohn wissen, worauf meine Tochter sich umdrehte, das Gesicht der Wand zukehrte und weinte. Er packte sie bei den Schultern, schüttelte sie, liebst du mich, ja oder nein, schrie er, falls ja, dann tu mir das nicht an, schrie er. Nachts weckte sie ihn, mach was du willst, ich kriege das Kind.

Ein paar Tage später lag sie in einer Klinik, die Beine festgeschnallt, die Kniekehlen in Metallbügeln, eine Schwester drückte ihr die Hand, die Stirn des Arztes schob sich zwischen ihre Beine, Instrumente blitzten, bohrten sich ihr ins Innere, sie wollte aus dem Stuhl springen, bäumte sich auf, Schmerz durch den ganzen Körper, ein zäher, festgewachsener, harter Kern wurde ihr aus dem Leib gezogen, Pochen, Reißen, Ziehen, klickende Instrumente, und die Stimme ihres Mannes, Schätzchen, auch das hätten wir geschafft, ich liebe dich doch.

ICH HIELT ES FÜR EINEN ANFALL von Verfolgungswahn, als Roberta die Nerven verlor, als wir, um den Zusammenbruch des Betriebs noch aufzuhalten, psychologische Beratung suchten, als ich nicht mehr aus der atemschnürenden Beklemmung herausfand, mit der ich nach wenigen Stunden Schlaf mit dröhnendem Schädel aufwachte, als wir gemeinsam an dem Kurs für Manager und ihre Frauen teilnahmen, mit dem Ziel, innere Stärke zu erwerben. Als in einem luxuriösen Hotel in Baden-Baden zwei Herren einer Gruppe von Unternehmern und Betriebsleitern samt Gattinnen beizubringen vorgaben, wie man seine Energien in Rentabilität umwandelt, als wir aufgefordert wurden, uns unter vier Augen den Kummer von der Seele zu reden, was Therapie genannt wurde, und als Roberta mich nach einer dieser Sitzungen mit beschwörendem Blick in den Wagen zerrte, um mich in einem Waldstück darüber aufzuklären, daß diese Herren keineswegs nur harmlose Psychologen seien, sondern aus der sowjetisch besetzten Zone eingeschleuste Spitzel, die sich in das Vertrauen westdeutscher Unternehmer einschlichen, um sie mit falscher Personalberatung zu ruinieren und auf diese Weise die Revolution voranzutreiben.

Als Roberta mit aufgerissenem Blick hastig auf mich einredete, als sie mich davon zu überzeugen suchte, was sie sah und witterte, und als ich ihr empfahl, einen Arzt aufzusuchen, um sich Beruhigungsmittel verschreiben zu lassen, dachte ich, sie wäre verrückt geworden. Ich sehe sie bei hektischen Telefonaten, besessen von der Idee, Verschwörungen aufdecken zu müssen. Damals, als ich mich leichtgläubig von dem Halbwissen der beiden Herren einlullen ließ, die uns, ein paar westdeutschen Unternehmern, beizubringen vorgaben, wie man seine Führungsqualitäten stärkt. Ihr Programm war nichts weiter als eine hausgemachte Mischung aus einer fragwürdigen Typenlehre und autogenem Training, das sie uns als die neuesten amerikanischen Wissenschaftsergebnisse anpriesen. Ich sehe mich nach dieser gerade aufkommenden Mode greifen, wie ein Ertrinkender nach einem Strohhalm. Ich sehe mich auf dem Boden liegend eine Schallplatte hören. In regelmäßigen Abständen ertönten die immer gleichen Sätze, „ich atme tief durch, ich bin ganz ruhig, ich setze mich durch". Dazwischen sanfte Musik, nach einer Weile fiel der erste Satz und dann auch der zweite weg, und nur das ICHSETZEMICHDURCH war noch zu hören, gesprochen von einer männlichen Stimme, deren imperative Väterlichkeit tief auf mich wirkte, es war, als flösse die Stimme meine Nervenbahnen entlang, sie entspannte meine Muskeln, der Unterkiefer sackte mir auf die Brust, meine Handflächen und Fußsohlen wurden heiß, und eine große Zuversicht kam in mir auf. Diese Schallplatte kaufte ich am Ende des Seminars in Baden-Baden. Roberta beschwor mich, nur ja den Kontakt zu diesen Spitzeln, wie sie sich ausdrückte, abzubrechen, und da ich nicht auf sie hörte, fuhr sie in Panik nach Hause.

Ohne mein Wissen wandte sie sich an den Verfassungsschutz und schrieb Berichte, in denen alles aufgezeichnet war, was sie auf dem Seminar erlebt hatte. Besonders verdächtig fand sie die immer wieder gestellte Frage an die Ehefrauen: Sind Sie glücklich mit Ihrem Mann, beschreiben Sie es uns genau, und die Neugier auf ihr Sexualleben oder die scheinbar beiläufig gestellten Fragen nach den Vermögensverhältnissen oder daß ein gutaussehender junger Mann, der scheinbar zufällig zur gleichen Zeit im selben Hotel weilte, meiner Frau einen Antrag machte und sie beinahe verführt hätte, was ihm nicht gelang, da sie auch in ihm einen Spitzel des östlichen Geheimdienstes sah.

Roberta war auf ein Federgewicht abgemagert, sie aß so gut wie nichts mehr, sondern rauchte nur noch und trank Kaffee, mit zuckendem Augenlid und aufgerissenem Blick entdeckte sie überall Verschwörungen, stundenlang telefonierte sie, und ich dachte, sie sei dem Wahnsinn verfallen, die Haut unter ihren Augen schimmerte wie dünnes Perlmutt, mit gehetzter Stimme beschimpfte sie mich, deutete mein Unverständnis als Kollaboration, meinte, ich sei das Opfer einer Gehirnwäsche, und ließ sich in keinem Sessel nieder, ohne vorher die Ritzen zwischen Sitz und Polster abgetastet zu haben. Hatte ich morgens das Haus verlassen, schickte sie das Dienstmädchen fort und rollte die Teppiche hoch, öffnete Steckdosen und Lichtschalter, zerlegte den Telefonhörer und durchsuchte Buch für Buch unserer Bibliothek. Ich sehe, wie wir einmal die Treppe hochgingen, kurz nach dem Seminar in Baden-Baden. Ihr Blick fiel auf die Flurwand, sie machte plötzlich halt, ich folgte ihr, unter ihrem engen Rock sprangen die Gesäßmuskeln hervor, ein Anblick, der mich erregte, da stieß es aus ihr hervor, da, da, da haben wirs! Sie wies auf die Gemälde an der Wand im oberen Flur, auf denen in einer sonnigen Lindenallee ein paar Reiter ihre Pferde durch buntes Herbstlaub trieben. Tatsächlich hingen die Bilder schief, für Roberta ein weiterer Beweis für die Machenschaften eines östlichen Geheimdienstes. Jetzt sehe ich einen Beamten des westdeutschen Verfassungsschutzes die Bilder abhängen, um sie Zentimeter für Zentimeter zu untersuchen. Roberta hatte ihn unter dem Siegel der Verschwiegenheit herbestellt. Aber er konnte ihren Verdacht nicht bestätigen. „Die Paranoia meines Schätzchens“, wie ich Robertas Zustand nannte, war weiter auf Spekulationen angewiesen. Auch glaubte sie, unser Sohn sei von östlichen Agenten auf seinen politischen Irrweg, wie sie sich ausdrückte, gelockt worden. Wie die Zecken fressen sie sich unter unsere Haut, bis der Zustand der absoluten Verblödung erreicht ist, sagte sie immer wieder, und ich tätschelte ihr die Hand und bat unseren Hausarzt, ihr Valium zu verschreiben. Diese ekelhafte, gallertige, mörderische Masse, sagte Roberta, sie drängt sich in alle Ritzen unserer Gesellschaft und sät überall nichts als Unzufriedenheit. Man muß doch krank sein, um freiwillig so zu leben, in diesem Dreck, zwischen diesen Nervensägen. Du hättest ihn mal hören sollen, wie er fanatische Reden schwingt, dieser arme Irre, der unser Sohn sein soll, zischte sie, dieser Trauerkloß, der an nichts auch nur ein gutes Haar läßt, der aussieht, als hätte er die Schwindsucht, und dieser Affenkäfig von Wohnung und dieser Gestank nach ungewaschenen Männerhosen und dreckigen Windeln, wie Fettaugen schwimmen sie doch auf ihrer Selbstgerechtigkeit, diese crétins, schrie sie, diese hirnerweichten Idioten, diese Jämmerlinge von einer Generation, diese armen Irren!

WAS ICH ZU LEBZEITEN zu beherrschen dachte, war mir doch längst aus den Händen geglitten und über den Kopf gewachsen, die aus dem Blick verlorenen Konten, die in geheimen Tresorfächern vergessenen Aktienpapiere, das Gespinst komplizierter Geldanlagen, zur Steuerersparnis über Strohmänner organisiert, die mich, als sie meiner Vergeßlichkeit gewahr wurden, betrogen, die Vielzahl billiger Ferienwohnungen, die ich auf verschiedenen Inseln gekauft und ortsansässigen Treuhändern überantwortet hatte, Anlagen, ohne Wissen meiner Frau und meiner Kinder getätigt, denen ich jedwede Klugheit in Gelddingen absprach, weil ich kein Vertrauen zu ihnen hatte. Wie ich überhaupt meine Familie für leichtfertig hielt, besonders nachdem ich merkte, daß meine Frau mich betrog, nachdem Altmann gestorben war, was in die Zeit der Veräußerung meines Betriebs fiel, als sich die Frage erhob, was ich mit dem dafür erhaltenen Kapital anfangen wollte.

Damals, als mein ganzes Lebensgefüge wie ein Gebirge aufbarst, als mich die Furcht überkam, meine Tochter könnte an einen Erbschleicher geraten und meine Frau würde mich mit ihrem Liebhaber samt dem Inhalt meiner heimlichen Konten verlassen. Eine, wie ich jetzt sehe, nur zum Teil grundlose Furcht, denn niemand hat sich zuverlässiger und klüger um mein Vermögen gekümmert als meine Frau, die mich damals schon angefangen hatte, mehr zu lieben, als sie Altmann je geliebt hatte, und niemand, auch das sehe ich jetzt, war von größerer Habgier beseelt als mein

Schwiegersohn, der einzige, den ich in meine Geldanlagen einweihte, sofern sie mir noch gegenwärtig und nicht im Gletschergeröll meiner Vergeßlichkeit verschwunden waren. Jetzt sehe ich, daß ein Großteil meines Geldes auf Konten ruht, von denen niemand etwas weiß, nicht einmal mein Schwiegersohn, Nummernkonten in Genf, Lausanne, Zürich, deren Geheimcodes ich wiederum in Tresoren verwahrte, die Schlüssel dazu hielt ich in vielen Ledersäckchen versteckt, die ich auf meine verschiedenen Wohnungen verteilte und in Wäschekörbe, unter Matratzen, hinter Bilder an der Wand und unter Badewannen schob. Niemand sollte mehr erkennen, welcher Schlüssel zu welchem Schloß paßte. Für mich selbst machte ich Notizen, manchmal sogar mit kleinen Zeichnungen, damit ich mir die verschiedenen Verstecke merkte. Denn in dem Anfall von Furcht, meine Frau könnte sich meines Vermögens bemächtigen, hatte ich alle Schlüssel unkenntlich gemacht, indem ich sämtliche Schilder und Zettel davon entfernte und die Nummerngravur mit einer Feile abtrug, so gründlich, daß weder ich, der ich mit der Zeit in die Ruhe des Vergessens sank, noch Roberta, der ich immer mehr mißtraute, je öfter sich mir die Vorstellung aufdrängte, sie gebe sich leidenschaftlich dem jungen Mann hin, mit dem ich sie auf einem Fest gesehen hatte, sich je wieder mit den Schlüsseln zurechtfanden.

Je gnadenloser sich mir das Bild meiner Frau aufdrängte, wie sie ihr Geschlecht ihrem jungen Liebhaber darbot, je mehr ich mich in die Idee hineinsteigerte, alles zu verlieren, wofür es sich zu leben lohnte, so drückte ich mich damals einem Freund und auch einmal meiner Tochter gegenüber aus, nämlich die Liebe und die Schönheit meiner Frau, längst vergessend, daß ich selbst nie aufgehört hatte, sie zu betrügen, desto eigensinniger wurde ich in Sachen Geld, desto besessener tätigte ich heimliche Geschäfte, bis zum Eintritt meines Schwiegersohnes in die Familie, dem einzigen, dem ich Vertrauen schenkte und den ich in meine Transaktionen einweihte. Und jetzt erkenne ich, daß er der einzige war, der mich ohne Skrupel hinterging, und ich sehe, daß nach meinem Ableben nur ein Bruchteil meines Vermögens dingfest zu machen war und daß alles, was nicht in meinen in der Inselwohnung hinterlassenen Akten zu finden war, verlorenging, auf nie geöffneten Konten dahinmoderte, bis irgendwann ein Staat seine Hand auf alles legen wird oder mein im Tessin lebender Anlageberater, ein überaus frommer Mann, der uns deutschen Steuerflüchtlingen zur Unterbringung heimlicher Vermögen verhalf, einer von diesen sich als Treuhänder ausgebenden Veruntreuern.

So ist nach meinem Tod nichts als ein Haufen Papiere zurückgeblieben, Zeugnisse meiner Ratlosigkeit und Rastlosigkeit, Rechnungen, Quittungen, Verträge, Beschwerden und Anfragen, Werbematerial von Anlagefirmen, Annoncen, Kündigungen, ein nicht mehr zu entwirrendes Tohuwabohu, die Archivierung meiner schubweise sich steigernden Verneinung meiner eigenen Prinzipien, die da waren Ordnung, Klarheit, Pünktlichkeit. Damals, als ich anfing, die Ampeln bei Rot zu überfahren und meinen Kindern meine häufigen Autounfälle verschwieg, weil ich wußte, sie würden mir den Führerschein entziehen lassen, und als ich, bis ich auf die Insel zog, immer neue Gründe für Wohnungswechsel fand, denn der Gestank meiner Gefühle war bald nicht mehr zu ertragen.

DAMALS, ALS ICH MIT ROBERTA eine Reise in den Süden machte, als wir im offenen Wagen durch Alleen fuhren, das Grün der Baumkronen wuchs über der Straße zusammen, es war, als führen wir durch grüne Kirchenschiffe, als die Franzosen die Revolution und den Sieg über die Deutschen feierten, und wir am vierzehnten Juli mit ihnen auf der Straße tanzten, damals sah Roberta mein Gesicht zum ersten Mal mit anderen Augen. Nach der anstrengendsten Zeit meines Lebens hatte sie mich zu dieser Reise in den Süden überredet. Ich hatte seit Jahren keinen Urlaub mehr gemacht und arbeitete manchmal siebzehn Stunden am Tag. In dieser Zeit konnte Roberta sich gefahrlos und so oft, wie sie wollte, mit Altmann treffen, weil ich nichts wahrnahm außer meiner Arbeit. Sie lernte ihn damals gut kennen, und sie bekam eine Ahnung davon, wie es gewesen wäre, wäre sie nicht meine, sondern seine Frau geworden. Allein aus diesem Grund sah sie mich plötzlich mit anderen Augen. Denn sie erkannte, daß, wäre sie Altmanns Frau geworden, sie die Betrogene wäre und daß Altmann sie nur so lange begehrte, wie er um sie kämpfen mußte. Damals verspürte sie zum ersten Mal den Wunsch, mir nahe zu sein, weil sie plötzlich fürchtete, ich könnte ihr verlorengehen.

Es war eine Zeit, als ich große Anerkennung genoß und als man mich aufforderte, dem Rotary Club beizutreten. Ich war dabei, mir einen Namen als Geschäftsmann zu machen, und hatte mir eine Geliebte zugelegt, die mich abends nach Betriebsschluß für ein bis zwei Stunden besuchte. Manchmal traf ich mich auch in der Mittagspause in einem Hotel mit ihr. Sie wäre ihrem Mann am liebsten davongelaufen und erwartete bald von mir, daß ich mich von Roberta trenne. Als ihr Mann unser Verhältnis entdeckte, verlangte er von ihr, als Beweis ehelicher Liebe, noch einmal anzutreten, wie er sich ausdrückte, und schwängerte sie. Obwohl sie ihrem Mann geschworen hatte, mich nie wieder zu sehen, besuchte sie mich weiterhin jede Woche.

In ihrem schwangeren Leib feierte ich den Sieg über ihren Mann, ich hoffte, sie würde einen Abgang haben, ich keilte ihn ein, diesen von meinem Konkurrenten gezeugten Sproß im Schoß meiner Geliebten, ich kostete den Triumph ihrer Untreue aus und meiner Macht über sie, die sich mir in ihrer Bereitschaft zeigte, jederzeit ihren Mann und ihre Kinder hinters Licht zu führen.

Berauscht von meinen beruflichen und erotischen Siegen, raste ich voran wie auf einer Achterbahn, bei konstant erhöhtem Adrenalinspiegel, gesteigertem Blutdruck, geröteter Stirn, atemlos durch Tage und Nächte treibend, immer den Widerstand suchend, an dem ich meinen Lebenswillen beweisen, meine Waffen schärfen, meine Macht messen konnte. Als ich meiner Geliebten den Laufpaß gab, drehte sie durch, drohte mit Selbstmord, gab mir die Schuld an einer Unterleibskrankheit, wegen der man ihr die Gebärmutter entfernte, terrorisierte mich mit Liebesbriefen, Drohungen, Vorwürfen, weckte Roberta mit nächtlichen Anrufen, tauchte unerwartet in meinem Büro auf, Augenblitze hinter Silberfuchs, fordernd, jammernd, flehend und werbend.

Ich fügte mich damals nur deshalb Robertas Wunsch, mit ihr in den Süden Frankreichs zu fahren, weil mich der Arzt vor einem Herzinfarkt warnte, vor der sogenannten Managerkrankheit. Ich ahnte nicht, daß in diesen Tagen Roberta beim Anblick meines Gesichts von der Seite, während wir im Wagen saßen und der Fahrtwind mir das Haar zerzauste, zum ersten Mal dachte: ICH LIEBE IHN. Und zwar nur deshalb, weil ich ihr zu entgleiten drohte, ich, ihr Versorger, ihr sicheres Kapital, die Grundlage ihrer Existenz. Ich kannte nicht den Grund der betörenden Unruhe in ihren Augen, als sie mich aufforderte, so schnell wie möglich das nächste Hotel aufzusuchen. Ich verstand natürlich nicht, warum ich versagte und meine zum ersten Mal für mich so etwas wie Liebe empfindende Frau enttäuschte, denn ich wußte nichts von den Gesetzen, nach welchen ich lebte.

Nur ein einziges Mal gelang es mir während dieser vierzehn Tage, meine Frau zu befriedigen, und ich ahnte nicht, daß es der Tag war, an dem sie heimlich mit Altmann telefoniert hatte und von seiner Stimme am Telefon noch ganz erfüllt war. Sie gab es nicht auf, um mich zu werben und mich zu verführen, denn meine Impotenz weckte in ihr den Verdacht, die Macht über mich verloren zu haben. Das irritierte sie und trieb ihren Ehrgeiz an und ihr Verlangen. Aber an jenem

Tag, wo sie wieder an Altmann dachte, überkam mich plötzlich die Lust, ohne daß ich wußte, warum, denn ich ahnte ja nicht, daß ich nur funktionierte, wenn mir verweigert wurde, was ich wollte. Und wenn Roberta an Altmann dachte, war jede Geste bei ihr Verweigerung, selbst wenn sie dann mit mir schlief, war es Verweigerung.

Zum ersten Mal in meinem Leben genoß ich eine Reise. Der Fahrtwind duftete nach Linden und frisch gemähtem Gras, wir fuhren so lange, bis wir hungrig waren, machten halt und ließen uns ins Gras fallen, tranken Rotwein aus der Flasche und aßen frisches Weißbrot und Käse aus der Hand. Ich küßte Robertas geschlossene Lider, fuhr mit den Lippen ihre Körperlinie entlang bis zu den Fußspitzen, eine Widerstandslosigkeit kam über mich wie nie zuvor, nie zuvor hatte ich das Bedürfnis nach Landschaft verspürt, nach dem Duft frisch gemähten Grases, nach einer Umarmung unter freiem Himmel, nach unbemessener Zeit. Wir hielten an, um in einem See zu schwimmen, ich unterwarf mich Robertas Wünschen, wir machten überall halt, wo sie es wollte, und wir gingen in jede kleine Kirche, die sie zu sehen wünschte.

Meine sonst auf Reisen mich treibende Hast war verschwunden, ich hatte nicht das Bedürfnis nach Eile, und als wir am Ufer der Ardèche, trunken von Wein und Sonne, einschliefen und erst bei Dunkelheit wieder aufwachten, überkam mich nicht die Panik, wie sonst, wenn etwas Ungeplantes einen Tag bestimmte. Die mich sonst umgebenden Grenzen waren in die Ferne gerutscht, ich segelte auf einer mir bis dahin unbekannten Zufriedenheit, und selbst die Tatsache, daß ich nicht in der Lage war, meine Frau zu befriedigen, weil ich kein Bedürfnis danach verspürte, beunruhigte mich nicht. Ich nahm mein Unvermögen nicht einmal wahr, denn nie hätte ich gedacht, daß Roberta etwas fehlte. Im Gegenteil, ich glaubte, sie wäre froh, in Ruhe gelassen zu werden, und ich ahnte nicht, was ich jetzt sehe, daß sie täglich versuchte, mich zu verführen. Sie zog sich zum Abendessen ein enges Kleid an, ihre Hüften wölbten sich unter einem straffen Gürtel, ich sollte ihre schlanke Taille sehen, herausfordernd ging sie vor mir her. Sie umarmte mich von hinten, ich stand am offenen Fenster, aber ich reagierte nicht. Ich ließ mich von ihr entkleiden und fiel bedürfnislos in die Kissen.

Nur einmal war es anders, an dem Tag nämlich, als sie mit Altmann telefoniert hatte und ich sah, wie sie mir entgegenkam, als ich dachte, sie wäre in einer Kirche gewesen, während ich im Café wartete. In Wirklichkeit kam sie von der Post, sie lief in einem weißen, locker hängenden Kleid über den hellen, sonnigen baumlosen Platz, niemand sonst war auf diesem Platz, der von verwitterten hellen Steinhäusern umgeben war, ein gleißendes, beinahe nicht zu ertragendes Licht lag darüber, und Roberta schlenderte daher. Sie sah aus wie ein junges Mädchen, sie hatte sich das Haar hochgesteckt und hielt eine Tüte mit Mirabellen im Arm, von denen sie von Zeit zu Zeit eine in den Mund schob, und während ich sie so auf mich zukommen sah, zogen sich meine Hoden hoch, und ich empfand eine unbeschreibliche Sehnsucht nach meiner Frau, die gerade, was ich nicht wußte, mit meinem Freund Altmann telefoniert hatte, um ihm zu sagen, wie sehr sie sich langweile ohne ihn.

Ich bezahlte den Kaffee, den ich getrunken hatte, aber ich stand noch nicht auf, sondern blieb, den Rücken gegen die sonnenheiße Steinwand gelehnt, sitzen und kostete es aus, meine Frau auf mich zukommen zu sehen. Sie ging so langsam, daß ich mich fragte, ob sie sich überhaupt noch von der Stelle bewegte. Ich ertrug die Hitze auf meinem Kopf und auf meinen Armen, die langsam herabperlenden Schweißtropfen auf meiner Stirn, den aus einem Fenster dringenden Uringeruch, die Berührung einer immer wieder auf meiner Wange landenden Fliege und die Langsamkeit des sich auf mich zu bewegenden Bildes meiner Frau, die unwirkliche Helligkeit dieses Augenblicks, das in mir aufsteigende Verlangen, diese in Konturen aus weißem Licht sich auf mich zu bewegende weiße Erscheinung, die sich aus einer hellen Steinfassade löste und den in der Sonne weiß glühenden Platz überquerte, die, ohne vorwärtszukommen, auf mich zuflirrte, und ich ertrug das Dehnen meiner Nerven und Muskeln, eine zunehmende Anspannung, und als meine Frau endlich bei mir war, stand ich von meinem Platz auf, nahm sie beim Arm, ging mit ihr aufs Zimmer hoch, schloß die Vorhänge und erlebte die besten Augenblicke meines Lebens, ohne zu ahnen, daß ich nur deshalb nicht versagte, weil meine Frau an diesem Tag mit Altmann telefoniert hatte und während des Gangs über den Platz noch ganz erfüllt war von dem Gedanken an ihn, was bedeutete, daß sie sich vollkommen von mir entfernt hatte, während sie wie eine Filmfigur über den Platz flimmerte, und daß meine Sexualität nur deshalb mich nicht im Stich ließ, weil ich Roberta vom Moment ihres Erscheinens am äußersten Ende des Platzes bis zu ihrer Ankunft im Café erobern mußte, an diesem seltenen Tag, wo wir, meine Frau und ich, gleichermaßen glücklich waren.

Aber bereits am Tag darauf, als ich den Augenblick wiederholen wollte, empfand ich nicht einmal einen Anflug körperlichen Verlangens, in der Hand meiner Frau zog sich mein schwach erigiertes Glied in sich zurück, ich konnte nichts dagegen tun. Ich wußte nicht, daß mir der Kampfgrund, der Widerspruch, die Ablehnung fehlte. Die Weite des Tals, die Milde der Luft, das plötzliche Verlangen meiner Frau und die Schönheit der Landschaft hatten mich von allem entfernt, was mich vom ersten Tag meines Lebens an getrieben hatte. Ich merkte nicht, daß die folgenden Tage unserer Reise Richtung Süden bis zur Côte d'Azur für meine Frau eine Kette von Enttäuschungen waren und daß sie, als sie naßgeschwitzt aufwachte, Altmanns Gesicht vor Augen, nicht wußte, zu wem sie sich mehr hingezogen fühlte, zu mir oder zu ihrem Geliebten.

ICH SEHE MEINEN SOHN, schon als Internatsschüler war er für sein Alter zu klein und zeigte bereits Ansätze zur Fettsucht, er trug eine schwarze Lederhose, eng spannte sich das speckige Leder um Schenkel und Gesäß, anstatt seine Schritte zur Schule zu lenken, tappte er, eine große Tüte Süßigkeiten im Arm, Richtung Wald. Seit meine Frau ihn im Internat abgeliefert hatte, trug er diese Hose, deren Reißverschluß sich nur mit Mühe schließen ließ. Auch in der Nacht trennte er sich nicht von ihr, sondern knautschte sie unter den Kopf, schob die Nase zwischen die Falten und atmete den Geruch von Schweiß, Fett, Urin und Leder ein, glitt in heimwehdurchzogene Träume von seiner Mutter, die ihm lachend und mit fliegenden Haaren davonlief. Morgens wieder stieg er in die Lederhose, sie ließ sich schon nicht mehr schließen, der weiße Knabenbauch quoll zwischen den Reißverschlußzähnen hervor. Mein Sohn in zerrissenen Turnschuhen, mit offener Hose, traurigem Blick, so trottete er über den federnden Boden aus Tannennadelschichten, die braune Tüte mit Süßigkeiten gegen die Brust gepreßt, in das dichter werdende Grün, in das Vogelgeschrei, so wanderte mein Sohn mit seinem dicken Knaben eigentümlichen Gang bis zu einem Verschlag hinter der Futterstelle für Rotwild, wo er haltmachte, ein paar Zweige zur Seite räumte und sich niederließ. Schokolade verschwand in seinem Mund, er hatte den Hosenbund geöffnet und die Beine bequem angewinkelt, das Süße zerging ihm auf der Zunge, ein sich ausbreitender Trost, der über die Zungenränder in die Nischen des Mundes sickerte und in einem Strom den ganzen Körper durchzog, dann schlief er ein, den Kopf auf dem angewinkelten Arm, so wurde er von den Internatsschülern am Abend gefunden.

Der Versuch meiner Frau, in ihn zu dringen, war quälend. Auf Fragen nach seinem Befinden antwortete er mit „normal“, und als sie ihm in einem Café gegenübersaß und das schöne, im Hochgebirgslicht um so klarer erscheinende junge Gesicht betrachtete, dachte sie, warum kann er nicht anders sein, warum macht er es mir so schwer. Seine immer gleiche Antwort auf Fragen wie, bist du zufrieden oder wie findest du das Internat, war: „normal“. Seine lakonischen Aussagen waren von vagem Lächeln begleitet. Roberta hörte bald auf, ihn weiter auszufragen. Eis mit Sahne wurde ihm serviert, Roberta sah zu, wie er den Löffel in den Sahneturm stieß und anfing, darin herumzurühren, bis sich die Sahne mit dem Eis vermischte, eine cremige Masse, weich und von der gleichen Farbe wie der durch den geöffneten Hosenschlitz drängende Knabenbauch. Roberta wollte ihren Sohn aus seiner Verwandlung zurückholen, denn was vor ihren Augen saß, entsetzte sie, und sie erinnerte sich an das zierliche Kind, dessen Hand sie einst vorsichtig auffaltete, um den Mund hineinzulegen. Den Geruch seiner Kinderhand plötzlich im Gedächtnis, mußte sie sich zwingen, keine Tränen aufsteigen zu lassen. Das Eis verschlingend saß er ihr gegenüber, sein großer Körper war viel größer als ihr eigener. Dann stand er auf und ging zur Kuchentheke. Jetzt sah sie ihn von hinten, sah, wie er daherging, und wunderte sich, daß dieses ihr fremde Wesen einmal in ihrem Leib gewesen war. Als du klein warst, sagte sie zu ihm, der mit der Hand ein Stück Butterkuchen zum Mund führte, als du ein Baby warst, wußte ich, daß ich mir einen Sohn gewünscht hatte.

Ich sehe meine Frau mit ihrem fünfjährigen Sohn am Strand, er lief mit seiner Schaufel und seinem Eimerchen vom Wasser zu seiner Mutter und von seiner Mutter zum Wasser zurück. Seine Mutter lag nackt im Sand und wartete darauf, daß ihr Sohn zurückkäme mit dem Eimerchen und Wasser über ihren Körper gösse. Jedesmal schrie sie dann auf, übertrieben schrill, langgezogen, ein in Lachen auslaufendes Heulen, und dann sah sie seine schmale Gestalt sich wieder dem Wasser zu bewegen, das schlenkernde Eimerchen in der Hand, in eiligen Schritten durch den aufgewühlten Sand tappend, beobachtete, wie die Muskeln seiner Schenkel hervorsprangen und sein Glied wippte. Als er sich ihr wieder näherte, schloß sie die Augen und wartete mit angespannten Gesäßmuskeln auf den Schwapp Wasser, dabei tat sie, als schliefe sie, und wußte doch, daß auch ihr Sohn wußte, daß sie nur so tat, als ob. Und dann das Freudengeschrei, das er jedesmal ausstieß, wenn er ihr das Wasser über Brust und Bauch goß und wenn sie vor Schreck zappelnd und kreischend hochfuhr und tat, als wolle sie ihn fangen und zur Strafe schlagen. Sowohl ihr Zappeln als auch ihr Kreischen waren übertrieben, denn das gehörte zu dem Spiel. Dann machte unser Sohn, aus der Reichweite seiner Mutter geflüchtet, halt, preßte die Knie zusammen und schüttelte sich, bis Wonneschauer seine Haut elektrisierten. Wieder rannte er zum Meer hinunter, um von neuem sein Eimerchen aufzufüllen, und immer wieder stellte sich meine Frau den jungen Mann vor, der einmal aus ihm werden würde, und eine schöne Zukunft strömte in das klar und grün in der niederfallenden Sonne liegende Meer.

WER HÄTTE GEDACHT, daß meine Mutter kurz vor ihrem Tod, wenn sie in verwirrtem Zustand eine italienische oder japanische Telefonnummer wählte, niemanden anders sprechen wollte als mich, ihren Sohn, den sie sechzig Jahre zuvor mit einem herausgeschrienen Nein vor dem Leben verschonen wollte. Wer hätte gedacht, daß sie am Ende ihres Lebens durch zufällige Telefonverbindungen doch noch Kontakt mit mir aufnahm, indem sie zufälligen Hörern die versäumten Liebeserklärungen an ihren einzigen Sohn ins Ohr säuselte, mein Kleiner, mein Schätzchen, mein Schnäuzelchen, bis die Leitung des Altenheims ihr das Telefon entzog, weil die Rechnungen in die Tausende gingen.

Nie hätte ich gedacht, daß meine Mutter mich erkannte, wenn ich sie besuchte und neben ihrem Bett saß, wenn sie mir ihren rechten Fuß hinstreckte und gebieterisch forderte, ihn zu massieren, wobei sie mich beim Namen ihres Bruders nannte, nimm meinen Fuß, Friedrich, und massiere ihn, und wenn sie dann stöhnend ins Kissen zurückfiel und die Augen schloß, während ich mit der Hand über ihren weißen, pergamenthäutigen Fuß strich und den Atem anhielt. Indem ich mit der Linken ihre Ferse hielt, zog ich mit der Rechten Linien um ihre blaufleckigen Knöchel, massierte mit festem Druck den Ballen, rieb den Spann hoch und fuhr hinab bis zu den Fußnägeln, die sich wie Papageienschnäbel um die Zehenkuppen wölbten. Ich ekelte mich vor ihren Füßen, von denen ein intimer Geruch aufströmte und auf deren Berührungen sie mit entspanntem Lächeln reagierte. Je gelöster sie wurde, desto größer wurde mein Ekel. Manchmal nannte sie mich auch beim Namen ihrer Mutter, obwohl sie mich erkannte.

Ich ahnte nicht, daß sich das entschiedene Nein zu meinem Leben an ihrem Ende in sein Gegenteil verkehrte, und daß sie mich in ihrer Vorstellung an ihre Brust drückte, die in Wirklichkeit wie leere Hauttaschen auf ihren Rippen lag, sich in ihrer Fantasie aber aufgewölbt und mit Milch angefüllt hatte, so säugte sie mich doch noch, wenn auch nur in einer verspäteten Fantasie, und drückte mich, ihren einzigen Sohn, ihren plötzlichen Liebling, eine Mischung aus ihrem Bruder, ihrer Mutter und mir, drückte uns selbdritt an ihre Brust, indem sie vor sich hin faselte, etwas von vor dem Fenster schwebenden Weihnachtsbäumen und von einem augensprühenden Himmelswagen. So glitt sie allmählich in den Tod. Während ich, ihren Fuß in Händen, neben ihrem Bett saß, tobte die lebenslang unterdrückte Liebe durch ihren Körper, als wäre am Ende der Frist durch fiebernde Beschleunigung nachzuholen, was über achtzig Jahre versäumt worden war.

So fing ihr Fleisch ein von außen unsichtbares Feuer, unter der weißen, in dünnen, trockenen Falten gespannten Haut pochte auf einmal Verlangen, meine Mutter hielt meinen säuglingsgroßen Erwachsenenkörper zwischen ihren Brüsten, sie schob mir die Brustwarze in den Mund, und ich saugte mit kräftigem Zug in mich ein, was mir in

Wirklichkeit verwehrt worden war. Ahnungslos saß ich da und massierte ihren Fuß, während sie mir ihre spät empfundene Liebe einflößte und sich mit dem Leben versöhnte, das sie nicht nur für mich, sondern auch für sich selbst von Anfang an zurückgewiesen hatte.

Mein dreitägiges Wüten in ihrem Leib vor meiner Geburt, mein kreuzweise in die Quere stoßender Kopf, meine Weigerung, ihr Inneres zu verlassen und es statt dessen mit Schmerzen anzufüllen, mich selbst als einen einzigen, entsetzlichen, zerreißenden Schmerz anzukündigen, war nichts als die Fortsetzung ihrer Lebensverneinung, ihrer Schmerzsucht.

Jetzt sehe ich, wie meine siebzehnjährige Mutter vor dem Spiegel stand und mit einer kantigen Nadel das blaue Geäder auf der Brust nachfuhr, wie sie Linien einritzte, die als zartes rotes Geäst auf ihrer weißen Haut blieben. Alle paar Tage machte sie sich daran zu schaffen, und einmal, als sie hochfiebrig im Bett lag und der Arzt das Hörrohr ansetzen wollte, kam die gewisse Veranlagung, wie ihre Selbstverletzungssucht vom Hausarzt genannt wurde, zutage, ein zwischen Brust und Kinn ausgespanntes Netz eitriger, schrundiger Linien, ein dauernder Schmerz, das einzige Mittel, die unerträgliche Fühllosigkeit in der Seele meiner Mutter zu vertreiben. Man verfrachtete sie in ein Sanatorium, wo ihre Hände in festen, weißen und mit dikken Bändern versehenen Handschuhen hinter dem Rücken zusammengebunden wurden. Man erklärte ihr, dies sei notwendig, ihre hysterische

Veranlagung zu besiegen, und der Arzt riet ihren Eltern, sie möglichst schnell zu verheiraten, denn hinter den blutigen Linien auf der Brust meiner Mutter verberge sich nichts als der unbändige Trieb nach weiblicher Erfüllung, man habe, so der Arzt, erkannt, daß derartige bei jungen Mädchen entdeckte Selbstattacken nichts bedeuteten als das Verlangen nach einer anderen Verletzung, der Entjungferung und Schwangerschaft, und so wurde ich als Maßnahme gegen den Selbstverletzungstrieb meiner Mutter gezeugt. Der dazu ausgewählte Mann, mein Vater, ein dicker, kleinwüchsiger, träger Pykniker, der seine Charakterschwächen kaum zu verdecken suchte, ein Schwätzer, wie meine Mutter insgeheim fand, ihren Männerhaß in dem ständig wiederholten DERTEUFELHOLDENBESTEN kundtuend, schien ihr jedoch ein brauchbarer Erzeuger zu sein. Sofort nach Eheschluß und Defloration, während der sie das Nachthemd anbehielt, setzte sich dann auch die zähe Kernfrucht fest, aus der dann ich wurde. Die Maßnahme jedoch war ohne Erfolg.

Als ich sieben Jahre alt war, beobachtete ich einmal, wie meine Mutter nackt vor dem Spiegel saß, ihr Haar war naß und aus der Stirn gekämmt, was ihre Kopfform wie eine Glatze betonte, sie bemerkte mich nicht, ich stand hinter der halbgeöffneten Tür und beobachtete, wie sie, die soeben aus der Wanne gestiegen war und auf deren Haut Wasserperlen herabrannen, ihren Kopf zwischen die geöffneten Schenkel beugte und dort etwas tat, was ich mir nicht erklären konnte.

Ich sah nur den Perlmuttgriff des Rasiermessers meines Vaters in ihrer Hand und daß sie es mit tiefgeneigtem Kopf zwischen ihre Beine führte, dort etwas tat, was ich nicht sah, und wie sie sich dann seufzend zurückbeugte, mit dem Handrücken zwischen den Beinen entlangstreifte, ihn zum Mund hob und ableckte. Und ich sah, als sie ihren Kopf wand, ihr nacktes Gesicht im Spiegel, in dem sie sich lange betrachtete, und ich wunderte mich über den Schmutz um ihren Mund, den ich jetzt als Blut erkenne. Sie hatte sich mit dem Rasiermesser meines Vaters die Schamlippen angeritzt und das Blut von ihrem Handrücken geleckt. In meinen Augen sah ihr Gesicht damals aus wie ein mit Schokolade verschmiertes Kindergesicht.

Dieses Ereignis trug ich wie einen Traum in mir, nur ein paarmal in meinem Leben tauchte es wieder auf, wie damals, als ich nicht verstand, warum ich mit solcher Lust in die blutenden Lefzen meiner ersten Verlobten stieß, und dann wieder, als meine Mutter im Sterben lag und ich ihren alten Fuß hielt. Da sah ich sie, meine schwarzhaarige Mutter, die mir in Wirklichkeit nicht ein einziges Mal Zärtlichkeit hat zukommen lassen, deren Handgriffe reine Funktionen waren, ich sah, wie sie, auf dem Schemel vor dem Toilettentisch sitzend, mit nassem Haar und hoher Stirn, sich zwischen ihren Schenkeln zu schaffen machte, sie merkte nicht, daß Blut auf den Teppich tropfte, sie hatte sich zurückgelehnt und die Knie auseinandergeschoben, ihr zwischen ihren hochgestützten Schultern zurückgeneigter Kopf bewegte sich leise hin und her, ihre Brust zitterte vor Erregung, sie seufzte mehrmals auf, und mich überkam eine panische Angst, meine Mutter könnte sterben. Zugleich wagte ich nicht, mich bemerkbar zu machen, ich wußte, ich durfte nicht Zeuge dieser Szene sein. Auf keinen Fall durfte meine Mutter merken, daß ich sah, wie sie sich zurücklehnte und, was ich damals nicht erkannte, ihren Schmerz auskostete.

Sie war mir vollkommen fremd in diesem Moment, denn sie war, wie ich sie sonst nie erlebte, überwältigt von Gefühl. Ich fürchtete, sie könnte sterben, und ich sei schuld daran, weil ich sie nicht rettete. Ich war völlig verwirrt und wußte nicht, welches Geheimnis sich mir darbot, eine seltsame Schwäche durchzog meinen Körper, beglückende Unruhe erfüllte mich, und mein Glied erigierte.

Als ich zum letzten Mal am Sterbebett meiner Mutter saß, schlug sie die Bettdecke zurück, ich wunderte mich, daß sie die Kraft dazu hatte, und hob ihr Nachthemd hoch, spreizte die Beine und zeigte mir ihr altes Geschlecht. Ich wollte sie daran hindern, zog die Decke wieder zurück, aber in ihren wachshellen Armen hatte sich enorme Kraft angesammelt, eine wahnsinnige Energie, mit der sie mich zwang, ihre Entblößung mitanzusehen, sie fuhr mit der Hand zwischen die Beine und onanierte bei geöffneten Augen, dabei nannte sie den Namen ihres Bruders und ihrer Mutter, und ich verließ mit dröhnendem Kopf das Zimmer.

ICH SPIELE MIT DIR, sagt meine Tochter zu mir, dessen ausgeräumter Körper in einem Kühlfach des mallorquinischen Leichenhauses lagert, bevor er in einem Sarg mit der Lufthansa nach Hause transportiert wird. Meine Tochter lehnt in den Kissen und senkt von Zeit zu Zeit das Gesicht in ein zurückgelassenes gebrauchtes Taschentuch von mir, dabei schließt sie die Augen. So ruht sie bei zugezogenen Vorhängen im Bett, ein Heizkissen an den Füßen, und läßt sich von den Tönen des Beethovenschen Geistertrios in die Stimmung versetzen, von der sie glaubt, es sei meine eigene gewesen. Die Schallplatte habe ich so oft gehört, daß sie jetzt kratzt und eiert. Auf diese Weise verwandelt meine Tochter sich mir an, ein Zustand, den ich aus dem Tod heraus ohne Besorgnis wahrnehme.

So schreibt sie sich Seite um Seite in dieses Vater genannte Produkt ihrer Fantasie. Indem sie sich mit dem gebrauchten Taschentuch zufächelt, beschreibt sie einen Sonntagmorgen. Das Dienstmädchen hatte den Tisch gedeckt, die Kinder und ich hatten Platz genommen, und ich war dabei, meine Sonntagszeitung aufzufalten. Da erschien Roberta. Sie erblickte das mit blauem Satin bespannte Kästchen auf ihrem Teller. Es war ein sonniger Morgen, in Robertas Gesicht leuchtete Zufriedenheit, ich hatte die Zeitung beiseite gelegt, und die Kinder spannten aus Vorfreude die Gesäßbacken an, da öffnete Roberta das Kästchen und stieß einen Schrei aus. Aus dem Kästchen sprang ihr eine Maus entgegen. Alle suchten die Maus. Erst jetzt höre ich die Schadenfreude in meinem

Lachen, sehe, wie ich mir abwechselnd auf die Schenkel klopfte, sehe, wie Roberta sich vor Ekel schüttelte und sich mit geballten Fäusten auf mich stürzte, sehe, wie ich ihre Handgelenke umklammerte und ihr ins entsetzte Gesicht lachte. Mein morgendlicher Drang, das sehe ich jetzt, war auf Zerstörung aus, ich mußte etwas zerschlagen, vor allem mußte ich mich selbst zerschlagen, ich mußte das Trugbild der Nacht zerschlagen, die Liebe in Robertas nächtlichen Augen, den Blick, den, wie ich besessen glaubte, trügerischen Blick, ich mußte Robertas Gesicht zerstören, die Hitze ihres Körpers in der Nacht, ihre Stimme, ihre klare Stirn, den Glanz ihrer Augen mußte ich zerstören. Ich mußte ihre Stimme brechen, in hellen Wutschrei verwandeln, ich mußte der Grenzenlosigkeit meines in ihrem Körper sich verlierenden eigenen Körpes eine harte Grenze entgegensetzen, wollte ich nicht vergehen vor Argwohn und Angst.

Den grünmarmorierten Pelikanfüller hat meine Tochter in meiner Hinterlassenschaft gefunden, von Zeit zu Zeit klacken ihre Zähne gegen den Schaft, während sie die Idee auskostet, daß es jetzt ganz und gar in ihrer Hand liege, was ich sage, sehe, tue. Jetzt bin ich es, die das Heft in der Hand hat, denkt sie und drückt das Kinn auf die Brust. Indem sie mich mit Macht ausstattet, verschafft sie sich Macht über mich. Sogar den Grad meiner Macht bestimmt sie, und diese Vorstellung stimmt sie großzügig, ja versöhnlich. Wo könnte einer wie ich nach dem Tode landen? Zur Auswahl standen der Himmel, die Perspektive des Engel gewordenen Übervaters, dessen Blick bis unter die Bettdecke reicht, und die Hölle, eine für mich erdachte Privathölle, in der ich für immer zum Warten verdammt wäre. Ich, an dem die Frauen vorüberziehen mit ihren herzförmigen Hintern über engen Röcken, ohne mich zu beachten ziehen sie vorüber, die Zeiger meiner Armbanduhr haben aufgehört sich zu bewegen, den ganzen Sommer über stehe ich und warte, bis meine der Wetterseite zugekehrten Waden Moos ansetzen, die Hunde heben das Bein an meinem Schienbein, in meinem Bart nistet Ungeziefer, das herabfallende Herbstlaub fault auf meinen Schultern, die Frauen ziehen an mir vorüber. Im Winter stehe ich immer noch da, eine Urinpfütze hat sich unter mir gebildet und ist zu einem zitronenfarbenen Eissokkel gefroren, wenn es wieder warm wird, steigt von meinem Körper Ammoniakgeruch auf, die Krähen hacken in meinem Schädel, den sie mit einer Baumrinde verwechseln, unter der sie Ungeziefer suchen, die vorüberziehenden Frauen pressen die Fingerspitzen gegen ihre Nasenflügel wegen des Gestanks, der von mir aufsteigt, und sie legen lachend die Zähne frei, um meine Wimpern hat sich Rauhreif gelegt, im Sommer sind meine vom vergeblichen Warten geröteten Lidränder das Ziel der Fliegen. Ich weine. Jetzt beschließt meine Tochter, sich meiner zu erbarmen und mir eine Art Himmel zu bereiten, die überirdische Zentralperspektive, aus der ich alles sehe, was mir im Leben verborgen geblieben war.

AUS WEITER FERNE sehe ich die Menschen, ich sehe sie in gläserner Klarheit. Nichts ist meinem Blick verborgen. Wie sie sich drängen, kleine Wesen, nackt, die Glieder ineinander verschlungen, ich sehe, wie einzelne sich von der kompakten Menge lösen, hochfliegen, taumeln, die Balance verlieren, abstürzen, kopfüber nach unten, gegen die Schwerkraft zappeln, wie sie sich krümmen, Grimassen schneiden, sich aneinander emporziehen, der eine am Schopf des anderen, wobei sie mit den Fußsohlen die Köpfe anderer nach unten pressen, ich sehe wie sie Arme und Beine umeinander klammern, die Finger ins Fleisch des Nächsten krallen, Zähne in Muskeln schlagen, wie sie sich entleeren, die Münder aufreißen, die Küsse ihrer Lieben aufnehmen, die Kiefer um den Schädel des anderen klemmen, sein Hirn zerbeißen, essen, verdauen, wie der eine zwischen den Beinen des anderen hervorstößt, sich an ihm festbeißt, Brüste leersäuft, sich fettfrißt. Und wie sich aus diesem Gemenge immer wieder einzelne Gestalten lösen, in die Höhe streben, angezogen vom Himmel. Wie sie sich winden, wie sie die Hälse recken und sich an den Wänden ihrer Gegenwart hochschaffen, manche schaffen es ein Stück weiter als andere. Ganz unten die Masse, ein Meer aus Körperteilen, Hautfetzen, Organen und Blut, aus dem da und dort eine einsame Gestalt ragt, in verrückten Verrenkungen ihr Inneres nach außen stülpend, an der Innenseite der eigenen Haut lekkend. Wie sie sich an Luftfäden emporschwingen, Ideen nennen sie sie, wie sie hecheln, die Münder an die Körperöffnungen des anderen heften und saugen, wie sie am Ende in die menschenüberfüllte Gegenwart zurückfallen und bei aufgerissenem Auge erstarren.

SCHON AM ERSTEN TAG ihres Lebens, als ich in das winzige, noch von Geburtsflecken gezeichnete Gesicht meiner Tochter sah, fielen mir ihre Augen auf. Sie reflektierten meinen Blick, ich sah in meinen eigenen verliebten Blick. Jetzt sehe ich, wie sie auf der Brust ihrer von der Geburt erschöpften Mutter lag, wie ich sie zum ersten Mal ansah, sah, wie ihr die Nabelschnur aus der Körpermitte wippte, wie ihr Haar von Fruchtwasser und den Absonderungen des Geburtskanals verklebt war, ihre Augen hatten noch nicht das Blau, in das sich die anfängliche Farblosigkeit später verwandelte, wie sie die Lider hochschlug und ihren Blick auf mich richtete, wie sie mich ungerührt anblickte, als wüßte sie etwas, was verborgen ist.

Das ganze bisherige Leben meiner Tochter war darauf gerichtet, dieses einmal besessene Wissen wiederzufinden. Der erste Blick in die Welt ließ sich nicht ablenken, unbeirrt blieb er auf die Ereignisse gerichtet, in die sich herabbeugenden und nickenden Gesichter. Hellwach öffnete er sich. Roberta war erschrocken. Sie hielt den zappelnden Körper in Armlänge entfernt und betrachtete ihn aufmerksam. Unsere Tochter schloß die Augen, und wir blickten auf zwei fingernagelgroße Falten.

In den ersten Jahren sagten die Leute über meine Tochter, was hat sie für schöne Augen!, wie neugierig ist sie!, wie lebenshungrig!, und sie waren erstaunt, daß ein so kleines Kind eine so intensive Zuwendung für eine andere Person aufbringen konnte, eine so starke Aufforderung zum Näherkommen.

Aber Jahr für Jahr verlor meine Tochter an Zauber, sie zerfloß, büßte ihre anfänglichen klaren Konturen ein, und ich ahnte nicht, was sie damals erlebte, als sie aufhörte zu essen und zu einem mit Haut bezogenen Skelett wurde, während sich ihre kräftige und beinahe dunkle Stimme in eine hohe, liebedienerische Kinderstimme verwandelte.

Meinem Wunsch entsprechend entschied sie sich für ein Jurastudium und wurde eine vorzügliche Studentin, was ich nicht wußte, denn mich interessierte nur das Ergebnis, der Sieg oder die Niederlage. Nach dem Studium, das sie mit den besten Noten beendete, wohnte sie in der Fabrik, in dem Zimmer neben meinem Büro, dort lebte sie eine Zeitlang alleine. Nur ein alter Nachtwächter schlurfte nachts durch die Flure und schloß zur Kontrolle Türen auf und Türen zu.

Für mich hatte meine Tochter Jura studiert, für mich ertrug sie das Quietschen der Türangeln in der Nacht, die aus den Schornsteinen steigenden Alpträume, die herabfliegenden Gespenster, die sich auf ihrer Brust festkrallten, die durch die wehenden Vorhänge hereinblitzenden Fratzen und die über den Schlackenbergen und Hochspannungsmasten ziehenden warmen Schlangen, die durchs Fenster glitten und sich um ihren Körper legten. Damals fing ihre Schlaflosigkeit an, und sie wußte sich nicht anders zu helfen, als Schlaftabletten zu schlucken. Ich jedoch merkte nichts von den Ängsten meiner Tochter, sondern war stolz auf sie. Ich verwöhnte sie, hatte ich mich zu einem Nein in einer Sache durchgerungen, wollte ich es im nächsten Moment auch schon wieder gutmachen, indem ich ihr ein kleines Geschenk kaufte oder ihr einen Geldschein mit den Worten, mach dir eine Freude, mein Kleines, in die Hand drückte. Aber die Wirkung ihres Blicks kam nicht mehr zurück. Sie ist eine Vatertochter, sagten die Leute.

Ich sehe alles, schreibt sie, bequem in die Kissen gelehnt, nicht nur das sichtbar Geschehene sehe ich, sondern auch das Unsichtbare, das nur durch Fantasie oder Träume Entstandene sehe ich, es hindert mich ja nichts mehr daran, alles zu sehen, hier, wo sich das Leben geöffnet hat, weil es zu Ende ist, hier, wo sich in planer Unendlichkeit das Land erstreckt, jeder hat schließlich seinen Himmel, schreibt meine Tochter. Sie benutzt meinen alten Füllfederhalter, den an seinem grünmarmorierten Schacht zerbissenen Pelikan. Sie hatte ihn in meinem Schreibtisch gefunden, als sie nach meinem Tod meine Wohnung ausräumte. Schließlich hat jeder sein Paradies vor Augen, und mir sei meins gegönnt, schreibt sie, mein Abschiedsfest in meiner Spielhölle, mit der Stimme des Alten spielen, den lieben Gott spielen, dem nichts verborgen bleibt, sehen, was im Käfig des Lebens versteckt ist, tun und lassen, Lust und Laune, das öffentliche Ärgernis lacht sich ins Fäustchen, und meine Tochter hat ein altes, einst von mir benutztes Taschentuch in der Hand, eine Schachtel Pralinen neben sich, dicke Strümpfe an den Füßen.

Aber kaum hat sie losgelegt, ist sie schon wieder müde, Wärme und eine stickige Luft, Kopfschmerzen, sie torkelt ins nächste Café, nimmt draußen Platz unter einer Platane, atmet Sonne und frische Abgase ein, streckt die Beine von sich, irgendwo eine Hupe, die nicht wieder aufhört, meine Tochter ist noch ganz bei mir, ihr ist schon übel davon, sie winkt den Kellner heran und bestellt anstelle des Citrusgetränks einen frisch gepreßten

ORGANENSAFT!

Dabei könnte sie aus der Haut fahren, weil sie nicht weiß, aber um alles in der Welt wissen will, ob dieser Traum, der sie schon den ganzen Tag verfolgt, von ihr oder von mir geträumt worden ist. Es war in der Reithalle von damals, ich stehe in der Mitte und gebe ihr, indem ich ihr Pferd an einer Longe führe, Anweisungen. Sie trägt keine Reithosen, sondern ihr blauweißgeblümtes Geburtstagskleid, es reicht bis zu den knochigen, gebräunten Mädchenknien, wippt über den Sattel im Takt der Schritte, fliegt auf im Galopp, luftig, sommerlich, elfenleicht. Der Sattel ist zierlich, es ist mein Geburtstagsgeschenk, Inbegriff meines Sieges über Roberta, die ihr Konkurrenzgeschenk, den roten Tennisschläger, bald in der hintersten Ecke der Rumpelkammer fand. Ich gebe meine Anweisungen, die Schenkel, Mädchen, das Kreuz, da merke ich plötzlich, daß der Sattel kein Sattel ist, sondern meine Hand.

Dies träumte ich, als meine Tochter vierzehn war, und da sie den gleichen Traum hatte, weiß sie jetzt nicht, ob es ihr Traum oder meiner ist. Sie übt das Leichttraben, und jedesmal, wenn ihr Gesäß mit dem Sattelrücken, der eigentlich meine Hand ist, zusammentrifft, stülpt sich ihr lebendiges, warmes Geschlecht über meinen Mittelfinger. Dies geschieht so selbstverständlich, wie ich die Reiterin für meine Tochter halte und wie sie dies zuläßt. Ihr Rock ist verrutscht und entblößt junge, glatte Schenkel. Die Füße sind nicht in Stiefel gepreßt, sondern liegen bloß und schlank in blitzenden Steigbügeln. Ihre Hände spielen mit den Zügeln, und das Pferd antwortet ihr mit dem Maul. Die Berührung ihres kleinen, nassen, warmen Geschlechts mit meiner Hand macht mich unruhig, und plötzlich weiß ich, daß ich etwas Verbotenes tue, wobei mir der Gedanke kommt, wenn ich doch nur träume, dann kann ich doch getrost tun, was ich will. Und ich lasse mich gehen, nichts hält mich mehr, jeder Widerstand schwindet, ich jaule vor Lust, alles, was ich mir jemals ersehnt habe, geht in Erfüllung, da wendet die Reiterin den Kopf in meine Richtung, und ich sehe, sie hat das Gesicht einer alten Frau, in diesem Moment stürzt ein Schatten über mich und verwandelt sich in grellen Körperschmerz.

Als ich an der Seite meiner geräuschlos neben mir schlafenden Frau aufwachte, wußte ich nicht mehr, was ich geträumt hatte, es war nur etwas zurückgeblieben, das sich in meinen Muskeln als Stechen bemerkbar machte, so daß ich hilfesuchend nach Roberta tastete.

Wüßte ich doch nur, schreibt meine Tochter jetzt, ob ich über ihn oder über mich selbst schreibe. Aber da sie für eine so einfache Frage keine Antwort findet, beschließt sie, Ordnung zu schaffen, genauso wie ich es zu tun pflegte, wenn sich mir das Leben in Rätseln zeigte. Sie stapelt die Seiten in die richtige Reihenfolge, numeriert sie, zieht Linien über Zeilen, aber schon ist sie wieder hingerissen vom Spielen, kritzelt übers Papier, bis über der Computerschrift Linienbündel entstanden sind, schwarze, sich kreuzende Fäden, die bald alles überdecken, was auf den Blättern geschrieben ist.

EINE GEWISSE NEIGUNG meiner Tochter hatte mein Geschäftsfreund gewittert, mein amerikanischer Partner, zu dessen Familie ich sie im Alter von achtzehn Jahren schickte, damit sie die englische Sprache lerne und die Lebensart eines anderen Landes. Jetzt sehe ich, was ich damals nicht wahrhaben wollte, obwohl die Blicke, die Stimme, die Bewegungen meines Geschäftsfreundes eine Sprache sprachen, die an Deutlichkeit nichts zu wünschen übrigließ. Wie er meiner Tochter aus dem Mantel half, wie er, den Kopf beugend, seinen Atem in ihren Nacken stieß, wie er seine Hand auf einen scheinbar zufälligen Weg schickte, der an ihrer Schulter anfing und an ihrer Brust endete, und daß er keinen Versuch machte, seine Freude zu verbergen, wenn sie an meiner Seite ein Restaurant betrat, in dem er und seine Frau auf uns warteten. Jetzt erst sehe ich also, was geschehen ist, nachdem der Mann, den sie später heiratete, ungeschickt und erfolglos versucht hatte, sie in die Liebe einzuführen.

Mein Geschäftsfreund, dem ich meine Tochter anvertraute, damit sie nicht unter die Räder käme, sondern in einer Familie aufgehoben und betreut wäre, ging geschickt vor. Gleich nach ihrer Ankunft in Washington, wo er damals lebte, lud er sie zu einem Wochenende auf dem Lande ein, wo sie ihn nicht, wie abgesprochen, mit seiner Familie vorfand, sondern alleine und mit zielstrebigen Absichten. Du hast mir gleich vom ersten Augenblick an gefallen, sagte er zu ihr. Du weißt, warum ich dich hierher geholt habe, sagte er. Hast du die kleine Operation denn schon hinter dich gebracht, flüsterte er. Es ist nur ein ganz kleiner Tod, sagte er, ich werde ihn dir zeigen, und er hielt ihr den Mund zu.

Einem anderen gemeinsamen Geschäftsfreund gegenüber brüstete er sich mit dieser Tat und gestand ihm, daß die Heimlichkeit mir gegenüber für ihn der eigentliche Genuß war. Zu mir sagte er mehrmals, deine reizende Tochter, paß gut auf sie auf, und er weidete sich an meiner Unwissenheit. Dabei ließ er es nicht an Zeichen fehlen, die mir zu verstehen gaben, was passiert war. Es hätte mir auffallen müssen, daß sie eines Tages neu eingekleidet war, aber ich glaubte ihrer Erklärung, sie habe all diese teuren Stücke von ihrem selbstverdienten Geld gekauft. Auch trug sie einen Rubinring an der rechten Hand, den ich bis dahin noch nie an ihr gesehen hatte. Wo hast du ihn her, diesen Ring, wollte ich wissen, worauf sie behauptete, ihre Großmutter habe ihn ihr kurz vor dem Tod gegeben, und zwar mit der Bemerkung, aus einer warmen Hand schenke es sich besser als aus einer kalten. Dabei schleuderte sie mir ein triumphierendes Lächeln zu, dessen Bedeutung mir jetzt erst verständlich ist. Denn tatsächlich handelte es sich bei dem Ring um eine Art Trophäe, er war für sie das erste Geschenk eines Mannes.

Weder ich noch die Frau meines Geschäftsfreundes nahmen wahr, was wir sahen. Nur Roberta hatte plötzlich einen Widerwillen gegen den Heuchelaffen, wie sie ihn von da an nannte, und sie machte auch kein Hehl daraus. Meine Tochter sehe ich in verschiedenen Hotels, wo sie mit meinem Geschäftsfreund Stunden, Tage und Nächte, manchmal sogar Wochen zubrachte. Wie viele Jahre die Liebe meiner Tochter zu meinem Geschäftsfreund dauerte, kann ich daran ermessen, daß ich sie, als sie längst verheiratet ist, noch mit ihm in Restaurants und in Hotelbetten sehe, ich sehe ihr heißes Gesicht und sehe, wie sie sich selbst sieht, in enger Umschlingung mit meinem Geschäftsfreund und denkend, das ist nicht wahr, das kann nicht wahr sein, ich lebe zwei Leben, als wäre ich zwei Menschen.

ALS MEIN SOHN Anfang der siebziger Jahre mir damit kam, Papa, das Sein bestimmt das Bewußtsein, und du als Unternehmer kannst gar nicht anders, denn dein Bewußtsein ist von den Gesetzen der Mehrwertproduktion beherrscht, da kannst du dich drehen und wenden, wie du willst, du vollziehst das Gesetz des Kapitals, ohne Vorwurf, als er mit diesen Sprüchen kam, die er für tiefe Erkenntnisse hielt, dachte ich, er ist reif fürs Irrenhaus, und ich hörte weg, wenn er wieder damit anfing: Du bist doch, wenn man es nüchtern betrachtet, nicht der Arbeitgeber, für den du dich hältst, sondern du bist ein Arbeitnehmer, denn du nimmst den Arbeitern das einzige, was sie besitzen, nämlich ihre Arbeitskraft, also sind sie die Arbeitgeber und du der Arbeitnehmer. Ich schüttelte als Antwort nur den Kopf und tippte mit dem Zeigefinger an die Schläfe, worauf mein Sohn meinte, dein Horizont scheint mir etwas beschränkt, Papa. Während ich bei mir dachte, er hat einen Dachschaden.

Erst jetzt sehe ich den Ausdruck seines Gesichts, und ich höre erst jetzt, wie er sagte: solange du bleibst, was du bist, wird immer ein Graben zwischen dir und mir sein. Er sagte es mit hochgezogenen Brauen und prophetischer Stimme. Denn ich habe mich entschieden, Papa, fuhr er fort, und zwar für die Seite des Proletariats. Und daß ich von deinem Geld lebe, ist nicht, wie du mir vorwirfst, ein Widerspruch, sondern goldrichtig, denn ich setze es ja ein, um den Klassenkampf voranzutreiben, du weißt ja nicht, was du tust, nein, nicht du persönlich, sondern du als Angehöriger deiner Klasse.

Ich säge mir nicht, wie Mama sagt, den Ast ab, auf dem ich sitze, nein. Denn dieser Kampf wird im Sinne der Menschlichkeit geführt, und wenn du wüßtest, was das bedeutet, würdest du uns unterstützen, Papa. Du hast mir nie eine Antwort auf meine Fragen gegeben. Jetzt weiß ich, jetzt kapier ichs endlich: Kapitalismus führt zum Faschismus! Und du, du kannst gar nicht anders. Eingefangen im Gefängnis deines von deiner ökonomischen Rolle beherrschten Bewußtseins handelst du wie ein Automat. Ich bin dabei, mich aus dem Gefängnis meiner Herkunft zu befreien. Sollte man sein Leben dem Zufall opfern, ereiferte sich mein Sohn, und sind Eltern nicht der folgenschwerste Zufall überhaupt?

Als mein Sohn mir damit kam, ich wäre ein Ausbeuter, ein Menschenverächter, ein Arbeiterschinder, ein bewußtloser Automat, als ich beschloß, ihn zu enterben, als er, gerade Vater geworden, Roberta und mich aufforderte, unsere Enkelin zu besichtigen, damals, als wir, wenn wir von ihm redeten, sagten, er muß den Verstand verloren haben, ahnte ich nicht, daß er das ganze Geld, was ich ihm monatlich schickte, der Aufbauorganisation für eine kommunistische Partei abgab und daß auch der Wagen, mein Geschenk zu seinem Abitur, sozialisiert worden war, wie man es damals nannte. Und ich sehe, wie meine Enkelin gezeugt wurde und wie er der Pädagogikstudentin mit dem in der Mitte gescheitelten und bis in die Taille fallenden rostroten Haar erklärte, die Vorlust der Revolution ist der Orgasmus. Als wir ihn besuchten und uns darüber wunderten, wie er mit Kind und Frau zwischen Möbeln vom Sperrmüll und amerikanischen Munitionskisten hauste, die mit Büchern vollgestopft waren und nach Maikäfern stanken, merkten wir nicht, wie wohl er sich fühlte und daß er anfing, ein aktiver Mensch zu werden. Ich sehe ihn an einem Rednerpult vor vielen hundert Menschen eine Rede halten, ähnliche Floskeln von sich gebend wie gelegentlich mir gegenüber, wenn ich dachte, was für ein Schwachsinn, aber ich sehe auch, wie stolz er dabei war, wieviel Aufmerksamkeit ihm gezollt wurde, höre den freien Ton seiner Stimme, sehe die plötzliche Kampflust in seinen Augen, die ihm bis dahin fehlte.

Roberta und ich aber sahen nur Schreckliches, auf dem Boden lagen Matratzen, die Bettdecken waren liderlich zerwühlt und zeigten uns, daß unsere Gefühle keine Rücksicht verdienten. Wir hielten eine solche Unordnung für Zeichen vollkommener Verwahrlosung, auch vermuteten wir, unser Sohn nähme Drogen, was, wie ich jetzt sehe, nicht stimmte.

Roberta konnte kaum atmen, als sie in der blau und orange lackierten Küche saß und das Kind auf den Knien hielt, damals, als wir unseren Sohn auf den ersten Blick nicht wiedererkannten, weil ihm das Haar bis über die Brauen hing und er sich in unseren Augen wie ein Clown kleidete, mit roten Hosen, gelbem Hemd und lila Schuhen, alles verfleckt und zerrissen.

Wie ein Halbgehängter sieht er aus, flüsterte Roberta, und wir entwarfen einen Schlachtplan zu seiner Bekehrung und beschlossen, ihn nicht aufzugeben, sondern ihm zu verstehen zu geben, daß er immer zu uns zurückkehren könne. Wir saßen in der Küche, aus deren hinterer Ecke zwischen einem Berg Wäsche, Geschirr und Spielzeuggerümpel die Augen eines Kaninchens hervorleuchteten. Es stinkt wie im Affenkäfig, flüsterte Roberta, das Plakat an der Wand anstarrend, von dem unter anderen Josef Stalin herablächelte, während die Mutter unseres Enkels uns erklärte, eine Heirat kommt nicht in Frage, ich halte die Ehe für staatlich geförderte Prostitution. Zu unserem Sohn sagte sie, als wir aus der Tür waren, deine Alte ist doch die Verlogenheit selbst, widerlich, so ein Schmuckständer.

Die Mitbewohner unseres Sohnes behandelten uns wie lästige Eindringlinge, aber ich nahm keine Kenntnis davon, so wie ich auch die Sprüche an den Wänden nicht ernst nahm. Roberta konnte ihren Blick nicht abwenden von einem Plakat, auf dem ein Mann sich selbst mit dem Revolver in die Hose schoß und auf dem die Buchstaben SCUM standen. Die Mutter unserer Enkelin gab eine Erklärung dazu ab, SCUM heißt soviel wie „society for cutting up men", sagte sie nicht ohne ein triumphierendes Lächeln, denn sie freute sich über unser Entsetzen. Der Eßtisch war mit dem stilisierten Bild eines Mannes mit Bart dekoriert, auf dessen Kinn der Teller meiner Frau stand. Wir enthielten uns aller Kommentare und beschlossen auf dem Nachhauseweg, weder die monatlichen Zuwendungen einzustellen noch unserem Sohn mit seiner Familie den Aufenthalt in unserem Ferienhaus auf Sylt zu verbieten. Wir handelten nach den in den Seminaren für Manager gelernten Prinzipien der neuen Menschenführung, vermieden jede Konfrontation und verhielten uns so klug wie möglich.

Jetzt sehe ich auch, daß nicht nur mein Sohn mit Frau und Kind in diesem Haus Ferien machten, sondern die ganze Wohngemeinschaft. Eines Abends, nachdem man einen auf der Straße gefundenen, von einem Auto getöteten Feldhasen in dem rosa gekachelten Badezimmer zerlegt hatte, um ihn als Abendessen zuzubereiten, und nachdem sich alle sattgegessen und ziemlich viel getrunken hatten, wurde beschlossen, meine privaten Filme anzusehen. Man sah die ersten Laufversuche unserer Kinder, Geburtstagsfeiern, Roberta in verschiedenen Abendkleidern die Treppe herabsteigen, unser Haus im Sommer, blumenumrankt, die Kinder am Strand und ich, wie ich meinen neuen Wagen vorstelle. Ich trage eine karierte Kappe und ein englisches Jackett und steige in mein neues, silberblaues Cabriolet. Mein Gesicht verrät Stolz. Ich lasse das Verdeck herab, indem ich auf einen Knopf drücke. Wie durch ein Wunder schiebt sich das Verdeck nach hinten, da taucht Robertas Kopf auf. Sie lehnt sich ins Polster und winkt und lacht aus dem offenen Wagen heraus. Langsam fahre ich los, und wir entfernen uns winkend. Bevor wir am Ende der Straße verschwinden, nimmt Roberta ihr Kopftuch ab und spannt es auf, um es zu zeigen, so daß man das heraldische Muster darauf sieht. Daraufhin brach die ganze Gesellschaft in Gelächter aus, besonders laut lachte die Mutter unserer Enkelin, sie hielt sich den Bauch vor Lachen, dabei warf sie prüfende Blicke in das Gesicht unseres Sohnes, der der einzige war, der nicht lachte. Er lächelte. Es war das unserem Sohn eigene Lächeln, es sollte gelangweilt und gleichgültig aussehen. Starr, das Kind auf dem Arm, saß er lächelnd im Sessel, am liebsten wäre er jetzt aufgesprungen und hätte alles kaputtgeschlagen. Statt dessen ließ er zu, daß der Film ein zweites Mal abgespult wurde. Diesmal wurde schon in der Vorfreude auf die Fratze des Alten gelacht, womit man mich meinte. Als ich im oberen Bildrand erscheine, auf den Wagen zugehe, die Tür öffne und einsteige, verwandelte sich das allgemeine Lachen in Grölen. Ich kann nicht mehr, schrie die Mutter unserer Enkelin. Dann stoppte der Film und lief von neuem an, jetzt bewege ich mich rückwärts aus dem Wagen heraus und entferne mich aus dem Bild, wieder steige ich ein, und die Szene wiederholt sich, diesmal mit beschleunigter Geschwindigkeit. Ich tipple rückwärts aus dem Wagen in die rechte Bildecke, mache, stolz in die Kamera blikkend, halt, mein Gesicht in Großaufnahme, dann tipple ich weiter, drehe mich um, winke, steige ein, lasse das Verdeck herab, erhebe den Arm, winke heftig in die Kamera. Diesmal johlte die Gesellschaft.

Unser Sohn gab keinen Ton von sich, er lächelte immer noch. Von Zeit zu Zeit nahm er einen Schluck Wein, ein unwillkürliches Zucken bewegte seinen unteren Lidrand. Von unten blickte er auf das Gesicht der Mutter seines Kindes, die neben ihm auf der Lehne des Sessels saß, ihr Kinn erschien ihm von einer sehr hellen Haut umspannt, die schrecklich verletzlich aussah und jedesmal, wenn sich der Mund zum Lachen öffnete, zart aufleuchtete. Ihre Stimme drang in sein Ohr, seine Stirn war naßgeschwitzt, seine Hand ruhte auf dem in seinem Schoß liegenden Kind, und er dachte, nie, niemals hätte ich mit ihnen hierherfahren dürfen.

Eine Lähmung hatte sich in seinen Gesichtsmuskeln breitgemacht, und als der Film von neuem abgespult wurde, legte er das schlafende Kind in den Arm seiner Mutter und rannte aus dem Haus. Draußen fielen seine Gesichtszüge herab, er riß den Mund auf und ließ die Luft ein, er schrie, wie freigelassene Tiere stürzten die Schreie aus seinem Mund, schreiend rannte er zum Strand, ließ sich in den Sand fallen, seine Fäuste hämmerten gegen ein Stück Holz, Nägel drückten sich in seine Hände, er stieß die Stirn darauf, immer wieder schlug er den Kopf auf das Holz mit den Nägeln, seine Stirnhaut platzte auf, warm sickerte es ihm über die Augen, er zog sich aus, rannte ins Wasser und sprang, den Kopf voran, in die Brandung, in seinem Kopf tobte es, er wußte nicht, wen er mehr hassen sollte, uns, seine Eltern, oder die Mutter seines Kindes und die Wohngemeinschaft, die sich über uns lustiggemacht hatten, er schrie, als das Wasser über seinem Kopf zusammenschlug, er schwamm hinaus, eine

Welle brach über ihm zusammen und zog ihn nach unten, ein Sog ergriff ihn, plötzlich war er tief im schwarzen Wasser, er hielt die Augen offen und dachte, jetzt ist es aus, er sah Roberta, hörte ihr Lachen, es war dasselbe Lachen wie damals, als er ihr das Eimerchen Wasser überkippte, er streckte die Arme aus und ließ sich treiben, es kam ihm wie eine Ewigkeit vor, und er hörte auch die Stimme seines Kindes, er sah sein Gesicht, er hörte die Stimme seiner Freundin sagen, es ist etwas Schreckliches passiert, er sah seine Mutter in Tränen ausbrechen, ihm war, als wäre er schon eine Ewigkeit unter Wasser, vielleicht ist es schon vorbei, dachte er, er trieb in einen Tunnel, wo das Wasser um eine innere Mitte strudelte, ihm durch die geöffneten Augen ziehend, er wußte nicht, wohin er trieb, mal vor und zurück im Rhythmus der Wellen, da spürte er Steine auf seiner Haut, ein Schürfen an seinen Knien, wie er flach an den Boden gespült wurde, ohne daß er etwas dazu tat, hatte er wieder Boden unter den Füßen, und jetzt merkte er das Brennen der Wunde auf seiner Stirn.

Gegen Morgen kam er nach Hause, seine Freundin schlief neben dem Kind. Er legte sich daneben, sie gab einen kleinen Seufzer von sich und drehte sich auf die andere Seite, so daß sich ihm ihr geöffneter Mund zukehrte, und er dachte, ich bin noch lange nicht weit genug weg von ihnen, womit er uns meinte, seine Eltern, ich muß fort, weit fort, nie wieder will ich nach Hause zurück, nie wieder in ihre Nähe, und ich will auch ihr Geld nicht

Sehr geehrte Leserin,
sehr geehrter Leser,

mit dem Kauf dieses Buches haben Sie Interesse an unserem Programm gezeigt. Wenn Sie auch in Zukunft unverbindlich über unsere Neuerscheinungen informiert werden möchten, dann senden Sie uns diese Karte ausgefüllt zurück.

Selbstverständlich gibt Ihnen auch Ihr Buchhändler gerne Auskunft über unser Programm.

Verlosung:

Einmal im Jahr verlosen wir unter den Einsendern folgende Preise:

1. Preis: Klett-Cotta-Bücher im Wert von DM 200,–

P 902727

Ich interessiere mich besonders für:

- ☐ Literatur
- ☐ Sachbücher
- ☐ Psychologie/Psychotherapie
- ☐ Geschichte/Politik
- ☐ Philosophie

mehr. Er beschloß, sein Studium abzubrechen und in einer Fabrik zu arbeiten, dabei kroch das Lächeln über sein Gesicht.

DIE MASCHINEN SETZTEN AUS und brachten Ausschuß hervor, die Belegschaft war zerstritten und schwärzte einander bei der Geschäftsleitung an, heimliche Zellen hatten sich im Betrieb gebildet, die heimliche Kriege gegeneinander führten, ich aber merkte nichts. Ich, der ich mir zugute hielt, ein Menschenkenner zu sein, dem außergewöhnliche Führungsqualitäten nachgesagt wurden, habe nichts von den Intrigen gemerkt, damals, als die Maschinen schneller gestellt, die Handbewegungen der Arbeiterinnen ausgemessen und auf ein Minimum reduziert wurden, als die vielen Kündigungen ergingen und Führungsposten neu besetzt wurden. Ich habe nicht gemerkt, daß ich Betrügern auf den Leim ging, Männern, die ich in der Überzeugung einstellte, sie wären die richtigen, die Krise zu meistern, damals, Mitte der siebziger Jahre, als mein Sohn SIEG IM VOLKSKRIEG rufend durch die Straßen Berlins zog, hatten sich die Betrüger in meinem Betrieb breitgemacht und mich veranlaßt, alte, treue Führungskräfte zu entlassen und statt dessen sogenannte Spezialisten einzustellen, von denen ich glaubte, sie wären loyal. Ich merkte nicht, daß mein Betrieb systematisch ruiniert wurde, mir entging die hintergründige Absicht im Lächeln des neuen Personalchefs, als er abends auf Robertas Einladung hin bei uns zum Abendessen erschien. In einem Pepitaanzug und dunkelroter Krawatte erschien er, hinter einem Strauß Gladiolen hervorgrinsend, schon damals nichts im Sinn, als meinen Betrieb so weit herunterzuwirtschaften, bis ich gezwungen wäre, aufzugeben. Während des Essens gab er Herrenwitze von sich, und hinterher sagte Roberta, das ist ein falscher Hund, damals, als sie sich, wie ich jetzt sehe, heimlich mit dem Bundesnachrichtendienst in Verbindung setzte. Ich sehe die Nächte, in denen sie schweißgebadet aufwachte und mich weckte, um auf mich einzureden, ich solle umgotteswillen diese Gestalten wieder loswerden, sie brächten nur Unheil, sie, Roberta, habe das im Gefühl. Worauf ich in einem Jähzornsanfall losschrie, du mit deinem Scheißgefühl. Damals, als ich, jeder Wahrnehmung trotzend, mich dazu überreden ließ, Herrn Franz, meinen treuesten Mann, zu kündigen, und dies, obwohl er dreißig Jahre lang im Betrieb gewesen war, ich hatte ihm die Kündigung ohne vorheriges Gespräch durch die Post zukommen lassen und ihm nahelegt, ab sofort bezahlten Urlaub anzutreten, weil ich es nicht ertrug, ihm danach noch einmal in die Augen zu sehen. Er nahm schließlich Kontakt zu meiner Frau auf, die versuchte, mich umzustimmen, sie flehte mich an, diesen in ihren Augen großen Fehler zu unterlassen. Ich wußte nicht, daß Herr Franz daraufhin ein Röhrchen Schlaftabletten schluckte, ich sehe ihn, unfähig, das Bett zu verlassen, mein Gesicht als messerzerschnittene Fratze vor dem inneren Auge, und ich wußte nicht, daß er den Rest seines Lebens in einer Pflegeanstalt zubrachte, wo er innerhalb weniger Jahre das Gedächtnis verlor, sich mit Kot beschmierte und andere Patienten mit meinem Namen anrief, um sie zu verprügeln.

Ich indes, geblendet von dem scheinbaren Wissen der vermeintlichen Spezialisten, verrannte mich weiter, besessen von der fixen Idee radikaler Modernisierung. Ich ließ das alte Fabrikgebäude niederreißen, nahm neue Hypotheken auf, verschuldete mich über die Maßen, gründete neue Firmen, legte Schwarzgeld an, investierte in abenteuerlichen Fonds und hatte mich am Ende in einem verworrenen Netz nicht mehr zu überblikkender Anlagen verwickelt, das sich, je mehr ich darin zappelte, umso enger zusammenzog. Ohne Verdacht zu schöpfen folgte ich den Ratschlägen der Herren, die mich zu immer waghalsigeren Entscheidungen trieben, ich errichtete ein neues aber viel zu teures Gebäude, erstand einen weiteren Betrieb dazu, eine heruntergewirtschaftete Glühbirnenfabrik, die ich sanieren wollte, fuhr fort auf dem Kurs zur stufenweisen Zerstörung all dessen, was mein Vater, meine Mutter und später ich selbst aufgebaut hatten, das Lebenswerk meiner Familie, von dem ich gehofft hatte, daß es einmal von meinem Sohn übernommen werden würde.

Ich sehe, wie die damals neu eingestellten und im Akkord arbeitenden Arbeiterinnen an der Quarzkörperpumpe Fehler machten, so daß jedesmal zehn Stück auf einmal unbrauchbar wurden, Drehkörper wurden zu breit geschmolzen und nicht aussortiert, jetzt sehe ich, wie es dazu kam, daß fehlerhafte Ware ausgeliefert wurde, es war das Ergebnis gezielter Sabotage der Konkurrenz, die den Betrieb ruinieren wollte, um ihn dann zu einem Spottpreis zu erwerben. Das Betriebsklima wurde immer unerträglicher, Angestellte, denen ich vertraute, schwärzten einander an, und einer meiner ältesten und zuverlässigsten Einrichter erhängte sich im Keller, als er im Zuge einer Rufmordkampagne des Diebstahls bezichtigt wurde, weil er anfing, die Machenschaften zu erkennen.

In meinem Trotz gegen Roberta, die sah, was vor sich ging, verschloß ich die Augen; je drängender ihre Versuche waren, mich vor weiteren Fehlern zu bewahren, desto heftiger wurde mein Widerstand gegen sie, und desto vertrauensseliger lieferte ich mich den vermeintlichen Spezialisten aus. Der drohende Zerfall meines Unternehmens war für mich gleichbedeutend mit dem Zerfall meiner selbst, ich sah nur noch Zerfall, ich sah den alten Wachhund krank über den Fabrikhof schleichen, wachte ich am Morgen auf, saß eine Krake auf meiner Brust und saugte durch krankes Gewebe den Rest meiner Kraft, rasselnd und pfeifend holte ich Luft, der Angstschweiß durchtränkte meine Laken, die morgens so naß waren, als hätte man sie aus dem Wasser gezogen. Roberta erkannte, was vor sich ging, aber je deutlicher mir wurde, daß sie recht hatte, desto heftiger wehrte ich mich gegen sie. Die Überlegenheit ihres Instinkts demütigte mich, ich fühlte mich als Versager an ihrer Seite, und je mehr ich witterte, daß ich unrecht hatte, umso verbissener bestand ich darauf, recht zu haben.

Es war auch damals, als ich auf die Idee kam, daß sie mich betrügt. Altmann war gerade gestorben, von dessen Verhältnis mit ihr ich zeit meines Lebens nichts wußte, als sie, krank vor der sie umgebenden Kälte, sich mit dem jungen Mann einließ, der sie auf einer chintzbezogenen Chaiselongue zwischen chinesischen Vasen und Porzellanhündchen in die Seidenkissen preßte, ihr den Rock hochzog und ihre Bluse aufriß. Für meine Frau war der junge Mann ein Glück, sie blühte auf, ihre Bewegungen wurden so beschwingt wie früher, bis sie eines Tages auf die Idee kam, daß auch er von einem östlichen Geheimdienst auf sie angesetzt wäre, da tobte sie und schleuderte die Porzellanhündchen gegen die Wand.

Und ich, nachdem ich durch die Detektei herausgefunden hatte, daß mich meine Frau betrog, und selbstzerstörerisch meinen Rachefeldzug gegen sie antrat, ahnte nicht, daß sie angefangen hatte, mich zu lieben, und daß meine Kälte sie mehr verletzte als Altmanns Tod, über den sie fast froh war, denn sie hatte erkannt, daß Altmann niemals Verantwortung für sie übernommen hätte. Erst jetzt sehe ich, daß ich mich dem Gespött der Leute aussetzte, daß ich in meiner Raserei jedes Maß verlor, als ich Roberta vor Gericht zur Schuldigen machen wollte, so daß der junge, als Zeuge geladene Mann aussagte, ich mißhandele meine Frau, schlage sie, sie habe des öfteren blaue Flekken am Körper gehabt, ich rede mit meiner Frau wie ein Feldwebel, außerdem sei unser Sexualleben völlig auf den Hund gekommen, weil ich ein Sadist sei, dies alles sagte der junge Mann vor Gericht, aber ich ignorierte es, ich hörte nicht hin, und was sich dennoch in meine Ohren drängte, vergaß ich auf der Stelle wieder.

Die Leute verrissen sich das Maul über mich, der Alte, das geschieht ihm recht, während ich weiter wütete und am Ende Roberta mit einem Minimum an Geldzuwendungen abfinden wollte, was das Gericht nicht zuließ.

Ich sehe auch, daß meine Haushälterin, bei der ich mich nach dem Mittagessen ausweinte, alles sofort weitertrug, was ich ihr anvertraute in meinem Kummer, sie wiegte sich in der wahnsinnigen Hoffnung, ich würde Roberta verlassen und sie selbst zur Frau nehmen, und ich sehe Robertas Hilflosigkeit und ihre Versuche, das Letzte zu retten. Ich sehe sie am Abend vor ihrem Selbstmordversuch, als sie nach dem Aufenthalt in der geschlossenen Abteilung der Psychiatrie, vollgepumpt mit Tabletten, keine Farben mehr sah und wenn sie in den Spiegel blickte, einer grauen Frau mit grauer Haut und grauen Zähnen begegnete.

HINTER MEINEN AUGEN war ein Raum, angefüllt mit Schwarz, Gesichter schwammen in dem Schwarz, ich suchte die Gesichter und die Wörter, die zu den Gesichtern gehörten, ich wollte sie zurückholen, festhalten, in mein Gedächtnis ordnen. Auch einfache Wörter waren mir entfallen, ich stand in der Küche neben meiner Haushälterin, sie schnitt helle Wurzeln, ich hatte sie schon oft diese Wurzeln, die aussahen wie verkrüppelte Hände, schneiden und zu Mus reiben sehen, der scharfe Geruch zog mir in die Nase und reizte meine Schleimhäute. Trotzdem fiel mir nicht ein, wie die Wurzel heißt, zwei nahe beieinanderliegende Vokale kreisten auf meiner Zunge, die Schärfe des Geruchs trieb mir Tränen in die Augen, ein alter Kindheitsgeruch, aber das Wort Meerrettich fiel mir nicht ein.

Ich sehe meine Geliebte, wie sie mit beleidigter Stimme ihre monatliche Zuwendung anmahnte, du hast es schon wieder vergessen, Liebling, wenn du wüßtest, säuselte sie, der Vorwurf selbst, wie peinlich mir das ist, Herzensschätzchen, sagte sie, aber du hast es tatsächlich vergessen, sagte sie und beobachtete meine Reaktion. Ich fuhr mit dem Handrücken über die Stirn, das sehe ich jetzt, als wollte ich etwas oberhalb meiner Augen Flatterndes abstreifen, zog ohne Zögern die Banknoten aus meiner Brieftasche, beobachtete, wie meine Geliebte die Geldscheine in die Handtasche schob, und ließ mir die Schenkel tätscheln. Mit ausgestreckten Armen stieg ich in den Raum hinter meinem Auge, so ging ich in mich, das Quietschen der

Bremsen vor meinem Fenster schon war ein erfreuliches Geräusch. Denn es war da, es war wirklich, es war sogar noch da, als es vorüber war, ein Geräusch, von dem ich mich entfernen konnte, weil es für mein Leben ohne Bedeutung war. So fing ich an, mich am Ende meines Lebens nach dem Belanglosen und dem Selbstverständlichen zu sehnen. Das Geräusch hatte einen weiteren Vorteil, nämlich, daß es mir zum Bewußtsein brachte, wo ich war, ohne die Anstrengung einer Erinnerung konnte ich erkennen, ich bin an diesem festen Ort.

Der Sprung hinter meine Augen war nicht leicht, es mußte eine zielstrebige Entscheidung vorausgehen, Konzentration, und eine Vorstellung von dem Raum hinter meinem Auge, wo in weitem Schwarz Gesichter schwammen, wo ich eintauchen und nach weichen Zielen suchen konnte. Glückte meine Anstrengung, konnte ich hoffen, daß meine Fingerspitzen fanden, was sie suchten, ein Wort, einen Namen, ein Bild. Meine Vergeßlichkeit ermüdete mich, es war schwer, etwas, wovon mir sogar die Ahnung verlorengegangen war, wovon nur noch ein glühender Funke geblieben war, wiederzufinden. Es kam vor, daß ich zufrieden in bedürfnislosem Grau schwebte, wo für immer alles verschwunden war. Manchmal wurde ich mir dieses Zustands plötzlich bewußt, dann stand ich neben mir und beobachtete den traurigen Clown, der seine Kinder nicht wiedererkennt. In solchen Momenten versuchte ich nicht einmal mehr, in das Schwarz hinter meinem Auge zu tauchen und die Gesichter und Wörter daraus zurückzuholen, und ich ergab mich dem natürlichen Gang der Dinge.

IM STROM DES VERGESSENS war der größte Teil meines Lebens untergegangen, mitgetrieben unter den vielen Ereignissen, die ein Mensch in seiner Seelenfabrik nicht mehr verarbeiten kann. Das Produkt ist das Vergessen selbst, die Seele die Maschine, mittels derer aus dem Rohstoff Leben das Vergessen hergestellt wird, das mir den Schmerz meiner Kindheit betäubte, als ich erkannte, daß ich mit meinem von Anbeginn alten, nie kindlichen Gesicht nicht die Liebe meiner Mutter entfachen konnte. Es fehlte mir der Liebreiz, meine Reize reichten nicht einmal, normale mütterliche Instinkte wachzurufen. Kein Tropfen Milch war in der Brust meiner Mutter, und als die Hebamme mich ihr in den Arm legte und mir ihre Brustwarze zwischen die Lippen drückte, ergriff sie der Ekel. Nur mein Schreien bewirkte manchmal eine Regung in ihr. Ich mußte lange durchhalten, ein, zwei Stunden schrie ich und trieb meine Stimmkraft in die Höhe.

Der Kerl schreit sich die Seele aus dem Leib, sagte mein Vater. Mein Schreien drang durch das ganze Haus, und wenn ich lange genug durchhielt, erschien das Gesicht meiner Mutter vor meinen Augen, ihre glühende Haut, ihr verzerrter Mund. Auch sie schrie, ihre Stimme gellte in mein Krähen hinein, ich wurde gepackt, gehoben, entblößt, dann folgten Schläge auf Gesäß und Rücken, und der Schmerz durchzog meine Nervenbahnen wie ein Messer, das mich von der Erstarrung des Schreiens trennte. Der Schmerz als Erlösung, als Mutternähe. Schrie ich weiter, glaubte meine Mutter, nur mit kräftigen Schlägen sei mir beizukommen. Sobald sie mich wieder eingepackt und ins Bett zurückgelegt hatte, kam das Schreien wieder in mir hoch, nur damit sie wieder die Hand auf mein Gesäß niedersausen ließ.

Die Schläge meiner Mutter waren das Schönste, das zugleich Unangenehme des Schmerzes war nichts dagegen, mein ganzes Leben lang verlangte mich danach, und wenn es vor Schmerz blitzte und funkelte wie die Berührungen meiner Mutter mit meinem Gesäß und meinen Hoden, spürte ich das Leben. Zeitlebens suchte ich in den Begegnungen mit Frauen danach, manchmal fand ich, was ich suchte, in den nervösen, unberechenbaren, beiläufigen Berührungen Robertas. Vor allem, wenn sie mich nach einer unserer erbitterten Auseinandersetzungen gnädig wieder in sich aufnahm oder wenn sie mir mit ihrem Schweigen Schläge erteilte, mit dem Eis ihrer verweigerten Stimme, mit der Kälte ihrer flüchtigen Fingerspitzen auf meiner Haut.

Als ich sie später nach einem furchtbaren Streit um die Austragung eines dritten Kindes einmal bat, mir auf den Dachboden zu folgen und mich dort an einen Pfosten zu binden, mich mit Brennnesseln auszupeitschen, mir in den Mund zu urinieren, und als sie darauf einging, nur dieses einzige Mal, war mein Glück für diesen Augenblick vollkommen. Ich konnte mich nicht mehr von ihren in Zorn glühenden Augen trennen. Die Schönheit der Augen meiner Frau, denen ich für immer erlegen war und die jetzt auf mein verrückt gewordenes Glied gerichtet waren, das sie mit dem Bündel Brennesseln traktierte, welches ich ihr in die Hand gedrückt hatte, so daß es zuckte. Der Schmerz durchzog meine Muskeln und breitete sich darin aus, er war anhaltend, und ich genoß es, seine Wirkung zu erkunden, und entdeckte, daß er in dem Maß zunahm, wie meine Frau sich mir zuwendete, indem sie mich schlug und sich mir gleichzeitig verweigerte.

Später lernte ich andere Techniken, die Augen meiner Mutter zum Leuchten zu bringen, ihren Blick zu öffnen, für einen Moment die Kälte daraus zu vertreiben. Es war, als ich im Alter von drei Jahren lernte, sie zum Lachen zu bringen, indem ich Purzelbaum schlagend das Zimmer durchkreuzte oder vor Gästen Lieder sang, die mir das Kindermädchen beigebracht hatte und deren Anzüglichkeit ich nicht verstand, oder auch, indem ich lernte, auf den Händen zu laufen und mit den Ohren zu wackeln. Sieht er nicht aus wie ein kleiner Alter, sagte meine Mutter zu ihren Freundinnen. Sieht er nicht aus wie ein alter Komiker, wie ein Clown? Wenn ich aber übertrieb und vor Gier nach ihrem Beifall nicht mehr aufhörte, mich zu produzieren, wenn meine Stimme anfing zu quäken und meine Bewegungen sich ins Groteske verzerrten, kurz, wenn es ihr zuviel wurde, beendete sie meine Darbietungen, indem sie mir eins hinter die Löffel gab, wie sie sich ausdrückte, und mich einen Affen nannte, mit weiteren Schlägen zur Raison brachte, manchmal mit bis in die Fußsohlen schmerzenden Ohrfeigen und Knöchelhieben gegen meine Wangen und meine Ohren, so daß mein Kopf hin und her schleuderte. Öffnete ich dann für einen Moment die Augen, verwandelte sich die eisige Hitze im Blick meiner Mutter in etwas Wunderbares und durchströmte meinen ganzen Körper. Es war eine mit dem Fluß des Vergessens forttreibende Wonne.

Auch sonst traf mich manchmal bei größtem Schmerz überraschend das Glück, wie damals, als man mir nach einer Hämorrhoidenoperation das Pflaster vom After riß, es war als zöge man mir einen Stacheldraht zwischen den Beinen hindurch, da erfaßte plötzliches Jubeln meine Haut, ein unwillkürlicher Schrei entfuhr mir, und ich war froh, als die Krankenschwester endlich den Raum verließ und ich mich diesem Glück hingeben konnte.

Sogar wenn ich selbst zuschlug, konnte der immerwährende und in Momenten des Zorns gesteigerte Druck sich auflösen, auch dies ein Ereignis außerhalb meines Bewußtseins. Es war ein manchmal zur Wirkung kommender Instinkt, wie damals, als ich meine Tochter schlug. In einer Nacht, jetzt sehe ich es genau, Roberta und ich hatten an diesem Abend unseren Hochzeitstag gefeiert, an Robertas Hand glitzerte mein Geschenk, ein Goldtopas, von dessen Mitte ein Strahlenbündel ausging, ein auf Robertas Augen überspringendes Funkeln, noch den samtigen Wein auf der Zunge waren wir ins Schlafzimmer hochgestiegen, ich hatte Roberta die Treppe hochgeschoben, hatte das Fenster geöffnet und sie von hinten umarmt. Ihr Geruch hatte an Intensität zugenommen, es war ein tiefer, blauer, sich langsam in rot verwandelnder Geruch, endlich hatte sie ihren Widerstand aufgegeben, die Härte ihrer Bewegungen hatte sich gelöst. Ich hatte ihr das Kleid geöffnet, ihr Fuß rieb sich an meiner Wade. Wir standen vor dem geöffneten Fenster, ich strich ihr die Strähnen aus der Stirn, zog ihren Kopf am Haar in den Nacken. Ich wollte ihre Stirn sehen, ihre geschlossenen Lider, ihre Nasenflügel, die Stelle unter ihrem Mund. Ich leckte ihre Schläfen und die im Licht der Nacht leuchtende Wölbung ihrer Stirn, da hörte ich die Stimme unserer Tochter: Mama! Sie stand mitten im Zimmer. Unter dem Saum ihres langen Nachthemds ragten ihre dünnen Beine hervor, ich wunderte mich, daß meine Tochter so klein und so dünn war. Erschrocken hörten wir auf, uns zu bewegen. Wir hielten uns noch umarmt und blickten auf unsere Tochter, die winzig vor uns stand und mit jämmerlicher Stimme wiederholte: Mama!

Ich stürzte mich auf sie, packte sie beim Handgelenk, rannte über den Flur in ihr Zimmer, indem ich sie hinter mir herzerrte, ihr zerbrechliches Handgelenk in meiner Hand erhöhte meinen Zorn, ich drückte noch fester zu, schleuderte sie aufs Bett, entblößte ihr Gesäß und schlug auf sie ein. Mit aller Kraft schlug ich zu. Ich hörte nicht ihr zuerst entsetztes, hilfesuchendes, dann vor Angst ersticktes Schreien, sondern jagte meine Hand immer und immer wieder auf ihr Gesäß und ihren Rücken hinab. Während meine Linke ihren Nakken ins Kissen drückte, schlug meine Rechte zu. Ich war außer mir und zugleich in meinem Element. Was um mich herum war, nahm ich nicht wahr, weder die bei jedem Schlag von neuem hervorgestoßenen Schreie, noch die Stimme meiner herbeigeeilten Frau und ihre Versuche, mich festzuhalten. Erst als es ihr gelang, sich zwischen uns zu werfen, kam ich zur Besinnung. Mir war, als käme ich aus einem anderen Land. Mein Handgelenk blutete, der Körper meiner Tochter war voller blauer Flecken. Benommen wankte ich ins Bett zurück. Meine Frau blieb in dieser Nacht bei unserer Tochter. Am nächsten Tag fuhr sie mit ihr für einige Zeit in die Schweiz. Niemand sollte sehen, was ich mit meiner Tochter angerichtet hatte.

Der Strom des Vergessens schwemmte auch diese Nacht fort. Keiner von uns verlor je wieder ein Wort darüber, und erst als meine Tochter mich bei unserem letzten Treffen befragte, tröpfelte ein Rest Erinnerung daran ein, und ich erzählte ihr von meinem unendlichen und nie befriedigten Verlangen nach meiner Frau, ihrer Mutter, die, als sie noch neben mir lebte, so unerreichbar für mich war wie ein Licht im All.

WIE KANN MAN DENN WISSEN, höre ich meine Tochter sagen, ob er nicht einer von denen war. Man kann ja einem Menschen alles mögliche unterstellen, Ehebruch oder Kindesmißhandlung, Steuerbetrug oder einen miesen Charakter, man kann sich vorstellen, daß er auf Russen oder Franzosen geschossen hat, all dies kann man mutmaßen, aber es gibt Dinge, die zu erdenken eine Grenze bedeutet. Und es gibt Gedanken, die mich über diese Grenze treiben. Denn ich frage mich, ob es nicht sein könnte, daß er, der ja im Jahre neunzehnhunderteinundvierzig in Rußland war, wovon es aber weder einen Brief und auch sonst keine Belege gibt und wovon meine Mutter nur ungefähre Angaben zu machen weiß, aus denen hervorgeht, daß er zu jener Zeit, gegen Ende des Jahres, in der Gegend von Kiew war, ich frage mich also, ob es nicht sein könnte, daß er dort einer von denen war, die das getan haben, worüber keiner von ihnen je freiwillig gesprochen hat.

Überschreiten wir also die Grenze, beschließt meine Tochter und läßt wieder mich sprechen.

Ich habe in Kiew, wo ich mich aufhielt, bevor der Winter neunzehnhunderteinundvierzig einbrach und bevor ich mit einem Lungenschuß nach Hause geschickt wurde, alles gesehen. Ich habe, als es losging, mit der Vernichtung der Kiewer Juden, und als die SS Hilfe anforderte bei der Wehrmacht, jeden Befehl befolgt. Ich, der ich ein einfacher Soldat war und ohne Leidenschaft, was die Juden betrifft, weder für sie noch gegen sie, der ich nur darauf wartete, daß ich von der verabscheuten Front wegkäme, ich, der ich den Krieg, diese frauenlose Veranstaltung, haßte, weil er mir keinen Anreiz zum Leben bot, sondern mich in dem unerträglichen Zustand hielt, aus dem die Hebamme mich ins Leben prügelte ... Deshalb haßte ich den Krieg, die Bilder von mit Leichen übersäten Feldern, von ausgehobenen Gruben, wo junge Schutzpolizisten auf die nach dem Erschießen hingesunkenen Körper traten und dorthin, wo sich noch ein Arm hob, ein Fuß sich drehte, mitten in die zukkende, stöhnende Masse hinein Fangschüsse abfeuerten. Es waren Todesbilder, die mit dem oft von mir ersehnten Todesland nichts zu tun hatten.

Geblieben waren Bildreste, Bildfetzen, Fragmente, die die Bedeutung der Bilder nicht mehr erkennen ließen. Ich erinnerte mich nur noch daran, daß auf einem freien Feld Kleider lagen, Schuhe, Mäntel, Hosen, Röcke jeweils auf einem Haufen, und daß es Ukrainer waren, die diese Ordnungsarbeit leisteten. Auch erinnerte ich mich, daß nackte Menschen durch einen schmalen Gang in eine Schlucht geschleust wurden. Was danach kam, hatte ich vergessen: Daß sie von den Beamten der Schutzpolizei ergriffen und auf die bereits Erschossenen gelegt wurden und daß ich selbst in dieses Geschehen hineingeraten war, weil wir, die wir davon erfahren hatten, mit eigenen Augen sehen wollten, was wir nicht glauben konnten und was ich späterhin ins Vergessen hinabwürgte.

Ich habe gesehen, wie die Opfer, als sie die Schlucht passiert hatten, im letzten Augenblick ihres Lebens die mit Leichen angefüllte Grube sahen und in Schreien ausbrachen, da aber war es zu spät. Sie wurden gegriffen, umgerissen und zu den nächsten gelegt und erschossen, schreibt meine Tochter gemäß einem Bericht aus dieser Zeit.

Nein, fährt sie dann fort, ohne das eben Geschriebene zu löschen, ich, womit sie mich meint, war ein anderer. Weder war ich der Zuschauer, der am vierundzwanzigsten Juli neunzehnhunderteinundvierzig an einem Sonntag in der lettischen Hafenstadt Libau in Gesellschaft einiger deutscher Marine- und Reichsbahnangehöriger eineinhalb Stunden lang der Erschießung von Juden zusah, noch war ich der, der zu den Soldaten gehörte, die im August desselben Jahres in Bialacerkiew die Grube aushoben, in welche neunzig Kinder fielen, nachdem sie auf Befehl der Deutschen von Ukrainern erschossen worden waren.

Ich hingegen war, notiert jetzt meine Tochter, nachdem sie tagelang nichts hatte schreiben können, weil ihr nichts einfallen wollte, ich aber war der Soldat, der die aus dem Massengrab von Babi Yar entflohene Russin Dina gerettet hat, Dina, der es gelungen war, sich in die zehn Meter tiefe Grube fallen zu lassen, bevor sie die Schüsse der Schutzpolizisten treffen konnten, Dina, der ihre rechte Hand von dem Stiefel des Fangschüsse austeilenden jungen Deutschen zertreten wurde, Dina, der es gelungen war, in der Nacht nach dem Massenmord, als die Deutschen den Platz verlassen hatten, an der Wand der Grube hochzusteigen und sich durch Gebüsch zu Bauern zu retten, wo sie deutschen Soldaten in die Hände fiel, die sie mit zu ihrem Quartier nahmen, wo sie von einem dieser Deutschen angewiesen wurde, die Fensterscheiben zu putzen, was ihr unverständlich war, bis sie begriff, der Deutsche wollte ihr damit die Gelegenheit geben, zu fliehen, was sie dann auch tat, wie sie später erzählte. Dieser deutsche Soldat, schreibt nun meine Tochter, war ich, womit sie mich meint, denn weder, schreibt sie, habe ich eine junge, verliebte Partisanin zu Tode gebracht, noch habe ich als Gaffer meine Neugier befriedigt oder mir gar Lust am Tod verschafft, sondern ich habe eine russische Jüdin gerettet, ich war derjenige, den es mit Sicherheit gegeben hat, weil die Russin Dina später darüber berichtete, wie sie in Babi Yar dem Ermordetwerden entrinnen konnte.

Denn sonst, schreibt meine Tochter, könnte ich, womit sie diesmal sich selbst meint, vor Ekel nicht einmal den Füllfederhalter heben, mit dem ich dies alles zu Papier bringe.

EIN GEHETZTER, den das imperative Nein seiner Mutter im Augenblick des Hervortretens aus ihrem Leib für immer geprägt hat. Diese ihm bereits im Moment des Geborenwerdens aufgedrückte zweite Natur hat ihn daran gehindert, das zu verstehen, was jeder einigermaßen zufriedene Mensch, ohne nachzudenken, von Anfang an weiß: ein auf der ersten Berührung gründendes Vertrauen, dem der Zeitabstand von jetzt bis zum Tod gleichgültig ist.

Dieser, der mit größter Anstrengung alles Erreichte hat erarbeiten, erschuften, ja erzwingen müssen, gegen seine eigentliche Natur, die ja dem Tod gehörte, weil seine Mutter ihm nur die Zeitfrist zwischen Gezeugtwerden und Geborenwerden zugestanden hatte, dieser Lebenserzwinger bin ICH, dieser als blauroter Hautbeutel in der Hand der jungen, blonden, vor Anstrengung schwitzenden Hebamme Hochgehaltene, dieser mit der Boxernase über dem Hebammenbusen Pendelnde.

Jetzt sehe ich auch, daß er die erste Wahrheit seines Lebens, die ja für ihn die einzige war, an seine Kinder weitergegeben hat, und ich sehe seine Tochter, die nach dem einmal ausgesprochenen väterlichen Vorwurf an sie, DUSUCHSTDIRJAIMMERDENLEICHTESTENWEG, aufgenommen hatte, was von ihr gefordert wurde. Sie unterwarf sich dem von mir an sie herangetragenen Gesetz, meine Liebe war die Siegestrophäe nach bestandener Mutprobe. Selbst als nach einem Sturz vom Pferd ein Huf ihre Brust traf und einen tagelang blitzartig stechenden Schmerz verursachte, gab sie nicht auf. Es trieb sie sogar zu vermehrter Anstrengung. Ihr mir zu Füßen gelegtes Opfer, ihre Angst, war noch größer geworden und der Wille zur Höchstleistung noch stärker. Obwohl sie manchmal dachte, ihre Brust würde vor Schmerz abfallen, machte sie doch weiter. In ihren Träumen lag ihre rechte Brust als Geschenk auf einem Silberteller, ein weißes, beschämend kleines und weiches Geschenk für mich, überreicht mit gesenktem Kopf.

In erschöpfenden nächtlichen Lesezügen betäubte sie ihren Schmerz mit den Legenden über die einbrüstigen Amazonen, sie wollte das werden, was ich wollte, das sie werden sollte. Sie sah sich als jagende Windsbraut, aber schon dienstags befiel sie die Übelkeit, wenn sie an die immer donnerstags stattfindenden Springstunden dachte, und als sie zu menstruieren anfing, hoffte sie, endlich einen Grund zu haben, aufzugeben. Ich jedoch ließ diesen Grund nicht gelten, eine Amazone enttäuscht ihren Vater nicht, sagte ich, und selbst wenn das Blut durch das Reithosenleder hindurchsickerte und sichtbar wurde als Fleck an ihrem kleinen Gesäß, hatte ich kein Mitleid.

Damals war es, als sich die Scham unter ihrer Gurgel festsetzte, aber das LOSMEINMÄDCHEN und meine Hand auf ihrem Gesäß, das sehe ich jetzt, feuerten ihren Ehrgeiz wieder an, ich half ihr auf den für sie viel zu großen Wallach hinauf, ein zu spät kastriertes Tier mit riesiger Brust und einer enormen Halsmuskulatur, und indem meine Tochter das Pferd den Parcours entlangtrieb, es über Gestänge, Mauern und Büsche zwang, jagte sie ihrer Angst davon. Die mächtigen Flanken des Pferdes erschienen ihr nachts im Traum, preßten sie gegen Stallwände und gegen den Boden, zerquetschten ihre Brüste. Am Tage aber legte sie über die oberste rotweiß gestreifte Holzstange eine weitere, dem Pferd nicht sichtbare graue Eisenstange, gegen die es mit der empfindlichen Stelle über dem Huf stieß, so daß durch seinen Körper der Schmerz blitzte, ein tägliches Ritual in der Halle. Zuerst trieb sie das Pferd in lebhaftem Schritt, bis sich seine Muskulatur geschmeidig erwärmt hatte, ein süßes Aroma stieg von dem Pferdeleib auf, Anzeichen von Bereitwilligkeit, und langsam floß in die Angst die Lust ein, fast aus dem Stand heraus galoppierte sie an und nahm das Hindernis, nichts als rotweiße Gatter, Balken und Mauern, diese Hindernisse nehmen, hinüberfliegen, oder Teil des Gestänges, hölzernes Material werden: etwas Totes, etwas Getötetes.

DAMALS, ALS ICH MIR SAGTE, die Welt ist nicht so, wie ich sie will, sie ist nicht für mich gemacht, denn ich bin nicht so, wie die Welt mich will, die Welt fragt mich nicht, und ich frage nicht die Welt, ob es ihr recht ist, daß ich in ihr bin und nicht so bin, wie sie will, daß ich sei, und da es keine andere Welt gibt, das größte Unglück überhaupt, muß ich in dieser leben, wenn überhaupt, falls der Wille dazu mich nicht in Anfällen von Erschöpfung endgültig verläßt.

Erschöpfung, ein dem Frieden ähnlicher Zustand, in seltenen Momenten erreichte ich ihn meiner Mutter gegenüber, man könnte auch sagen, Gehorsam, nämlich wenn ich mich ihrem NEIN fügte. Dann war mir der Tod nahe, beinahe zärtlich vertraut, ich hätte mich ihm nur hinzugeben brauchen. Eine stete Versuchung, die bis auf das letzte Mal, als ich das Wasser in mich strömen ließ, immer zu einer Lebenskrise führte, manchmal als Krankheit getarnt und auskuriert in einer offiziell als Lungensanatorium bezeichneten psychiatrischen Klinik. War ich wieder befreit aus diesem mit meiner Mutter kurzfristig geschlossenen Frieden, setzte ich meinen Kampfwillen von neuem ein und ging in die Welt, die mich nicht wollte.

Ich fügte meinem Grundbesitz weitere Liegenschaften hinzu, nicht nur um sicher und mit guter Rendite Geld anzulegen, sondern um mein Dasein auf der Welt zu untermauern, um es in Grund und Boden zu festigen. Ich erwarb Objekt für Objekt, Wohntürme in städtischen Randlagen, auch kleinere Häuser, darüber hinaus Feriensiedlungen an der spanischen Küste, Gewerbeimmobilien, Supermärkte an den Ausfahrtstraßen mittlerer Ortschaften auf dem Lande, und dies vor allem, nachdem ich meinen Betrieb abgestoßen hatte und von dem verbliebenen Kapital architektonische Großprojekte zu planen begann.

Ich war mir nicht bewußt, daß diese beständige Suche die Suche nach dem Raum war, der mir von meiner Mutter nicht zugestanden war. Mit meinen Häusern eroberte ich diesen Raum, nahm ihn in Besitz, befestigte meinen Anspruch auf irdisches Dasein. Nichts befriedigte mich mehr als das Studium von Immobilienanzeigen, alle Möglichkeiten dieser Erde verbargen sich in den geheimnisvollen Wörtern der Annoncen. Ließ ich mir das Objekt genau beschreiben, mußte ich als erstes die Himmelsrichtung wissen. In meinen Träumen wanderte ich von Raum zu Raum, trieb von Eingang zu Eingang, durchmaß Flure, Hallen, Säle, die vor allem eines gemeinsam hatten, nämlich hohe, vom Fußboden bis zur Decke reichende Fenster. Im Grunde waren es Ruinen, durch die ich zog, ich hatte sie in wachem Zustand längst vergessen, wie ich überhaupt in den seltensten Fällen meine Träume beim Aufwachen noch erinnerte, höchstens drei- oder viermal in meinem Leben war mir ein Traum im Gedächtnis geblieben.

Aber träumend erinnerte ich meine früheren Träume, und wenn ich wieder einmal durch Räume schritt, dachte ich fortwährend, hier bist du doch schon einmal gewesen, seltsam, hier scheinst du zu Hause zu sein. Jetzt sehe ich meine Träume, und ich sehe, daß sie eine Welt für sich waren, in der sich ein eigenes Leben ausbreitete, gewissermaßen neben meiner bewußten Welt und meinem bewußten Leben. Die Beleuchtung der Räume entsprach meinen Stimmungen, einmal war es, als hätte man flüssiges Licht vergossen, ein andermal breitete sich Dumpfheit aus wie an den zahlreichen Tagen des wirklichen Lebens, als weder die Sonne schien noch der Himmel sich zu Regen entschließen konnte und als ich dachte, die Luft wäre in kompaktem Grau erstarrt, ohne je wieder einen Strahl hindurchzulassen, es war eine Lichtlosigkeit, keine Dunkelheit, sondern ein undurchdringlicher Zustand, der meiner Verfassung entsprach, die ich in der Wirklichkeit nicht wahrhaben konnte.

Die Fenster in diesen Räumen waren zerstört, die Scheiben zerbrochen, und an den Zargen entlang ragten Splitter hoch, Reste von Fensterglas, manchmal schlugen die Flügel auf und zu und ließen den Regen ein, manchmal blieben sie still halb offen in unbewegter Luft. In anderen Träumen erschien mir der Raum zugeschneit, Böden, Sessel, Fenstersimse waren weiß überrieselt, und meine Schritte hinterließen in dem unberührten Boden eine Spur. In diesen seltenen Träumen suchte ich jedesmal herauszufinden, wo der Schnee herkäme, und entdeckte, daß das Dach des Hauses fehlte, es war davongesegelt und hatte den Saal der Witterung preisgegeben.

Es war der Raum, in den ich immer wieder zurückkehrte, ein hoher, schmaler und langgezogener Saal, an den Fenstern hingen schwere Vorhänge, die manchmal unbewegt zu Boden fielen, manchmal aber, wenn es draußen stürmte, vom Windzug hin- und hergerissen wurden, manchmal wehten sie nach draußen, was von außen den Eindruck erweckte, es wären Fahnen gehißt, und ich dachte mir angesichts der mit ausgeblichenen Fresken bemalten Wände, ich wäre früher ein König gewesen. Im Laufe meines Lebens war mir dieser Raum so vertraut geworden, daß ich mich darin heimisch fühlte und daß ich manchmal vor Verlangen nach dieser Ruhe auslösenden Vertrautheit ganz sehnsüchtig war, ohne zu wissen, warum. Es waren darin fast keine Möbel, nur hier und da stand, wie vor langer Zeit vergessen, ein alter Sessel oder ein karger Stuhl, auf den ich mich hätte niederlassen können.

Wenn ich von Geschoß zu Geschoß stieg, damals, als ich Immobilien in Spanien, der Schweiz, Frankreich und Kanada erwarb, immer unter dem Vorwand, daß Grundbesitz nicht verlorengehen könne, folgte ich den immer wiederkehrenden Bildern, wobei sich bei fortschreitender Vergeßlichkeit diese Bilder vermengten, es waren Aussichten auf schöne Meere und Landschaften. So suchte ich immer nach dem idealen Ort, wie manch einer zeit seines Lebens nach der idealen Frau sucht, ohne sie doch zu finden.

Meine Sammlung von Stichen des Baumeisters Karl Friedrich Schinkel bedeutete mir deshalb so viel, weil sie in Wirklichkeit Traumbilder versammelte. Vor allem als meine Frau mich verlassen und das vorangeschrittene Vergessen mich von dem Druck befreit hatte, mich um die Dinge des Alltags zu kümmern, konnte ich mich nächtelang in den Entwurfszeichnungen des Baumeisters Schinkel für das Schloß Orianda auf der Krim verlieren, dieses auf einem Fels ruhende Sehnsuchtsgebäude für Charlotte von Preußen. Ich schwelgte in der Vorstellung, Auftraggeber dieses Schlosses zu sein, Bauherr, König, Herrscher. Meine mit dem Verlust meines Zeitgefühls anschwellende Fantasie erschuf mir, was ich in der Wirklichkeit nicht haben konnte, was mir aber bald eins war mit der Wirklichkeit, und zwar in dem Maße, wie meine Wirklichkeit und meine Traumwelt auseinanderklafften, eine jahrweise in mich sickernde Veränderung, die mich, den verwahrlosten, stinkenden, unrasierten, schorfhäutigen, mit offener Hose umherschlurfenden Greis in einen König verwandelte, leuchtende Türme vor Augen, auf Sonnenbahnen gleitende Lichtkuppeln, Tempelchen, ferne Feuerwerksfunken sprühende Inseln. So also wurde ich getrieben.

DIE VERWALTER UND BANKIERS steckten die Mieten in die eigene Tasche, und mein hinzukommender Schwiegersohn machte gemeinsame Sache mit ihnen. Ich sehe ihn kurz vor meinem Tod, wie er mit einem kanadischen Bankdirektor in einem Restaurant die hinterzogenen Gewinne aufteilte. Als ich auf der Insel das auf einem Felsen über dem Meer liegende Gebäude erstand, das mich ruinierte, ließ mich die Schönheit dieses Ortes den Verstand verlieren. Von seinem Dach öffnete sich eine Sicht, ich dachte, ich sähe bis zum Ende meiner Seele, und während ich den Gesang der Tosca hörte, glitt ich diesem Ende entgegen.

Das Grundstück war von schroff ins Meer fallenden Felsen begrenzt, weiter draußen lag eine kleine Insel mit einem wie ein Bogen geformten Steingewächs in der Mitte, durch das man hindurchblicken konnte. Dahinter das sich täglich verwandelnde Meer, die Landebahn in den Tod, ich sah sie, als ich erstickend in den Strudel trieb, als in meinem Kopf das zurückgelassene Leben noch tobte und ich Stimmen hörte, die mich zurückriefen, und als ich Gesichter sah, die an mir vorüberzogen.

Manchmal sah der Felsen in der Untergangssonne wie ein hochragendes Stück schieren Fleisches aus, immer gab es Überraschungen, neue himmelöffnende Perspektiven, die mich, wenn die Sonne mir entgegenbrannte, den Arm über die Augen legen ließen. Ich sehe mich auf dem Dach meines Schlosses, das, indem sich seine Form dem vorspringenden, spitz zulaufenden Kliff anglich, eine Art Schiffsbug bildete, ich sehe mich in der blendenden Sonne, mit dem Arm die Augen beschattend, die Muskeln angespannt, viele Stunden saß oder stand ich so und sah auf das tönende Wasser.

Irgendwann senkte ich den Arm, setzte meine Augen den von der Stahlfläche des Wassers heraufblitzenden Strahlen aus, entließ aus meinem Kopf das überflüssige Material, das Geröll meines unordentlichen Lebens, die Reste zertrümmerter Lieben, Freundschaften, die Anhäufung abgelagerter Kränkungen, Mißerfolge, Enttäuschungen, den Schutt meiner Unzulänglichkeiten. Mich schon im Sterben übend sah ich all dies von mir abströmen, eine von der ahnungslosen Außenwelt als Vergeßlichkeit gedeutete Befreiung.

Auf einer Achterbahn war ich durch mein Leben gerast, immer in der Gefahr, mit dem Wagen aus der Kurve in die lebendige, verletzliche Menschenmasse hineingeschleudert zu werden. Im Gefängnis des Lebens blieb ich von einem Übermaß an Selbsterkenntnis bewahrt. Meine Unkenntnis von mir selbst hielt ich mit allen Mitteln aufrecht, vor folgenschweren Selbstzweifeln blieb ich verschont, ich war ein Mann der Tat, Romantik lag mir nicht. Erst mein Schloß löste Verzauberung in mir aus, ich, der nicht mehr zurechnungsfähige Greis, tänzelte auf dem Dach meiner Bauruine, die Hände erhoben, einen verzückten Ausdruck im Gesicht, zum Gejaule der Hunde, das ich für den Gesang der Tosca hielt. Am Ende lobten alle meine Bereitschaft, Frieden zu schließen, was soviel hieß wie, endlich zu gehorchen und dahin zu kommen, wofür ich von Anfang an bestimmt war. Meine Tochter rief mich noch einmal zurück, ihre Mädchenstimme klang hell und herausfordernd, dies halluzinierte ich, während ich auf dem Dach meines Orianda tänzelte, ich fingerte in der Luft über meinem Kopf mit abgespreizten Händen, es sah aus, als hätte ich einen Hahnenkamm auf dem Schädel, nur um im nächsten Moment von hündischer Einsamkeit erfaßt zu werden.

SIE TUT IHM WAS ins Essen, sagte mein Schwiegersohn, sie ist am Gedächtnisschwund deines Vaters schuld, sie tut ihm was in den Tee, er soll das Gedächtnis verlieren, und wenn er alles vergessen hat, nimmt sie ihn aus wie eine Weihnachtsgans, sagte er. Es ist meine Geliebte, von der er sprach. Er ließ eine Abhöranlage in meiner Wohnung installieren, ein Mikrophon über dem Bett, eines im Telefonhörer und eines unter dem Sofa. Später hörte er meine Gespräche mit Maria ab, die mir in den letzten Tagen das Gefühl gab, zu leben, die mir den faden Geschmack zwischen Zunge und Gaumen wenigstens manchmal für ein paar Stunden vertrieb, die es verstand, für einen kostbaren Moment die Farblosigkeit aus meinen Augen zu vertreiben, das Grau wich trällerndem Grün, sirrendem Gelb, Maria, die mit dem teuer bezahlten Strahlen ihrer Augen meinen Blick aus der Starre wecken und sogar zum Lächeln bringen konnte, plötzliche Hitze strömte dann durch meine Stirn, bis in den Fetzen meiner alten Haut das Blut sprang und die teuer bezahlten Handgriffe Marias ihre Wirkung taten, bis mein ergrauter Schädel dankbar in das Gewürz ihres Schoßes tauchte.

Augenblicke, für die ich bereit war, mein letztes Vermögen zu opfern, sickerten in ihren akustischen Resten durch ein Tonband auf dem Schreibtisch meines Schwiegersohns, auf dem sich Spekulationspapiere häuften, er hörte es zuerst selbst ab, um es dann meiner Tochter vorzuspielen. Zwischen Liebesgesäusel, dem Gesang der Tosca und kleinen Schreien, dem teuer bezahlten Schauspiel weiblicher Lust, hatte das Gerät eine Auseinandersetzung zwischen meiner Geliebten und mir über meine finanziellen Leistungen aufgezeichnet, die meinem Schwiegersohn den Angstschweiß auf die Stirn trieb und ihn auf die Idee eines dem Frühstückstee beigemischten Schlafmittels brachte. Dies war kurz vor meinem Ableben. Er wußte, daß ich nach dem Frühstück immer ein Bad nahm, entweder im Meer oder im Swimmingpool.

Jetzt, nach meinem Tod, hastet mein Schwiegersohn von einer Bank zur anderen. Noch bevor ich unter der Erde bin, macht er Schweizer Bankdirektoren seine Aufwartung und bietet ihnen Schlüsselsummen an, mit Hilfe derer er die vermuteten Nummernkonten zu öffnen hofft. Seine Rede aber ist zu beflissen, die Herren schieben eine Stahlwand vors Gesicht, und mein Schwiegersohn, der in Momenten der Erregung in den Dialekt seiner Herkunft verfällt, ein auf meine Tochter herzbeklemmend wirkendes Rheinisch, verhaspelt sich in widersprüchlichen Darstellungen meines Todes. Nachdem er die ihm zugänglichen Konten ohne Wissen meiner Kinder abzuräumen versucht hat, hastet er wieder auf die Insel, um meinen Wagen und meine Wohnung zu verkaufen, und vor allem, um nach meinem Testament zu suchen. Bäuchlings auf dem Teppichboden tastet er unter Regalen, klopft Holzpanele ab, fingert hinter Bettpfosten, unter der Matratze, unter dem Teppich, stochert in die Ritzen zwischen Polster und Lehne, durchwühlt meine Korrespondenz mit Damen, die

Briefe meiner Kinder, meiner Frau, schnüffelt in meinen Papieren und bricht am Ende, weil er den Schlüssel nicht finden kann, das einzige verschlossene Fach meines Schreibtischs auf, in dem mein Testament liegt, samt dem Kuvert mit den Safeschlüsseln und einem schwarzen, mit Sand gefüllten Wildledersäckchen, das mir einmal Maria geschenkt hatte und das mich, als das Leben mir noch gegen den Widerstand der Zeit und des Vergessens Bilder und Empfindungen hochtrieb, immer an eine unvergeßliche Nacht erinnerte. Über Wasserdampf öffnet mein Schwiegersohn den mit TESTAMENT beschrifteten Briefumschlag und überfliegt das in seinen Fingern zitternde Schriftstück, in dem er sich, obgleich es erst vor kurzem verfaßt wurde, nicht erwähnt findet. Er schiebt es in das Kuvert zurück, aber es gelingt ihm nicht, die Lasche wieder zu schließen. Fleckig und zerknittert verrät der Umschlag, daß er geöffnet worden ist, so daß am Ende mein Schwiegersohn das Ganze zerreißt und über der Toilettenschüssel verbrennt und hinunterspült.

Man hat mich also nicht nur auf ganz normale Weise hintergangen, so wie, jetzt sichtbar, jeder hintergangen wird in seinem Leben, sondern ich war in besonderem Maße dazu bereit, mich hintergehen zu lassen, begierig, die Welt zu sehen, wie sie nicht ist, habe ich über alle Anzeichen, die mir ein Erkennen der Dinge ermöglicht hätten, hinweggeblickt, habe erfolgreich meine Illusionen genährt, die Menschen auf Figuren meiner Wahnwelt reduziert. Leicht hätte ich die wahren Absichten meines

Schwiegersohnes erkennen können, sein Lächeln schon verriet alles, wie es die allzeitige Bereitschaft, mir zu Diensten zu sein, vorspielte, und seine mir zum Munde geredeten Sätze. Schon die naive Versicherung, als er um die Hand meiner Tochter anhielt, er wolle sich nicht in die Finanzangelegenheiten unserer Familie mischen, und sein gleichzeitiger Eifer, mich bei meinen Geldanlagen zu beraten, sein gespieltes Desinteresse an meinem Testament und sein gleichzeitiges Bestreben, meine Tochter aus allen geschäftlichen Angelegenheiten herauszuhalten, all dies hätte meinen Argwohn hervorrufen müssen. Aber ich habe mich bereitwillig täuschen lassen. Dieser nach einem seriösen Geschäftsmann aussehende Schwiegersohn, der weder ein Examen in Jura gemacht hatte, wie er vorgab, noch aus einer wohlhabenden Familie kam, wie er log, sondern der sich aus kleinsten Verhältnissen hochgeboxt hatte, bestrebt, jederzeit die Zeichen des Dazugehörens übermäßig zu betonen, der Hermèskrawatten trug, unter der Höhensonne für gleichbleibende Bräune sorgte, in maßgefertigten Schuhen lief, jetzt kniet er über der Toilettenschüssel und sieht die Reste meines verbrannten Testaments im Wasserstrudel herunterwirbeln.

Als er sich am Abend in der Bar am Swimmingpool betrinkt, torkeln in seinem Kopf die Zahlen durcheinander, immer wieder rechnet er die Möglichkeiten durch, aus meinen Liegenschaften Geld zu machen, um damit seine kurz vor dem Konkurs stehende Firma zu retten, insektengleich schwirren Zahlen, stürzen ins Dunkel ab, mein vor seinem inneren Auge schwebendes Gesicht spuckt Zahlen aus, aus meinen Augen springen Zahlen, meine Zähne haben sich in schwarzlackierte Zahlen verwandelt, dies fantasiert mein Schwiegersohn, dem ich, um mich zu entlasten, ein unbedingtes Vertrauen entgegenbrachte, der Mann, in dem ich mich selbst zu erkennen glaubte, den ich wie einen Spiegel meiner selbst sah, sollte mir die Verantwortung abnehmen, denn ich war am Ende meines Lebens müde geworden, ich brauchte einen Nachfolger, ich brauchte jemanden, der an meiner Stelle den Überblick wahrte.

Auch dachte ich, er würde meiner Tochter ein stabiles Zuhause bieten, ohne mir jedoch den männlichen Rang abzulaufen, denn mein Schwiegersohn war ein immer biederer, nicht besonders anziehend wirkender Mann, weder besonders groß noch besonders schmal, weder gutaussehend noch häßlich, mit einer mißglückten, zu klein geratenen Nase. Ein Mann, der seine mangelnde Ausstrahlung durch dick aufgetragene Anständigkeit wettmachte, durch Bluff, und dies erfolgreich, denn mein zur Täuschung bereites Gemüt entsprach seiner weichen, wendigen Freundlichkeit.

ICH WAR MÜDE, meine Kräfte hatten nachgelassen, der Druck war von mir gewichen, ich war am Vergessen, mein sonst zerpreßtes Herz war am Aufgehen, Luft strömte ein, der Rahmen, den der zeitlebens auf mir währende Druck bedeutete, zerfiel, mein Widerstand löste sich auf, ich segelte in selige Gläubigkeit, stellte meine geliebte Tosca oder das Geistertrio oder das deutsche Requiem auf höchste Lautstärke, ließ mir die Töne sinnverwirrend ins Gehör dröhnen, streckte mich auf dem Boden aus und gönnte mir, wovor ich mich bis dahin gefürchtet hatte, ließ mich hinwegtragen, ohne zu wissen, wohin.

Der Druck auf meinem Kopf, bevor ich den ersten Atemzug tat, als meine Mutter sich überlegte, ob sie sich wünschen sollte, daß ich nie einen Ton von mir gebe, der erstickende Druck verließ mich erst am Ende meines Lebens, in dem Moment, wo mein Gedächtnis versagte und meine Organe langsam aufhörten, zu funktionieren, wo meine Sinne nachließen und meine Nerven wie verwelkende Gräser erschlafften, da wich das Leben aus mir und der Druck, der gleichbedeutend für mich war mit Leben. Helligkeit breitete sich aus, Musik erweckte Farben, die ich zuvor noch nie gesehen hatte. In guten Momenten halluzinierte ich Blumenwiesen und junge Mädchen in Sommerkleidern, Bilder, die mich früher kaltgelassen hätten. Nur manchmal noch kamen mit umso stärkerer Macht die alten Anfälle, versetzten mich in berstende Ungeduld, trieben mir die Röte ins Gesicht, schlossen mein Inneres in den alten, stählernen Panzer und erzeugten Hochdruck, so daß der Krieg in mir von neuem zu toben anfing, je wilder, um so drohender, zu einer letzten Explosion treibend.

In solchen Momenten suchte ich meine Geliebte auf und ließ mich an ihr aus, mit teuer bezahlter Geduld gewährte sie mir mein Wüten, sie schlug mich, wie ich es wünschte, sie erniedrigte mich, wie ich es verlangte, und sie betrog mich, indem sie mir doppelt und dreifach soviel Geld abnahm, wie ich es mit ihr ausgemacht hatte. Ich machte mir keine Illusionen, daß sie mich liebte, denn ich ging davon aus, daß sie für Geld bei mir war, aber ich ahnte nicht, für wieviel Geld. Sie räumte mein Inselkonto leer, noch bevor mein Schwiegersohn es leerräumen konnte.

Denn unter bestimmten Bedingungen, im Rausch des Gesangs der Tosca, angesichts ihres teuer bezahlten Augenstrahlens und im alkoholischen Dusel war ich zu jeder Auszahlung bereit. Einen Teil meines Geldes bewahrte ich in einem kleinen, in die Wand eingelassenen Tresor auf, der, als ich ihn eines Tages bewußten Zustandes öffnete, völlig leer war. Jetzt erst sehe ich, daß Maria ihn ausgeräumt hatte, daß ich sogar zugegen war, in seligem Taumel gab ich ihr den Schlüssel, sah sogar zu, wie sie mit ihren schönen, von mir teuer bezahlten Händen, Papiere und Kuverts ergriff und ordentlich in ihre Handtasche schob. Am nächsten Tag brachte sie ihr kleines Vermögen auf die Bank.

ICH SEHE ROBERTA im Schlafzimmer, sie sitzt auf der Bettkante, zieht sich die Strümpfe über, flink glänzendes Gewebe fingernd, mit schmaler Hand von den Füßen über Knie und Oberschenkel streifend, sie streckt die Beine aus, ich sehe ihren gewölbten Spann, ihre karamelfarbenen Muskelovale. Wenn ich an dich denke, denkt sie, fällt mir immer ein Spiel ein, das wir als Kinder Zuckerschnappen nannten, deine Zuwendungen waren wie ein Stück Zucker an der Angelschnur, ich springe hoch, schnappe danach, doch jedesmal wenn mein geöffneter Mund beinahe das Zuckerstück erreicht hat, ist es wieder hochgezogen, so daß ich mit zurückgebeugtem Nacken sehe, wie es in unerreichbarer Höhe baumelt, bis es von neuem langsam herabgelassen wird und sich das Spiel wiederholt.

Als wir das erste Mal miteinander schliefen, eines Nachmittags in deiner Junggesellenwohnung, hast du mich gefragt, ob ich ein Tuch hätte, um DIESE SACHE DA wegzuwischen. Während ich in der Wanne stand und mich duschte, hattest du dich auf einen Stuhl gesetzt und angefangen, Zeitung zu lesen, denn du konntest ja nie nichts tun. Als ich dann aus dem Bad kam, zogst du mich ins Bett zurück, aber ich riß mich von dir los, wahrscheinlich hat dir das gefallen. Niemals hast du dich in der Nacht an mich geschmiegt, und wenn ich dich, während du schliefst, aus Versehen mit der Hand berührte, und wenn es auch nur eine ganz leichte Berührung war, wie wenn eine Fliege sich auf der Haut niederläßt, zucktest du zusammen, als wäre dir ein Messer in die Haut gestoßen worden. Von Ziellosigkeit hattest du keine Ahnung, du hast dich immer schnell bedient und damit basta, und ich habe nie verstanden, warum dir der Ruf eines Frauenhelden vorausging. Dafür warst du zuverlässig, und wenn du einmal ich liebe dich sagtest, dann war das eingewachsen in die Jahresringe deiner Seele. Wann hat es eigentlich angefangen, daß du keine menschliche Nähe mehr ertrugst und daß mein Atem dich schlaflos machte? Je älter du wurdest, desto größer wurde dein Wunsch nach menschenfreiem Raum, die Ausdünstungen eines anderen Körpers waren dir so unerträglich, daß ich manchmal dachte, du würdest ersticken, du schnauftest dann, so wie man schnauft, wenn man einen Asthmaanfall hat. Einmal, im Sommer auf Sylt, wir saßen im Strandkorb, die Kinder fläzten sich im Sand, da bemerktest du eine Frau, die nackt die Dünen herunterlief und an unserer Burg vorbei zu ihrem Strandkorb stapfte. Sie hatte vermutlich in einer Sandmulde ein gewisses Bedürfnis verrichtet, denn an ihrem Gesäß waren Spuren zu sehen, von denen sie nichts ahnte. Ihr Körper glänzte in der Sonne, sie lief so nah an uns vorbei, daß uns ihr Sonnenölduft streifte, ihr Körper war schwer, und ihre Haut war gerötet, aber unter den Achseln und da, wo die Sonne nicht hinkam, leuchtete sie beinahe weiß. Die Frau schnaufte von der Anstrengung des Dünenstapfens, und plötzlich sah ich, wie dein Gesicht sich veränderte. Du blicktest der Frau nach, und unvermittelt stieß der Satz aus dir hervor: manche Leute sollte man auf der Stelle erschießen. Wie oft sagtest du, ich kann es nicht aushalten mit diesem Menschen, ich kann die mit seinem Atem vermischte Luft nicht ertragen! Dabei konntest du auf Leute zugehen, du flirtetest mit jedem, von dem du etwas wolltest, sogar mit deiner Tochter. Manchmal, wenn ich beobachtete, wie dein Blick auf ihrem mageren Körper ruhte, während sie auf der Schaukel turnte, wenn ihre Zöpfe hochflogen und sie aussah wie ein Insekt, so fein und zart, dann wurde mir angst und bange. Vielleicht war ich eifersüchtig auf unsere Tochter, denn als sich ihre Brust langsam hervorhob, fingst du an, sie übermäßig zu verwöhnen, das teure Pferd, die für ein junges Mädchen viel zu teuren Möbel, und wie du ihr ein Abendkleid kauftest, um sie im Rotary-Club vorzuführen, damals, als sie auch noch frech zu mir wurde und mich anschrie, als mir die Hand ausrutschte, und sie laut weinend aus dem Ballsaal rannte. Ich höre noch deine Stimme, du mit deinem Frauenkopf, so sagtest du doch immer, wenn ich dir einen Rat geben wollte, um dich von einem deiner instinktlosen Fehler abzuhalten, nie hättest du deine treuen Mitarbeiter kündigen dürfen, das war der Anfang vom Ende, du hättest wissen müssen, daß auch die Gefühle beim Geschäft eine Rolle spielen, mein Frauenkopf war gar nicht so dumm, auch wenn du mir den Hintern tätscheltest, als wäre ich ein Gaul.

Einmal hat mir eine Frau eine Geschichte erzählt, die ich zuerst nicht glauben wollte. Die Frau sagte, ich beneide Sie nicht um Ihren Mann, meine

Liebe. Ich antwortete, warum auch? Da erzählte sie diese Geschichte von den jungen Herren, die bereits eigene Wagen fuhren und immer en clique auftraten und überhaupt zu den Siegern auf dieser Welt zu gehören schienen. Einmal, es war Fasching, und wie jedes Jahr trafen sich alle zu einem Ball, die weißgedeckten Tische waren übersät von Bonbons. Und da es damals nicht viel zu essen gab, stürzten wir uns auf diese überall herumfliegenden Bonbons, erzählte die Frau, was entsetzliche Folgen hatte. Plötzlich rannten alle zur Toilette, und, als alle Toiletten besetzt waren, in den Hof, es rann uns die Beine runter, und ein unbeschreiblicher Gestank breitete sich aus. Im Hinausrennen sah ich Ihren Mann, oder besser, Ihren späteren Mann. Er stand gegen die Wand gelehnt und lächelte, und ich wußte sofort, daß er einer von denen war. Das kann ich mir nicht vorstellen, sagte ich, wirklich, das kann ich mir überhaupt nicht vorstellen, aber ich log. Natürlich kann ich es mir vorstellen, ich kann mir sogar vorstellen, daß es deine Idee war und daß du derjenige warst, der sie schenkelklopfend in die Tat umsetze, wie du ja alles sofort in die Tat umsetztest, was dir einfiel, denn es fehlte dir der natürliche Verzögerungsimpuls, auf diese Weise schnapptest du deinen Konkurrenten immer das beste Stück weg, jedenfalls in den Jahren deiner Erfolge. Trotzdem tatest du mir leid, deine Gemeinheiten machten dich ja selbst am unglücklichsten, denn Weichheit war für dich Entartung, Zärtlichkeit Kitsch, Landschaften langweilten dich, und als dich einmal auf unserer ersten

Reise in den Süden das Glück ankam, hast du gleich darauf eine Katze überfahren. Ohne abzubremsen bist du weitergerast, als du sie sahst. Sie schrie wie ein Baby, und dein Gesicht verengte sich, der Abstand zwischen deinen Augen verkürzte sich, und unter deinem Kinn traten Wülste hervor.

Ein guter Versorger warst du, denkt meine Frau, indem sie zu mir spricht, ich weiß noch, wie ich dich das erste Mal sah, du warst ja nur ein Ersatz für Altmann und kein schlechter, denn als ich anfing, Altmann mit nüchternem Blick zu sehen, stiegst du in meiner Achtung, damals, als wir im Wagen durch Frankreich fuhren und ich dein Gesicht von der Seite sah, wie dir das Haar über die Stirn flatterte und wie du plötzlich jung aussahst, gelöst, frei, ich kann mich noch genau erinnern, Licht und Schatten über deiner Stirn, deinem Gesicht, während du den Wagen lenktest und deine Hand auf meinem Knie lag, damals, als du plötzlich anders warst als sonst und als ich fürchtete, du hättest mich satt, du hattest nicht einmal Lust, dich auf mich zu stürzen wie sonst, obwohl wir plötzlich so viel Zeit hatten, als ich zum ersten Mal so etwas wie Liebe für dich empfand, da wolltest oder konntest du nicht, das hat mich verwirrt.

Mir fiel eine Haarsträhne von deinem über mir wippenden Kopf in den Mund, seltsam, was man sich so merkt, und wie ich dann heimlich Altmann anrief und nach dem Telefongespräch über den heißen Platz gelaufen kam, in der Mittagssonne, wie du mir entgegenblicktest und mich genau beobachtetest, ich war schon auf ein Donnerwetter gefaßt, denn ich hatte ja immer Angst, du könntest es herausfinden, ich ging deshalb ganz langsam über den Platz, ich weiß noch, ein merkwürdig heller Platz mit einem schmalen Denkmal aus Stein in der Mitte für die Gefallenen des Ersten Weltkriegs, alles war weiß und sonnig und heiß, ich hatte ein schlechtes Gewissen, weil ich mit Altmann telefoniert und dich verraten hatte, ich kann mich nicht erinnern, vorher jemals ein schlechtes Gewissen gehabt zu haben wegen Altmann, aber an diesem Tag war es plötzlich da, vielleicht, weil ich dieses ungewohnte Verlangen nach dir hatte. Ich kam auf dich zu, du saßest im Café, hattest den Kopf gegen die Wand gelehnt und blicktest mir entgegen, ganz gelassen ließest du mich auf dich zukommen, nicht wie sonst, wo du längst aufgesprungen und mir entgegengelaufen wärst oder mir ungeduldige Zeichen gegeben hättest, und als ich dann bei dir war, aus dem geöffneten Fenster über dir strömte Uringeruch, nahmst du mich beim Arm und zogst mich aufs Zimmer hoch, zogst die Vorhänge zu, und wir schliefen miteinander.

Damals, als ich zum ersten Mal Leidenschaft für dich empfand, denkt meine über ein Fotoalbum gebeugte Frau, deren Haar jetzt grau ist und deren Hand trocken und voller brauner Flecke, du warst zwar ein Ersatz, denkt sie, aber kein schlechter, sonst hätte ich mich auf diese Vernunftheirat ja gar nicht eingelassen, und meine Frau lächelt. Jetzt wird man dich unter die Erde bringen, meingott, das ist unvorstellbar, daß du jetzt nicht mehr da bist, es ist wie eine Amputation, das Bein ist ab und tut noch weh, ich spüre noch die Fäden, die sich zu dir spannen, all die Jahre war ich mit dir verbunden, selbst als wir auseinander waren, jetzt wehen sie ins Leere.

Und als du anfingst, mich zu bespitzeln, all die Jahre hattest du nichts merken wollen, warum erst, als Altmann tot war, warum fingst du da plötzlich an, mich bespitzeln zu lassen, ich möchte mal wissen, ob du wirklich nichts von Altmann gewußt hast, ich kann mir das gar nicht vorstellen, vielleicht hast du so viel geschuftet, um nichts zu merken, vielleicht warst du viel zu egozentrisch, vielleicht hattest du deinen Raum mit dir allein bereits so vollkommen ausgefüllt, daß für andere kein Platz mehr war, außer sie kamen dir unübersehbar in die Quere. Als Altmann tot war, hast du diese Detektive auf mich gehetzt, als wäre dir dieser junge Mann gefährlich gewesen. Hättest du mich nicht verstoßen, ich wäre bei dir geblieben. Möchte mal wissen, wie mein Leben verlaufen wäre, wenn ich Altmann geheiratet hätte, oder besser, wenn er mich geheiratet hätte, im Laufe der Jahre hat sich etwas in mir angestaut, das alles andere eingefärbt hat wie ein trübes Himmelslicht, die vielen häßlichen Augenblicke in seinem Gesicht, seine Schwäche, die anfing, mich abzustoßen, diese verschlossene Miene, hinter der sich mit geballten Fäusten der Eigensinn verbarrikadiert hatte.

Seiner Frau brauchte er schon lange nichts mehr zu geben, und mir gab er auch nur, was er gerade wollte, denkt meine Frau und sieht Altmann auf einer Fotografie, er steht auf Skiern in einer Schneelandschaft und winkt. Vielleicht ist die alltägliche Verwurzelung wichtiger als hochjagende Gefühle, jedenfalls fing irgendwann, im Laufe der Jahre, der Leichtsinn in seinem Lächeln an, mich abzustoßen. Manchmal kam ich mir vor wie in einem Herrenwitz, und als er sich weigerte, zuzugeben, daß das uneheliche Kind von dieser dritten Frau sein eigenes war, und als er, obwohl ihm klar war, daß ich längst Bescheid wußte, immer noch leugnete, und als er nicht einmal den erwachsenen Mann als seinen Sohn anerkannte, da fing ich an, Altmann zu verachten.

Die vielen kalten, abweisenden Gesichter in seinem Gesicht verwandelten sich in Haß, während ich meinen Mann anfing zu lieben, denkt meine Frau, indem sie unser Verlobungsfoto betrachtet, auf dem sie mit erhobenem Glas neben mir steht und sich von mir auf die Stelle zwischen Hals und Schlüsselbein küssen läßt. Ich neige den Kopf auf ihre Schulter, so jedenfalls sieht es auf dem Foto aus.

Und selbst als du von mir verlangtest, dich zu schlagen, denkt meine Frau, da trieb etwas Irres in mir hoch, damals, nachdem du den Betrieb verkauft hattest, und jetzt, nach so vielen Jahren der Trennung, wehen die Fäden, die zwischen dir und mir waren, wie abgerissene Nerven in der Luft . . .

Weißt du noch, sie blättert weiter und läßt den Blick von Bild zu Bild wandern, sie verweilt auf einer Fotografie, die mich und sie im Strandkorb zeigt, wir sitzen aneinandergeschmiegt vor gestreiftem Hintergrund, halb in der Sonne, halb im Schatten, meine Frau hat die Beine über meine Oberschenkel gestreckt, es sieht aus, als nähme sie auf kokette Weise von mir Besitz, sie schirmt sich mit der Hand vor der Sonne ab, da, denkt sie, man könnte meinen, wir wären ein glückliches Paar gewesen.

Es war der Sommer, in dem unser Sohn gezeugt wurde, als Altmann uns besuchen kam, Altmann war eine Woche im Hotel nebenan, ich war so oft bei ihm, daß ich nicht wußte, ob dieses Kind seins oder deins war.

Schon als ich dich das erste Mal sah, wußte ich, du wirst ein guter Ehemann sein, denkt meine Frau und betrachtet ein Paßfoto von mir, diese Stelle, wo der Rand deines Ohrs wie abgeschnitten aussieht, die ist mir sofort aufgefallen, als hätte man dir etwas angetan, und wenn ich recht überlege, war mein erstes Gefühl für dich Mitleid, ich hatte Mitleid mit dir, weil du das Opfer einer Täuschung warst. Ich hatte sogar noch Mitleid mit dir, als eine Freundin zu mir sagte, er betrügt dich, ich höre noch ihre Stimme, denkt meine Frau, er hält sich ein Flittchen, so wie er sich ein paar gute Pferde im Stall hält, doch dann schlug dieses Mitleid in Angst um, ich dachte, du würdest mich verlassen.

Du mußt wahnsinnig gewesen sein am Ende, denkt meine Frau, und diese Geldgeschichten und diese Häuser, du mußt verrückt gewesen sein, du mußt den Verstand verloren haben. Ich weiß noch, wie du einmal sagtest, irgendwann, irgendwann wirst du zu mir zurückkommen. Aber ich bin sofort abgereist, ich machte mich aus dem Staub, mit diesem Wahnsinn wollte ich nichts zu tun haben, ich wollte nicht hineingezogen werden in dieses Chaos mit heimlichen Konten und Häusern und Wohnungen und Umzügen und Drohbriefen und Rechnungen und Schreianfällen, ich wollte endlich, endlich meine Ruhe haben, und jetzt weiß ich, wo du bald unter der Erde sein wirst, daß es gut so war, jetzt, wo ich schon nicht mehr weiß, wen ich mehr geliebt habe, Altmann oder dich, oder vielleicht doch meinen jungen Freund, von dem ich gelernt habe, daß die Liebe nicht zuteilbar ist wie das Geld, denkt meine Frau, während sie in dem Fotoalbum blättert und ihr graues Haar an ihrer Wange entlangfällt, so wie ich es liebte, als sie noch jung war und als mich dieser Anblick ihres an ihrer Wange herabwehenden Haars so erregte, daß meine Haut sich in Schmerz verwandelte.

SIEH MAL EINER AN, sagt meine Tochter, zieht die Brauen hoch und blättert in einem Aktenordner, sieh mal einer an, da hat er unsere Mutter doch beschatten lassen, damals, als sie in der Bretagne war, die ganze Zeit über hat er sie beäugen lassen. Meine Tochter blättert in der Protokollakte der Detektei, die ich beauftragt hatte, meine Frau zu beobachten, als ich argwöhnte, daß sie mich betrog, und findet die Tagesabläufe ihrer Mutter mit genauen Angaben zum Zeitpunkt des Aufstehens, des Verlassens des Hauses, darüber, mit wem sie welche Zeit am Strand und im Restaurant zubrachte, illustriert mit Fotografien, auf denen meine Frau an der Seite eines jüngeren Mannes zu sehen ist, einmal im Badeanzug auf einem bunten Tuch ausgestreckt, der junge Mann hat seinen Kopf auf dem Bauch meiner Frau liegen, dann am Wasser entlanglaufend, dann in den Armen des jungen Mannes, ausgelassen lachend, mit fliegendem Haar, an einem Tisch sitzend, etwas zum Munde führend.

Auf einem anderen Foto sieht meine Tochter ihre Mutter mit demselben jungen Mann ein Hotelzimmer verlassen, darunter die genaue Zeitangabe ihres Aufenthalts dort, auf der folgenden Seite jeweils ihre Mutter beim Betreten und beim Verlassen eines Hauses, dazwischen Briefe, die Roberta mir geschrieben hatte, und meine eigenen schriftlichen Bemerkungen, „Dir werden noch mal die Augen aufgehn, ausgerechnet die Mutter meiner Kinder, ich schmeiß dich raus, ich weiß mehr über dich, als du denkst, sei froh, wenn du überhaupt noch einen Pfennig von mir kriegst, du hast mein Leben zerstört, mein Glück in den Dreck gezogen, deine Kinder entehrt, deine Familie ruiniert, du Weibsbild, elendes ...“ in verblaßter Schrift auf dunstfarbenem Durchschlagpapier, dann ein zugewucherter Balkon, die Andeutung zweier Gestalten, darunter Notizen in meiner Handschrift, Stammeleien, Wortfetzen aus verletztem Stolz, verhöhnter Mannesehre. Durch das offene Fenster dringt eine Papageienstimme, meine Tochter stöbert weiter, in meinen Kaschmirpullovern haben sich die Motten eingenistet, da hat er doch gedacht, alles im Griff zu haben, murmelt sie und liest das graphologische Gutachten, das ich von meinem Schwiegersohn habe anfertigen lassen, bevor ich in die Heirat einwilligte. Danach ist er fleißig, zielstrebig, krisenfest, aber von zeitweiser Orientierungslosigkeit, alles in allem ein willensstarker, treuer Mann. Den Schreiber haben Schicksalsschläge getroffen, und er hat daraus seine Konsequenzen gezogen, steht da, ein stark gepanzerter Charakter, der, hat er einmal Vertrauen gefaßt, ein guter Freund sein kann, bereit, für andere durch die Hölle zu gehen ... und am Ende mein Kommentar: Charakter, Stärke, Entschlußkraft, o.k. und meine Signatur, als handle es sich um den Bewerber eines Postens in meinem Betrieb. Meine Tochter, den Fuß unters Gesäß geschoben, blättert weiter, der Ordner ist mit Gutachten der Firma AGA gefüllt, Astrologie, Graphologie, Auskunftei, auch über sich selbst findet sie ein Gutachten, woraus sie liest, sie sei sprunghaft, ein Mensch, der

Halt brauche, extrem nach oben und unten ausladende Bogenführung verrate Triebhaftigkeit, ein immer gefährdeter Mensch. Meine Tochter hockt auf meinem Bett, sie trägt die Wollsocken meiner letzten Geliebten, wir hatten sie bei einem Ausflug in die Berge gekauft, weil Maria wie auch meine Tochter an kalten Füßen litt, sie trug diese Socken gerne zu den schwarzen Satinhosen, die jetzt ebenfalls auf dem Bett liegen, zwischen Unterwäsche und sandfarbenen Bikinis, die ich so gerne sah auf gebräunter Haut, dazwischen der ausgekippte Inhalt meiner Nachttischschublade, Tintenpatronen, eine Fotografie von meiner Geliebten und mir im Moment, als wir aus einem Flugzeug treten, meine Geliebte trägt einen Pelzmantel über ihrem Arm und lacht unter windverwehten Locken in die Kamera, Kondome, vierblättrige Kleeblätter in Klarsichtfolien mit Aufklebern wie „meinem Schätzchen" oder „meiner Braut", Halsschmerztabletten und Valium zehn, ein Ring mit einem von Brillanten umsäumten Rubin und vereinzelte alte Manschettenknöpfe.

Meine Tochter lehnt gegen das Kopfteil des Betts, das Fenster ist jetzt geschlossen, so daß das herrische Quäken des Papageis nicht mehr zu hören ist, und: das darf doch nicht wahr sein, murmelt sie und blättert in Briefen ihrer Mutter an mich. Mein Lieber, du wirst lachen, schreibt Roberta da, ich bin schon wieder schwanger, wie konnte das passieren, und meine Tochter rechnet nach, der Brief war zu einer Zeit geschrieben, als Roberta bereits fünfzig war, es war kurz nach ihrem Aufenthalt in der geschlossenen Abteilung einer Psychiatrie, wo ich sie hingebracht hatte, weil sie mehrmals davon sprach, sich das Leben nehmen zu wollen. An einem frühen Morgen, ich war auf einer Geschäftsreise mit meiner Geliebten, war Roberta aufgestanden, hatte ihre Kleider gepackt, ein Taxi bestellt, mit dem sie in die Berge zu ihrer Mutter fuhr, wobei sie den Taxifahrer mehrmals zu Umwegen zwang, um imaginäre Verfolger abzuhängen. Bei ihrer Mutter angekommen, riß sie als erstes die Telefonleitung aus der Wand, dann stellte sie in der ganzen Wohnung Kerzen auf, zündete sie an und sang feierlich Marienlieder. Damals, nachdem Robertas Mutter den Pastor und dieser einen Psychiater zu Hilfe gerufen hatte, und als Roberta sechs Wochen später aus der Klinik als geheilt entlassen wurde, wurde sie noch einmal schwanger, was sie mir in dem Brief mitteilte, den meine Tochter jetzt, auf dem von den Wäschestükken meiner letzten Geliebten übersäten Bett hokkend, liest.

Was du mir angetan hast, schrieb Roberta später, ist nicht mit Worten auszudrücken, wie du mich am ausgestreckten Arm hast verhungern lassen, ein Leben ohne Liebe, deine Zuwendungen waren wie unerwartete Attacken, sie kamen immer dann, wenn ich mich mies fühlte, als ob du nur immer darauf gewartet hättest, mich fertigzumachen.

Während meine Tochter sich auf dem Bett ausstreckt und ihr Fuß sich in den Bändeln des Badeanzugs meiner Geliebten verfängt, liest sie deren überschwengliche Liebesbriefe und anzügliche

Postkarten, ebenfalls in einem Ordner abgeheftet, abgefaßt unter den Augen ihres Zuhältergatten, von dessen Existenz ich nichts ahnte, denn meine Geliebte hatte mich in dem Glauben gelassen, sie wäre geschieden, und da ich weder die Absicht hatte, sie zu heiraten, noch mit ihr eine Wohnung zu teilen, hatte ich mir nicht die Mühe gemacht, sie einer Prüfung durch die Firma AGA zu unterziehen. Es ist bereits weit über Mitternacht, als meine Tochter die Akten unseres Scheidungsprozesses durchblättert, Dosensuppe tropft aufs Papier, von draußen das Meeresgeräusch, der Rhythmus der Brandung, er setzt sich in ihren Gedanken fort, pulsierendes Wasser, Element meines Lebens. Meine Tochter öffnet eine Flasche Rotwein, es ist der Petrus, den ich bereithielt für den Fall, daß meine Frau zu mir zurückkehren würde, ich hatte ihn für mehrere tausend Mark bei einer Auktion ersteigert, meine Tochter füllt ein von Zahnpastaspuren milchiges Wasserglas damit, liest in den Prozeßakten, daß der junge Liebhaber meiner Frau gegen unsere teuer bezahlte Abmachung alles leugnete und über mich herzog, von wegen seelischer Grausamkeit, Bespitzelung, Psychoterror, sie verzieht das Gesicht angesichts der vielen Rechnungen und Quittungen von Immobilienhändlern, der Architektenhonorare, Handwerkerquittungen, Steuererklärungen und Annoncen, mit denen ich Käufer für Wohnungen und Häuser suchte, Mieter, Frauen, Haushälterinnen, Englischlehrerinnen, Masseusen, angesichts der abgehefteten Zeugnisse meiner täglichen Versuche, dem Klaps der Hebamme auf meinen Hintern Folge zu leisten.

Meine Tochter kräuselt die Stirn und sieht jetzt aus wie ihre Mutter, die ich, während ich lebte, immer mit zur Schulter geneigtem Kopf vor Augen hatte, einen skeptischen Blick auf mich richtend, mit zweifelnder Stimme, so höre ich jetzt meine Tochter, ob du mich wohl siehst und ob du wohl gehört hast, was die Nachbarin über dich sagt: er ist so einsam gewesen, es hat ihn ja niemand mehr besucht, nur noch diese Frau mit den Perücken, diese Maria, wenn Ihr Vater schlafen gegangen war, ging sie runter in die Bar und amüsierte sich. Einmal, als Ihr Herr Vater krank war, kam sie mit ihren drei Kindern, für die extra ein Kindermädchen angestellt wurde, damit sie in Ruhe am Swimmingpool braten konnte, Ihr Herr Vater muß sehr großzügig gewesen sein.

Meine Tochter, berauscht vom Wein, unter dem Kopf mein zerknüllter, mottenzerfressener Pullover, es ist derselbe Geruch wie damals, als sie ein Kind war und, den Kopf an meine Brust gedrückt, auf meinem Schoß saß, beharrlich auf meinem Knie hin und her rutschend, die Wärme meiner Handfläche auf dem Rücken, den Geruch meiner Kopfhaut suchend.

Ich sehe meine Tochter zusammengerollt daliegen, sie schließt die vom Aktenstaub gereizten Lider, den Rücken ihrer Mutter vor Augen, die, nackt vor dem großen Spiegel in der Ankleide zwischen hohen Schränken, ihre Arme auf und ab schleudert, während ich, ironische Boshaftigkeiten von mir gebend, ihr das Gesäß tätschle, auf meinen nackten Körper das Hemd überziehe, darüber die Krawatte, meine Tochter sieht den Körper ihrer Mutter, ihre langgestreckten Gesäßhälften, und mich, wie ich mit nacktem Unterkörper und hängendem Hemd vor meiner Gymnastik treibenden und sich biegenden Frau stehe, mich in Unterhose und Hose schaffe, das Glied zurechtrücke, meine Tochter sieht sich selbst, vor der Ankleide an die Wand gedrängt und um die Ecke lugend, fliehende Bilder und Stimmen, dann schläft sie ein, ergibt sich in das Getöse unseres Atmens, unserer Schritte, des Klatschens meiner Hand auf dem Hintern meiner Frau, fällt vollends in Schlaf, in eine traumbedrängte Nacht.

MEINE ENKELIN, die ich zum letzten Mal sah, als sie sechs Jahre alt war, ein mir fremdes Kind, die Wohngemeinschaft forderte mich zu einem Abendessen auf, man muß auch vor Kindern die Wahrheit entlarven, egal wie beschissen sie ist, dies war die Parole der Mutter meiner Enkelin, also lud man mich ein, vorstellig zu werden, so drückte sich die Mutter meiner Enkelin aus.

Ich hatte meine Enkelin bis dahin erst einmal zu Gesicht bekommen, kurz nach ihrer Geburt sah ich einen weiblichen Säugling auf dem Schoß Robertas in einer nach Kaninchenurin riechenden orange-blau lackierten Küche, wie alle Säuglinge ließ auch dieser mich kalt, und die Fotografie von meiner Enkelin auf dem Schoß ihrer Mutter, die Roberta mir auf den Schreibtisch stellte, bedeutete mir so wenig, daß ich nicht einmal merkte, wie sie irgendwann verschwand. Sechs Jahre später nahm ich also eine Geschäftsreise nach Berlin zum Anlaß, der Einladung der Mutter meiner Enkelin Folge zu leisten, das Kind sprang mir wie ein Kobold entgegen, blieb, die Hände in die Taille gestemmt, vor mir stehen, bist du der alte Sack? ausrufend. Sie kam mir vor wie ein abgerichtetes Ekel, wie die Verdoppelung ihrer Mutter, die Wohngemeinschaft lachte sich einen Ast ab, als die Mutter meiner Enkelin unsere Begrüßung am Abend zum besten gab, worauf meine Enkelin sich wütend auf sie stürzte und sie beschimpfte, um dann in Tränen auszubrechen. Sie hatte mich nämlich nach der seltsamen Begrüßung bei der Hand genommen und in ihr Kinderzimmer gezogen, hatte mich aufgefordert, mit ihr unter einen mit Decken zugehängten Tisch zu kriechen, wo sie mir unter dem Siegel der Verschwiegenheit das Geheimnis verriet, daß sie an Gott glaube, er sieht genauso aus wie du, sagte sie, dabei drückte sie mir einen Kuß auf den Mund und schlang ihre wunderbar zarten Kinderarme um meinen Hals. Das war das letzte Mal, daß ich meine Enkelin zu Gesicht bekam. Ihre Mutter enthielt sie mir vor, weil sie meinte, ich, der alte Geizhals, wäre kein Umgang für ihr Kind, wobei ich keine Anstrengungen machte, diesen Beschluß zu unterlaufen, ich vergaß meine Enkelin, nicht einmal in meinen Träumen tauchte sie auf. Jetzt sehe ich sie als Siebzehnjährige, hochgeschossen, schmal, das Haar blond die Schläfen entlangfallend, ich hätte ihr alles gegeben, hätte ich sie so zu Lebzeiten gesehen, ich wäre vernarrt in sie gewesen, diese meine kleine Enkelin, die jetzt fragt, was ist denn los mit der family, wer ist denn jetzt mein Opa, und die eines Tages mit einem Troß Freundinnen ihren von der Mutter verstoßenen Vater, meinen Sohn, unter der Parole EXPEDITION IN DIE FAMILIENGRUFT, besichtigen kam, schlaksig, lang, schwarzbehost und auf dem Kopf blondgefärbter feuchter Kükenflaum, aus Protest gegen ihre Mutter, die vor Haß einen Asthmaanfall bekam.

Jetzt sehe ich die subkutane Wirkung der durch die Generationen treibenden Gefühlsströme, die funkelnde Angst, Triebkraft der Sippe, und das Strahlen in den Augen meiner Enkelin, die ich vergessen hatte. Ich sah nicht, wie sie heranwuchs, sah nicht ihren kleinen, muskulösen, festen Körper, die Kraft ihrer Augen, hörte nicht, wie sie ihre Gedanken vor sich hinträllerte, hörte nicht ihre tiefe, warme, kräftige Stimme. Sah nicht, wie sie als Dreijährige den Schnürsenkel aus einem Schuh ihres Vaters zog, um ihn mit Mühe wieder einzufädeln, sah nicht die zeitvergessene Aufmerksamkeit, mit der sie in den Schuh einen Lappen stopfte, wie sie mit ihrer Puppe sprach, die sie in den Schuh schob, schlaf jetzt, Schätzchen, schlaf, schon wissend von dem Schrecken, der uns in Träumen befällt, sah nicht ihr Gesicht im Schlaf, wie es aufzuckte und plötzlich lächelte, wie sich die Lider bewegten, wie das Weiße im Auge unter den Wimpern hervorblitzte, hörte nicht, wie sie schlafend Töne von sich gab, Piepsen, Röcheln, Schnaufen, dazwischen die Stille regelmäßigen Atmens, diese Seite des Lebens habe ich nicht gesehen, weil der Druck auf mir lastete, der meine Wahrnehmung nur auf meine angepeilten Ziele richtete.

Immer in der Furcht, das Eigentliche zu versäumen, rannte ich unter dem lastenden großen Himmel der Gegenwart davon. Als gäbe es Orte jenseits dieses Himmels, nahm ich die Dinge nur wahr, wenn sich was daraus machen ließ, mein Blick war in die Ferne gerichtet, auf Sieg oder Niederlage.

Auch wenn ich meine Enkelin aufgesucht hätte und wenn ich während ihres Schlafs zugegen gewesen wäre, die aus ihren Träumen kommende Stimme hätte ich nicht bemerkt, weil ich Töne nur ab einer bestimmten Lautstärke wahrnahm. Und ich hätte meine Enkelin erst wahrgenommen, als sie ein schönes Mädchen geworden war. Ich, der ich ihr, als ich sie zum letzten Mal besuchte, ein Nilpferd mitbrachte, ein Plüschtier, das meine Enkelin an Körpergröße überragte, ein graues, mit einer rotweiß karierten Hose angetanes Nilpferd, das sie, das sehe ich jetzt, jahrelang mit sich herumschleppte, sie zog es am linken Ohr hinter sich her, es schleifte auf dem Boden, bis aus dem aufgescheuerten Fuß Schaumgummikrümel bröselten, meine Enkelin drückte das Nilpferd an sich, maß ihre Größe an ihm, fütterte es mit Erdnußbutter und leckte ihm das Stoffmaul ab, bettete es auf ihr Kopfkissen, drückte sich an es in der Nacht, bohrte die Nase in sein Fell, das bald nach vergangener Zeit roch, ein Trost, ein warmer Traum, weinte ihre Tränen in das Fell, das bald aussah wie das Fell eines räudigen Köters, abgewetzt an Schnauze, Schulter, Kopf und Füßen, sie wußte, daß das Nilpferd von dem Großvater kam, der aussah wie der liebe Gott und an den sie ihre heimlichen Reden richtete.

Als sie vor meinem Sarg steht, kann sie sich nicht vorstellen, daß unter diesem Feuerwerk aus roten und weißen Rosen der Großvater ruht, den ihre Mutter immer noch den alten Sack nennt. Ich sehe meine Enkelin im Alter von vier, ihre Mutter stand in einer Telefonzelle und hatte das Kind aufgefordert, draußen vor der Zelle zu warten, meine Enkelin sang vor sich hin, auf ihrem Rücken wippte ein bunter Kinderrucksack, auf dem Kopf eine Zipfelmütze. Spielend entfernte sie sich ein paar Schritte von der Telefonzelle, entdeckte auf einer Bank zwei Schuljungen, die sich eine Tafel Schokolade teilten, meine Enkelin lief auf die beiden zu, machte kurz vor ihnen halt, entfernte sich wieder, lachte die beiden aus der Ferne an, drehte ihnen den Rücken zu, blickte über die Schulter zu ihnen zurück, kicherte, hob sich auf die Zehenspitzen, drehte sich um sich selbst, hüpfte vor und zurück, versteckte sich hinter einem Baumstamm, lugte dahinter hervor, trat wieder vor die Jungen, sprang und drehte sich mit hochgehaltenen Händen wie ein kleiner Kobold. All dies habe ich nicht gesehen. Lebte ich, wäre ich traurig darüber.

Einmal erschien ich ihr im Traum, ein geheimnisvoller alter Mann mit grauem Haar, den sie sich zum Komplizen machte, und als sie gegen den Willen ihrer Mutter den Konfirmandenunterricht besuchte, sich taufen ließ und Psalmen auswendig lernte, hielt sie Zwiesprache mit mir, sang mir GehausmeinHerzundsuchefreud, kleidete mich in königliche Gewänder, Salomon, David, setzte mich auf Rosse, auf Throne, auf Kamele, ließ mich als Himmelserscheinung durch die Wolken ziehen, sah sich selbst als meinen Engel, als Madonna mit Kind, als Jungfrau Maria, als fußwaschende Magd. Ihre Freundinnen stellten sich vor, ich wäre schwerreich, sowas wie ein Ölmagnat, und sie stritten sich darüber, ob ich aussähe wie Charlton Heston oder wie Marlon Brando, sie planten Ferien bei mir am Swimmingpool in der Sonne, während ihre Mutter sagte, den kannst du vergessen, du siehst doch, er meldet sich nie, keine müde Mark schiebt er rüber, in all den vierzehn Jahren nichts, er ist eben ein Geizhals, er stinkt doch nach Geld, er stinkt nach der Scheiße Gottes. Meine Enkelin schrieb, das sehe ich jetzt, als sie älter war, ihrer Mutter Briefe, in denen sie ihr die Meinung sagte, ihr ihre Widersprüche vorhielt, du tust immer, als wärst du ein so guter Mensch und als brächtest du keine Lüge über die Lippen, in Wirklichkeit verfügst du über mich wie über einen Gegenstand, den man herumschiebt, wohin man ihn gerade haben will, du hast doch keine Ahnung, du bist doch ein einziges wandelndes Vorurteil, du hast doch nie zugehört, und meinen Vater hast du vertrieben und unglücklich gemacht, weil du nur Leute ernst nimmst, die so sind, wie du willst, daß sie sind. Du solltest dich mal selbst sehen, wie engstirnig du bist, weil du nichts anderes gelten läßt als deine traurige Weltsicht, Mama, mit der du mir das Leben schon von Anfang an vermiest hast, daß ich mich manchmal gefragt habe, warum du mich überhaupt in die Welt gesetzt hast.

NIE HABE ICH das Säuseln der Haut erfahren, nie die vollkommene Gelöstheit, habe nie das Summen der Stille gehört, hatte keine Ahnung von schwebenden Zuständen, von ozeanischem Rauschen, erst am Ende meines Lebens verlor sich die Hast, der Druck, den die vergehende Zeit immer auf mich ausgeübt hatte, erst die Dementia des Alters gewährte mir den gelassenen Gang, erlaubte mir zu verweilen, zu bleiben, aus den Fenstern zu blicken, in die Weite zu sehen, aber da schon wußte ich es nicht mehr zu schätzen, und es hatte keinen Einfluß mehr auf die mich umgebenden Menschen. Noch immer bellte ich durchs Telefon, kurzfassen, basta, habe zu arbeiten, mit meinen gewohnten Floskeln hielt ich mir meine Kinder vom Leib, schon im Nirwana des Vortods, mit dem Blick auf die plane Lichtfläche, die Landebahn zu der mir zugedachten anderen Seite, nie habe ich die Sehnsucht verspürt, hinweggetragen zu werden, nie habe ich verschmerzen müssen, was mir fehlte, denn ich hatte keine Vorstellung davon, hatte kein Verlangen nach Verschmelzung und Liebe, die mir fremder war als der Tod.

War ich verreist, atmete Roberta auf, sie verabschiedete mich dann im Morgenrock und ging zurück ins Bett, sie wies das Personal an, alles in Ordnung zu bringen und das Haus zu verlassen, dann legte sie sich wieder hin, schlief, döste, hörte Musik und las. An diesen Tagen war sie auch für Altmann nicht zu sprechen, ja, sie belog ihn, sagte, sie sei verreist, zog sich zurück, in ihr Zimmer, ihr Bett, in sich selbst, stülpte sich in sich ein, öffnete das Fenster, ließ das Rauschen des über das Dach wachsenden Ahorns ein, betastete ihren Körper, blinzelte durch halbgeöffnete Lider in hellgrünes Blattwerk, in wippende Schattenflecken, weit fort, bis allmählich der Druck verschwand, den meine Anwesenheit verbreitete, ihre Haut sich entspannte, dann stand sie auf, zog einen alten Pullover an, Hosen, lief barfuß durchs Haus, fläzte sich aufs Sofa, eine Schachtel Pralinen neben sich, zog die Knie an, schob die Füße in die Kniekehlen, las zum x-ten Mal den Zauberberg, sah die Hand der Madame Chauchat auf geschlungenem Haar, ließ das Telefon klingeln, streckte sich aus, wer bin ich, wer wollte ich sein, eine schwarzhaarige, hohlwangige Sängerin wie die Gréco oder fraulich, sanft und hingegeben wie die Bergmann?

Ich wußte nicht wie meine Frau die Zeit verbrachte, wenn ich das Haus verlassen hatte, ahnte nicht, daß sie meist am Fenster saß, die Beine ausstreckte und las, las sogar, wenn die Putzfrau das Parkett wischte, dann hob sie die Beine, ohne aufzublicken, und las weiter, oder sie schlurfte von einem Zimmer ins andere, brühte sich Kaffee auf, lagerte, den Rücken gegen die Heizung gelehnt, auf dem Boden, schickte das Mädchen frische Kalbsleber holen, ein Juwel von einem Tag, schlappte die Leber von einer Seite auf die andere, Pfeffer, Salz, ins heiße Fett, beobachtete, wie sich das Stück zusammenzog, süchtig nach scharfem Bratengeruch, kleine Stücke mit scharfem Messer geschnitten, salzige, mundwarme Leberstückchen mit der Zunge gegen den Gaumen gedrückt, stokkiger Geschmack, kurz vor widerlich, Himmel auf Erden, danach Buttertrüffel, süß ohne Widerstand, willig in die Mundnischen, Geschichten einsamer, böser, mordender, liebender, dramatisch leuchtender Frauen, oder die Briefe an Felice Bauer, hier hast du alles ganz genau, ein Buchhalter läßt es dich wissen, Robertas Leben, von dem ich nichts wußte, ihre freien Tage, das Säuseln der Haut, das ich nie erfahren habe, weil der Gestank meiner Gefühle die Luft verpestete.

Ich ahnte nicht, welche Erleichterung es für meine Frau bedeutete, wenn ich für länger fort war, wie sie auflebte, wie ihr die Füße leicht wurden. Ich ahnte nicht, daß sie bereits im ersten Jahr unserer Ehe einen Anwalt aufsuchte, die Scheidung erwägend, und daß sie sich viele Jahre lang überlegte, mich zu verlassen, schlaflos in der Nacht, die Lider wie Raupen geschwollen, ich ahnte nicht, daß sie Altmann bat, sich scheiden zu lassen und sie zu heiraten, und daß sie sich jedesmal einen Korb einholte, bis sie es aufgab.

Manchmal stellte sie sich vor, wie es wäre, wenn sie alleine lebte, schuldig geschieden, Klavierstunden, faule Schüler reicher Eltern, abgewetzte Stuhlpolster, abgegriffene Klaviertasten, klebrig von Kinderhand, räudige Pelzjäckchen, Abendkleider aus verwelkten Hortensien, Geldbeutel, Mousonlavendel, Geschirrstapel, verstopfte Abflüsse, rotglänzende Schwellfinger, auf Leitern Fensterscheibenputzen, Geldscheine in Kästchen: Heizung, Strom, Essen, Kleider, Versicherung etcetera, wie die eigene Mutter, Kindgottes, die sind doch all dieselben, die Männer, Krokotasche zum x-ten Mal geflickt beim Sattler, lauter gute Stücke, oder einen anderen oder der alte Junggeselle, der beim Faschingsball mit den nussigen Küssen. Aber ich hab mich so an ihn gewöhnt, bin mit dicker Wurzel in diesem Leben verwachsen, und das Haus und die Kinder und das ganze alles, meingott, was soll ich nur machen? Erst als sie aufgehört hat, auf eine Ehe mit Altmann zu hoffen, fing sie an, mich zu schätzen, ich merkte es nicht, wie ich fast nichts merkte, was in den anderen vorging. Dann ist er eben so, dann lieb ich ihn eben so, dann mach ich eben weiter so, und dann, in den grauen Monaten, zwei Ringe versetzt und zu einem Psychologen, Mitte April, bei heraufziehendem jungem Grün, es geht doch gar nicht so schlecht, und einmal, als wir das erste Mal verreisten nach dem Krieg, die Reise in den Süden, sogar die Liebe. Jetzt fing Altmann an, sie zu kontrollieren: wo warst du, du warst zu Hause und hast gesagt, du wärst verreist. Stimmt, ich hatte keine Lust. Wieso keine Lust? Betrügst du mich? Ich gehe. Mach nicht alles kaputt. Ist doch schon, Maulwurfjäckchen übergeworfen, in die Schuhe geschlüpft, Riemchen über die Ferse, Tür zugeschlagen, Tacktacktack im Treppenhaus, der Idiot. ICH WEISS, WAS ICH AN IHM HAB, so meine Frau über mich, und über ihrem Schreibtisch in einem schmalen schwarzen Rahmen ein kleines Bild, unter dem geschrieben steht: Siehe da weinen die Götter, daß das Schöne vergeht. Es weinen die Göttinnen alle – und das Vollkommene stirbt. Ich sehe sie im Keller unseres Hauses, wo sie auch den Flügel hatte aufstellen lassen, aber sie spielte nicht Klavier, sondern sie schrieb Briefe, einen Schreibblock auf den Knien schrieb sie lange Briefe, es waren Liebesbriefe an den Tod, und obwohl sie an mich gerichtet waren, habe ich keinen einzigen je zu Gesicht bekommen.

WÄHREND DIE LEUTE in die Friedhofskapelle strömen und der Pianist einen Trauermarsch spielt, so wie ich es in dem bei meinem Anwalt hinterlegten „Letzten Willen zu meinem Begräbnis" verfügt habe, weil ich auch dies in der Hand behalten wollte, ich, der Dramaturg meines Abgangs, während meine Enkelin an ihrem knapp über das Gesäß reichenden Hosensaum, unter dem schwarzbestrumpfte Beine im Beethovenrhythmus staken, zieht, weil sie ein mißbilligender Blick Robertas, ihrer Großmutter, getroffen hat, die noch vor der Kapelle steht und abwechselnd die Krempe ihres schwarzen Filzhuts festhält und ihren Rock zwischen den Knien herauszieht, wo er sich wie eine türkische Hose verfangen hat, es ist der gleiche Rock aus scharzem Crêpe de Chine, den sie auch zur Beerdigung Altmanns trug, während mein ehemaliger Geschäftsführer mit den Schneidezähnen Hautfetzen von seiner Unterlippe schabt und meine Tochter meiner verweinten Sekretärin die Hand auf die Schulter legt und sich fragt, wieso sie derart aus der Fassung geraten ist, sie ahnt ja nicht, daß meine Sekretärin die einzige Frau in meiner Umgebung war, der ich ungestraft mein Gesicht zeigen konnte, in deren Gegenwart ich mich zu Hause fühlte wie in meinen Traumräumen, deren knochige Hand über meinem Schreibtisch auf mich wirken konnte wie ein Morgengebet, sie war die einzige Frau, die mich nie, nie in Wut versetzte und die meine Anwandlungen ertrug, als gehörte dies zu ihrem Arbeitsalltag, sie habe ich in meinem Testament bedacht, allerdings mit einem Aktienpaket, das so gut wie nichts mehr wert ist, was ich, als ich diese Entscheidung traf, nicht wußte, während mein Fahrer rotgesichtig und im schwarzen, viel zu engen Anzug keuchend auf die Kapelle zueilt, gefolgt von seiner zierlichen, schwarzhaarigen Frau, die er mir, während ich lebte, vorenthalten hat, weil er fürchtete, sie könnte mir zum Opfer fallen, während meine Enkelin jetzt die Kapelle betritt und, als sie den Mann sieht, der neben dem mit Rosen geschmückten Sarg steht und theatralisch ein weißes Taschentuch an die Augen führt, wer ist denn dieses Arschloch? fragt und von ihrem Vater erfährt, daß es sich um meinen Schwiegersohn, den Mann ihrer Tante, handelt, während die beiden jungen Frauen, die mit der Violine und die mit dem Violoncello, mit nach oben gerichteten Blicken einander ihre Langeweile zu verstehen geben und die jüngere von einem Fuß auf den anderen tritt, weil sie es nicht gewohnt ist, so lange in von Todesgerüchen durchzogenen Räumen stehen zu müssen, während meine Tochter sich bückt und die um meinen Sarg abgelegten Sträuße und Kränze zurechtrückt, dabei deckt sie eine von einem Liliengebinde halb verdeckte Schleife eines dunkelroten Buchenblattkranzes auf, auf dem geschrieben steht: IN LIEBE MARIA, während Roberta Altmanns Witwe begrüßt, die, obwohl sie im Nachlaß ihres Mannes alles bestätigt gefunden hatte, was sie schon immer vermutete oder eigentlich wußte, nämlich das Verhältnis meiner Frau mit ihrem Mann, dennoch zur Beerdigung gekommen ist, weil sie eine seltsame Neugier dorthin trieb, eine Lust auf den Geruch der alten Zeiten, während sie jetzt Roberta die Hand gibt und denkt, meingott, ist ja sowieso alles zu spät, und außerdem kann ich froh sein, schließlich verdanke ich ihr, daß er mich selbst mit allzuhäufigen Überfällen verschont hat, und sie erwägt, ob sie etwas Versöhnliches zu Roberta sagen soll, aber als sie jetzt ihre Hand ergreift, überkommt sie das Bild dieser weichen, warmen Hand im Nacken ihres vor Jahren gestorbenen Mannes, und ein unerwartet bitterer Geschmack kommt sie an, sie wendet sich, Herzlichesbeileid murmelnd, mit zitternden Mundwinkeln von Roberta ab, deren Hut der Wind gerade abheben will, so daß sie danach greift, während die Frau meines Fahrers zischt, wieso steht denn die jetzt da, die waren doch geschieden? und gleich darauf Roberta lächelnd die Hand reicht, während mein Fahrer mit leichter Verbeugung meiner Frau einen Brief gibt, in dem er sie daran erinnert, daß ich nicht nur einmal, sondern mehrmals die Absicht geäußert habe, ihm etwas vererben zu wollen, ein kleines Grundstück oder eine größere Summe Geldes, ein tatsächlich in die Tat umgesetzter Entschluß, den ich aber in meiner letzten Testamentsversion zurückgenommen hatte, weil mir mein Fahrer, seit ich auf der Insel lebte, so fern geworden war wie mein ganzes Leben, während jetzt die Rotarierfreunde mit ihren Frauen in die Kapelle einziehen und, nachdem sie meine Kinder und meinen Schwiegersohn begrüßt und einen großen Kranz mit dunkelblauer, goldbeschrifteter Schleife niedergelegt haben, in der dritten und vierten Reihe hinter der Familie meiner Frau Platz nehmen, während sich die Friedhofskapelle allmählich füllt und die Blumenansammlung vor meinem Sarg anwächst, ein Meer von Blumen, murmelt Roberta und nimmt zwischen ihrer Tochter und ihrem Sohn Platz, während sich mein Schwiegersohn immer noch vorn neben dem Sarg herumdrückt, immer noch das weiße Taschentuch in der Hand und von Zeit zu Zeit zum Auge führend, während Roberta dem Pianisten das Stichwort Chopin zuflüstert, worauf aus dem schwarzgelackten Flügelcorpus die marche funèbre ertönt, die Hereinkommenden zu schluchzendem Schreiten zwingend, so hatte ich es mir vorgestellt, genau so, während meine Enkelin darüber nachdenkt, wie das, was unter dem wie ein Feuerwerk hochstiebenden Rosengesteck im Sarg liegt, wohl aussieht, und sich ihr die Bilder der Mumien im Naturkundemuseum vor ihr inneres Auge drängen, obwohl sie sie gar nicht sehen will, während alle der Dinge harren, die jetzt kommen und sich ihnen sanft auf die Seele legen würden, während Roberta mit einer ruckartigen Kinnbewegung der Schulter zu ihren Schwiegersohn herbeizitiert, der, ihr folgend, sich neben seine Frau setzt und mit ernstem Gesicht auf den Sarg starrt, als könnte er jetzt noch Einfluß auf mein Tun zu Lebzeiten haben, hätte-ich-nur-hätte-ich-nur-hätte-ich-nur hämmert es in seinem Kopf, und er greift nach der Hand seiner Frau, die sich vorstellt, wie er in seinem Wagen gegen die Leitplanke donnert und wie er hochfliegt und sich in Splitter auflöst, dabei ist ihr Blick auf meinen Sarg gerichtet, der Pianist hat jetzt aufgehört zu spielen, ganz hinten, hinter der letzten Bankreihe an einer Säule stehend, sehe ich jetzt Maria, sehe ihr blasses Gesicht, sie ist erschöpft von der Hetze über die Autobahn, sie hält nach einem freien Platz Ausschau, ihre Füße sind geschwollen wie immer, wenn sie nervös ist, ihre von mir teuer bezahlten zärtlichen Füße, und sie spürt beim Griff in die Kniekehle ein großes Loch in ihrer Strumpfhose, ich muß völlig vewirrt gewesen sein heut morgen, denkt sie, warum bin ich nur hierher gefahren, die werden mich lynchen, und sie sieht meine Stirn vor sich, mein altes, von tiefen Falten zerfurchtes Gesicht, das sich ihr fordernd öffnet, und sie sieht mich von hinten, wie sie mich das letzte Mal am Flughafen hat fortgehen sehen, eine kleine Gestalt, zusammengeschrumpft auf die Größe eines Dreizehnjährigen, in einem viel zu weiten und viel zu langen Kamelhaarmantel, das Haar grau verstruppt und die Füße in brüchigen alten Krokoschuhen, und sie hört die Stimme der Tosca, dieses blöde Gezwitscher, muß das sein, hört sie sich selbst und denkt, er fehlt mir, es ist komisch, ich hätte nicht nein gesagt, wenn er mich gefragt hätte, ob ich ihn heiraten will, und jetzt sehe ich, daß meiner Geliebten die Tränen hochsteigen, wer hätte das gedacht, und sie drückt die Knöchel ihrer rechten Hand in die Augenhöhle, während sie sich leicht vorbeugt, um meine Familie zu sehen, und während jetzt das Geistertrio ertönt, das ich, während ich lebte, so liebte, während der Pianist sein Spiel auf eine mir ganz unliebe Weise verlangsamt und in unangemessene Schwermut fällt, weil er sich plötzlich die eigene Beerdigung vorstellt und wie seine Frau ganz in Schwarz vor seinem Sarg säße, die Füße vorgestreckt wie kleine traurige Pfoten, dabei war es gerade das belebende Allegro, das mich in den letzten Monaten immer wieder aus meiner Einsamkeit zu holen vermochte, denn ich hörte das Geistertrio an manchen Tagen mehrmals, manchmal sechs-, siebenmal und öfter, während die junge Frau mit dem Violoncello sich kaum noch auf den Füßen halten kann, die mit der Violine aber zur Beschleunigung treibt, lebte ich, würde ich ihr die Hand küssen dafür, ihr ist die ganze Vorstellung nämlich genauso peinlich, wie sie mir wäre, wäre ich dabei, und während der Pfarrer jetzt hinter der Kanzel auftaucht, liege ich, in meinen alten Smoking gekleidet, im Sarg, man hat mich hergerichtet und geschminkt, mit einem Bündel Briefe auf der Brust, das mir, bevor man den Sarg geschlossen hat, meine Frau zustecken wollte, was nicht möglich war, da sowohl mein Körper als auch mein Smoking tiefgefroren sind und fest wie Stein.

Als der Pfarrer anhebt, liebe Trauergemeinde, und von einem Heimgegangenen spricht, weiß er nicht, wie recht er hat, allerdings auf eine Weise, die er nicht meint, denn ich glaubte nicht an einen Gott, während meines ganzen Lebens habe ich mich nicht versucht gefühlt, an irgendeinen Gott oder etwas Ähnliches zu glauben, ich glaubte nur an so etwas wie einen Ort, der dort ist, wo ich jetzt bin und wo ich daheim bin, jenseits der Lebens- oder Todesgrenze, je nachdem. SO JEMAND AUCH KÄMPFT, WIRD ER DOCH NICHT GEKRÖNT, ER KÄMPFE DENN RECHT, ruft der Pfarrer aus, und dann: ist das Leben nichts als Kampf, als Siegen oder Besiegtwerden?, und doppelzüngig bejaht er seine Frage. Liebe Gemeinde, wir alle sind uns darin einig, gleich welcher Weltanschauung wir angehören, ob wir Verantwortung für viele übernommen haben wie der Heimgegangene in seinem Betrieb oder ob wir uns eine andere Welt ersehnen wie sein Sohn oder ob wir im Kleinen Gutes tun oder für ein Kollektiv, jeder von uns ist darauf angewiesen, sich seinen Zielen anzunähern, trivial gesagt: Erfolg zu haben, eben: gekrönt zu werden. Aber, meine liebe Trauergemeinde, nur Gott vermag zu beurteilen, ob ein Mensch recht gekämpft hat, wir hier Anwesenden können nur sagen, wie sehr der Heimgegangene darum bemüht war, recht zu kämpfen, und vielleicht gibt allein dieses Bemühen ja schon den Ausschlag. Dann kommt er auf meine Kinder zu sprechen, auf meinen Sohn, den verlorenen und von mir wieder aufgenommenen, während dieser vor Verlegenheit auf seine Füße starrend feststellt, daß unter seiner schwarzen Hose verschiedene Socken hervorschimmern, seine Tochter drückt ihm die Hand, und auch Roberta blickt auf die Spitzen ihrer Lackpumps, als die Rede auf sie kommt, die Mutter seiner Kinder, die auch nach dem großen Drama zu ihm hielt, wie der Pfarrer sagt. Was für ein Quatsch, denkt Roberta, was für eine Distanzlosigkeit, was geht denn das die Leute an, meingott ist mir das peinlich, denkt sie, und sie hofft inbrünstig, daß er endlich aufhören möge mit seiner Predigt, während Maria, immer noch an die Säule gelehnt, sich fühlt wie bei ihrer Konfirmation, von leichter Übelkeit befallen und vor Schwäche der Ohnmacht nah, während meiner Tochter sich eines ihrer letzten Geburtstagsessen ins Gedächtnis drängt, zu dem sie auch mich, der gerade in Deutschland weilte, eingeladen hatte, damals, als ich mir ein nasses Getuschel ins Ohr meiner Tischnachbarin erlaubte, Sie sehn unglaublich jung aus, gnädiges Fräulein, wie dreißig, gibt es etwas, womit ich Sie glücklich machen darf, ich verstehe mich darauf, junge Damen glücklich zu machen, und irgendwann nach dem Dessert und dem Cognac schickte ich mehrere SCHÄTZCHEN hinterher, worauf die Freundin ihrer Nachbarin zuflüsterte, der alte Bock, wie widerlich, was meine Tochter hörte und mir, indem sie mich wie ein renitentes Kind an der Hand in die Küche zerrte, eine Szene machte, man muß sich ja schämen für dich. Während dieses Ereignis meiner Tochter ins Gedächtnis stößt, sieht sie sich um und blickt in ergeben trauernde Mienen, es hat etwas von einer Tierherde, denkt sie. Währenddessen ist vom Herrn die Rede, unserer Zuflucht für und für, ehe denn die Berge wurden und die Erde und die Welt geschaffen wurden, da kommen meinem alten Buchhalter die Bilder einer arktischen Landschaft in den Sinn, im Schnee eine blutige Spur zerfleischter Schlittenhunde und die Geschichte, die ich während meiner Jahre als Chef gerne zum besten gab, und womit ich die Prinzipien meiner Hierarchiepolitik rechtfertigte, wie nämlich der Polarforscher Robert Scott dachte, es wäre besonders schlau, nur die stärksten Hunde vor den Schlitten zu spannen, was aber, merken Sie sich das, meine Herren, zur Folge hatte, daß die Hunde, statt gemeinsam zu ziehen, sich gegenseitig zu Tode bissen. Ein Seufzer, und mein alter Buchhalter sinkt in sich zusammen, die Schultern bis zu den Ohren, ein zartes Schnarchen von sich gebend, die arktische Landschaft ist mit feinen Glassplittern bedeckt, es ist ein Meer zersplitterter Glühbirnen, wie glitzernder Schnee, mit blutigen Pfoten jagen die Schlittenhunde darüber hinweg, oder sind es Männer mit Hundegesichtern? Herr, lehre uns bedenken, daß wir sterben müssen, auf daß wir klug werden, ist die Stimme des Pfarrers zu vernehmen, und meine Tochter buchstabiert das Wort FAMILIE von hinten, EILIMAF, und wird von Kichern gepackt, wie damals während der Hochzeit ihrer Tante, als sie vor Lachen in die Hose machte, und sie sagt vor sich hin:

EI ne LI ebe MAF ia.

Ihr Ehemann, mein Schwiegersohn, stößt sie in die Seite, um ihr seine Empörung kundzutun, und drückt ihr sein Taschentuch in die Hand, in das sie jetzt hineinkichert, ihr ganzer Körper ist erschüttert, und die hinter ihr Sitzenden denken, es käme vom Weinen, Roberta tut, als merke sie es nicht, wenigstens jetzt will ich meine Ruhe, wenigstens jetzt, und sie hält so still, daß sie das Auf und Ab ihres Herzschlages spürt, und, sich dem Takt überlassend, merkt sie, wie ihr Oberkörper sich hin und her wiegt, der Geschmack gebratener Leber kommt ihr auf die Zunge, scharf gebratener frischer Leber, krosser Kruste, salzig verbrannt schmeckenden Saftes, und ein Bild entsteht, sie als junges Mädchen an einem Sonntag im Mai mit ihren Eltern bei einem Picknick, sie wischt mit einem Brotkanten die Reste der nach gebratener Leber schmeckenden Sauce aus einem zerbeulten Aluminiumteller, der Vater, wohlig satt ausgestreckt, den Kopf im Schoß der Mutter, die sein Haar streichelt. Sie blicken alle drei zum Himmel, wo ein Ballon schwebt, und Roberta denkt, so in der Luft pendelnd, so gewiß und so leicht wird es werden, die Sache mit dem Leben, aber was ist daraus geworden, denkt sie jetzt, nichts als Widerstand, Überwindung, nichts als Kampf, nie den Kopf im Schoß, denkt sie, unsere Reise in den Süden vergessend, wo auch ich in einer Sommerwiese den Kopf auf ihren Bauch legte und auch sie mein Haar streichelte. Nichts als dröhnender Kampf, denkt sie, der auch mit der Scheidung nicht zu Ende war für mich, aber jetzt, jetzt werde ich der Zeit den Kopf in den Schoß legen, denkt sie und vernimmt die Worte des Pfarrers, der soeben ein Loblied auf meine sozialen Aktivitäten anhebt, auf die Spenden, mit denen ich Bedürftige unterstützt habe, er war immer da, wenn man ihn gerufen hat, so spricht der Pfarrer, hoffend, daß auch seine Gemeinde jetzt nicht leer ausgehen werde. Die Beine übereinanderschlagend richtet meine Frau sich auf, schluckt plötzliche Tränen hinunter, die ihr wie Pingpong-Bällchen im Hals hochspringen, nur um im nächsten Moment, als der Pfarrer verstummt und der zweite Satz des Geistertrios ertönt, in Schluchzen auszubrechen und die Hände vors Gesicht zu schlagen. Da ergreift meinen Sohn eine Art weihnachtliche Feierlichkeit, und er denkt an den Abend, als das Telefon klingelte und seine Schwester diesen Satz sagte, den er bis jetzt für einen Irrtum hielt, unser Vater ist tot, oder für einen Scherz, noch beim Blick in den Sarg, in diese erschreckend verzerrte Maske, die ihm merkwürdig bekannt vorkam, die aber nicht das Gesicht seines Vaters war, denn dieses Gesicht war immer in Bewegung, es ging eine Spannung von ihm aus, die so etwas wie elektrischen Strom erzeugte. Aber angesichts dieser Maske kamen ihm von neuem die Zweifel. Jetzt steigt ihm die Röte in die Wangen, eine unglaubliche Leichtigkeit, etwas lange Erwartetes, er sieht sich auf einem Felsen am Meer ausgestreckt in der Sonne, die Arme weit ausgebreitet, er hat eine wahnsinnige Lust, so auf einem heißen Stein zu liegen und zu schreien, die Vorstellung, laut in die Luft hinein zu schreien, erregt ihn so, daß er es nicht mehr hier auf diesem Platz aushält, eingeklemmt zwischen seiner Mutter und seiner Tochter. Er erhebt sich unauffällig und eilt unter den ihm folgenden Blicken der ganzen Trauergemeinde auf Zehenspitzen nach draußen, er hält auch diese melancholischen Melodiefäden nicht mehr aus, morgen werde ich irgendwohin fliegen, vielleicht nach New York oder an einen sonnigen Strand, denkt er, nein, heute, heute nacht noch, das Lachen seiner Mutter, die im Sand liegt und der er das Eimerchen Meerwasser überkippt, kommt ihm in den Sinn. Er atmet tief durch, raucht eine Zigarette, schüttelt sich, schlägt die Arme um die Schultern, wie um sich aufzuwärmen, und schleicht möglichst nah an der Wand entlang zurück, nimmt wieder Platz zwischen seiner Mutter und seiner Tochter, die ihn fragend ansehen. Wie ich diese Blicke hasse, denkt er, als der Pfarrer auch schon wieder das Wort ergreift, meine liebe Gemeinde, und auf den Musikfreund, der ich war, zu sprechen kommt, auch daß ich dem Kirchenchor mehrmals mit großzügigen Spenden Konzerte ermöglicht habe, vor allem eine Reise nach Israel, die er denkwürdig nennt und einen Beitrag zur Versöhnung. Währenddessen sieht mein Sohn sich durch den Central Park schlendern, und meine Enkelin lauscht den Worten des Pfarrers, die ihr wunderbar und tröstend erscheinen, weil sie bestätigen, was sie schon immer gewußt zu haben glaubt, nämlich, daß ich ein großartiger Mensch gewesen sei, aufrecht sitzt sie neben ihrem Vater und stellt sich einen klargesichtigen Greis vor, der sich ihr mit großväterlicher Stimme zuwendet, du alter Sack, du alter Sack, funkt die Papageienstimme ihrer Mutter dazwischen, und meine Enkelin lauscht den Worten des Pfarrers, der mein Leben zu einem Ornament aus bürgerlichen Tugenden hinlobt, aus kleinen Teilen zu regelhafter

Schönheit gefügt, wie der Marmorboden in der Sixtinischen Kapelle in Rom. Lebte ich, würde ich eine zynische Bemerkung darüber machen, vielleicht kämen mir sogar die Tränen, wie jetzt auch meiner Tochter, indessen sie mein Gesicht sieht, wie sie es eben, bevor der Sarg geschlossen wurde, noch einmal gesehen hatte, mein unkenntliches Gesicht, das also ist das Antlitz des Todes. Der Lilienduft aus den Kränzen schlägt ihr entgegen, sie hört die Marschmusik einer Reiterquadrille und streckt sich, um sich von der Erinnerung zu trennen, dabei reißt der Träger ihres Unterrocks, glatte Seide gleitet langsam über ihre linke Brust, während ihr Mann, mein Schwiegersohn, nach ihrer Hand greift, die sich ihm entzieht, dieser Liliengeruch, denkt sie und kratzt sich die Hände, ihre Füße eiskalt, dabei rollen Schweißtropfen auf der Innenseite ihrer Arme zu ihren Ellbogen. Sie hält ganz still, bald wird dies alles vorüber sein. Ich liege plötzlich in ihren Armen, einen Hut schräg auf dem Kopf, blicke sie an wie kleine Kinder ihre Mütter anblicken, das kann nicht wahr sein, ich spinne, denkt sie, aber es ist so. Ich liege mit der Schwere meines Körpers in ihren Armen und halte meinen Blick in ihre Augen gerichtet und rufe ihren Namen, es ist keine Einbildung, es ist wirklich, sie beugt ihren Kopf vor, ihre Wange an mein rauhes, unrasiertes Kinn führend, paß auf, sage ich, und meine Tochter denkt, GOTTSEIDANK, als ein dreijähriges Kind nach vorn läuft, sich bückt und nach einer Schleife greift, so daß die Mutter aufspringt und, vor dem Kind niederkniend, vorsichtig auf es einredend, versucht, der energisch geschlossenen Hand die Schleife zu entwinden. Da bin ich von meiner Tochter verschwunden, aber das Nachgewicht meines Körpers beschwert noch ihren Arm, als Roberta meine Hand sieht, die mit dem blauen Siegelring auf dem Ringfinger und der hellblauen Manschette, die dicken Adern, die vereinzelte Behaarung und die mit dem Alter entstandenen Flecken, meine blasse Hand mit etwas zu langen Fingernägeln, und als sie denkt, es ist komisch, es ist etwas geblieben, über all die Jahre ist es nicht ganz verlorengegangen, etwas Einmaliges und trotz allem Zartes. Sie putzt sich die Nase, als mein Sohn denkt, endlich ist mein Platz frei auf dieser Welt, dies blitzt ihm durch den Kopf und ist auch mit dem scharrenden Sicherheben der Trauergemeinde und dem Anstimmen des Vaterunsers schon wieder verschwunden, so daß er sich fragt, woran habe ich gerade gedacht, irgendwas ist mir doch eingefallen, was ich mir merken wollte, es muß etwas Glückliches sein, während von neuem die marche funèbre ertönt und die Trauergemeinde sich erhebt, um nach draußen zu ziehen, während ein paar Männer die Kränze und Blumen auf das Gestell mit dem Sarg packen, das nun aus der Kapelle rollt, gefolgt von Roberta, unseren Kindern, meiner Enkelin und meinem Schwiegersohn. Draußen formiert sich der Trauerzug zum Grab, wo bereits meine Eltern unter einem von Schüssen aus dem letzten Weltkrieg ramponierten schwarzen Stein ruhen, auf dem allein der Name meines Vaters zu lesen ist, darüber das Wort Familie, so daß alle unter diesem Namen liegenden Toten als namenlose Angehörige meines Vaters erscheinen, ein Umstand, den mein Sohn unmöglich findet, was für ein martialisches Monstrum, flüstert er, und er beschließt, einen neuen Grabstein in Auftrag zu geben. Die Idee beflügelt ihn, er denkt an einen eleganten, modernen, leicht wirkenden Stein, wofür er einen Entwurf von einem befreundeten Architekten machen lassen könnte, das tuschelt er seiner Mutter jetzt zu und schiebt dabei seinen Arm unter ihren Arm. Es sieht innig aus, wie die beiden so meinem Sarg folgen. Wäre es nicht preiswerter, den alten Stein abzuschleifen und neu zu beschriften, flüstert Roberta, aber mein Sohn hat sich den neuen Grabstein in den Kopf gesetzt und sagt dies auch, ich werde das in die Hand nehmen, verkündet er und denkt dabei, es ist wie eine Amtshandlung, ich fange an, mich durchzusetzen. Nachdem mein Sarg in die Grube gesenkt worden ist, noch vor dem Defilee der Trauergäste, flüstert meine Tochter ihrer Mutter ich-lasse-mich-scheiden ins Ohr. Doch nicht jetzt, antwortete Roberta und unterdrückt ein Lachen, währenddessen liege ich mit dem Bündel Briefe auf der Brust in meinem blau ausgeschlagenen Sarg, der nach einer Schinkelschen Zeichnung gezimmert und in mattem Grau gestrichen ist, so wie ich es verfügt habe, und Roberta hört die Stimme der Generalin, wie sie meine Mutter nannte, sie war eigentlich immer gut zu mir, denkt Roberta jetzt, obwohl sie so eine herrschsüchtige Person war, hat sie doch immer zu mir gehalten. Sie ahnt ja nicht, wie froh meine

Mutter war, mich endlich losgeworden zu sein und endlich alle Befürchtungen widerlegt zu finden, nämlich, daß ich geistesgestört und ein für die Gesellschaft nicht akzeptables Exemplar sei, meine Mutter war ihrer Schwiegertochter aus tiefster Seele dankbar, daß sie diese Schande von der Familie und von ihr selbst abwendete. Für meine Mutter war Roberta ein Engel, und soweit ihr Wesen dies zuließ, verwöhnte sie sie, steckte ihr Geld zu, sprach Belobigungen aus, schenkte ihr zu runden Geburtstagen Schmuckstücke aus dem Familienbestand und rechnete bis zu ihrem Tod damit, daß irgendwann doch noch ans Tageslicht käme, was sie insgeheim für die Wahrheit hielt. Denn sie hatte nie aufgehört, das von einem fernen Weltgericht ausgehende Urteil über mich, den Irren, das unwerte Leben, zu erwarten. Diese meine sich für mich schuldig wähnende Mutter erhebt, da Roberta vor meinem mit grünem Kunstrasen ausgeschlagenen Grab steht, bellend ihre Stimme und kommandiert, los, mach schon, zeig es ihnen, sie tragen alle den Virus der Nutzlosigkeit in sich, sag ihnen die Wahrheit, sie sind Schlappschwänze, Faulenzer, Weltverderber, elende Verrückte, Hirngeschädigte, du und ich, wir wissen, wovon wir reden! Aber Roberta wendet sich ab von der Generalin, die sie wie eine Lemure anhaucht, dieses Ekel, ich habe nichts mit dir gemein, denkt sie und drückt den Trauergästen die Hand. Später, während des Leichenschmauses taucht die Generalin noch einmal auf, ihr zerlapptes Kinngehäut über Robertas Stirn hängend, so daß diese der Ekel befällt, weil sie sich an die Ähnlichkeit meiner Mutter mit mir selbst erinnert. Daß ich ausgerechnet in diese Familie heiraten mußte, denkt sie und betrachtet erleichtert ihre Enkelin, deren hohe Stirn weder mit dem Profil der Generalin noch mit dem meinen eine Ähnlichkeit hat. Und sie wendet sich ihrem Sohn zu, der ihr, während er ein Stück Buttercremetorte mit der Gabel zerdrückt, erklärt, warum er einen neuen Grabstein so wichtig findet. Roberta denkt, des Menschen Wille ist sein Himmelreich, warum eigentlich nicht, und sie sagt, was geht mich das an, mein Junge, schließlich sind wir geschieden, und um ihn zu ermutigen, fährt sie fort, du mußt tun, was du für richtig hältst, und freut sich an seinem Anblick, der dem ihren ähnlich ist, er ist mir wie aus dem Gesicht geschnitten, denkt sie. Mein Sohn nimmt den nervösen Duft seiner Mutter wahr, der die Welt in eine aufregende Arena verwandelt, voller blitzender Augen und gefährlichem Gelächter, eine Welt, in der jederzeit eine Katastrophe ausbrechen kann, die jederzeit untergehen oder explodieren kann, jederzeit kann der Himmel in Zorn aufleuchten und etwas Neues, Schönes, Funkelndes hervorbringen. Meine Tochter indes, vom dritten Glas Wein bereits in Fahrt, drückt sich an meine Sekretärin heran und fragt, wie war er eigentlich, unser Vater, ich hab ihn ja gar nicht gekannt, erzählen Sie mal. Meine Sekretärin lächelt sybillinisch und legt meiner Tochter die Hand auf den Arm, Ihr Herr Vater war ein wunderbarer Mensch, aber nicht leicht zu haben, wenn Sie verstehen, was ich meine. Sie singt ein Loblied auf meine preußische Art, nur manchmal, wissen Sie, sagt sie, habe ich ihn nicht verstanden, warum er zum Beispiel Ihre Frau Mutter, das verstehe ich bis heute nicht, wie er sie behandelt hat, und dann diese Frauen, naja, ich hab nichts dazu gesagt, sagt meine Sekretärin, die ich mit einer Gehaltserhöhung davon abhielt, in eine andere Stadt zu ziehen und dort zu heiraten. Meine Sekretärin wußte nicht, was sie verpaßt hat im Leben, so wie ich nicht wußte, daß ich nie das Glück erfahren habe. In diesem Unwissen waren wir einander verbunden, meine Sekretärin und ich, es hat eine tiefere Einigkeit hergestellt, als man ahnt. Mein Sohn hat sich jetzt erhoben und mit dem Messer gegen sein Glas geschlagen, ein helles Klirren bringt die Leichenschmausgesellschaft allmählich zum Schweigen. In seiner Rede werde ich zu einem vorbildlichen Vater, zu einem Menschen, der seinen Grundsätzen treu geblieben ist, gerecht, aber hart, diese Prinzipien eines alten Preußen, und er preist mich über alle Maßen, nennt mich den besten Vater der Welt, gibt Anekdoten zum besten, insgeheim jubelnd singt er sein Loblied, während Roberta denkt, er übertreibt. Am Ende läßt er Champagner servieren und lädt die Trauergesellschaft ein, ein letztes Mal das Glas auf mich zu erheben. Roberta friert, und sie stellt sich vor, wie ich in dem blau ausgeschlagenen Sarg ruhe, das Bündel Briefe auf der Brust, es sind die Liebesbriefe an den Tod, die sie mir vor Jahren im Keller unseres Hauses geschrieben hat.

Klett-Cotta

Printed in Germany
Schutzumschlag: Groothuis + Malsy
unter Verwendung des Fotos »Lykabettos« von Herbert List

Gesetzt aus der Baskerville von Ebner Ulm
Gedruckt auf holz- und säurefreiem Papier
und gebunden von Ebner Ulm
Zweite Auflage 1997

Die Deutsche Bibliothek – CIP-Einheitsaufnahme

Kolb, Ulrike:
Roman ohne Held / Ulrike Kolb. –
Stuttgart : Klett-Cotta, 1996
ISBN 3-608-93405-7

Brigitte Kronauer
bei Klett-Cotta

»Brigitte Kronauer hat uns dorthin heimgeleuchtet, wo Kunst zu Hause ist, in der Genauigkeit nämlich und in der Emphase.«
Die Zeit

Eine Auswahl

Das Taschentuch

Roman. 268 Seiten, gebunden, ISBN 3-608-93220-8

»Die Galerie kunstvoll-lebensnaher erzählter Porträts aus der bürgerlich-mittelständischen westdeutschen Gesellschaft jedenfalls, die diese Schriftstellerin sich und ihren Lesern einrichtet, ist um ein packendes Beispiel reicher.«
Heinrich Vormweg / Süddeutsche Zeitung

Die Frau in den Kissen

Roman. 431 Seiten, Leinen, ISBN 3-608-95669-7

Der Roman eines Großstadt-Tages. Er beginnt mit einem Mosaik, mit einer Flucht durch die unzähligen Momente des Alltags. Eine Liebesgeschichte folgt; dann ein Gang durch die Tiergehege in ihrer Pracht. Wie eine Reise durch die Nacht schließlich die Begegnung zweier Frauen; sie mündet in einen Monolog der Erzählerin über den Dächern der Stadt.

Hin- und herbrausende Züge

Erzählungen. 134 Seiten, Pappband, ISBN 3-608-93286-0

»In ihrer Präzision und Differenziertheit, nicht zuletzt in dem Wortreichtum, der ihnen zur Entfaltung verhilft, sind diese Zustandsbeschreibungen Kunstwerke von hohem Rang.«
Der Tagesspiegel

Klett-Cotta

Brigitte Burmeister
bei Klett-Cotta

Brigitte Burmeister wurde 1940 in Posen geboren. Studium der Romanistik in Leipzig. Dr. phil. Ab 1967 an der Akademie der Wissenschaften in Berlin. Seit 1983 freie Schriftstellerin.

Unter dem Namen Norma

Roman. 286 Seiten, gebunden, ISBN 3-608-93216-X

»Ein gültiger Roman über die derzeitige Psychogeographie gelernter DDR-Bürger... Diese anschauliche, gleichzeitig aber distanzierte Liebe zum Detail birgt deutsch-deutschen Lebensstoff auf eine Art, wie man sie klüger und spannender bisher nicht gelesen hat...«
Wochenpost

Herbstfeste

Erzählungen. 159 Seiten, gebunden, ISBN 3-608-93307-7

Acht Erzählungen legt Brigitte Burmeister nach ihrem vielgerühmten Roman *Unter dem Namen Norma* vor. Die Lebensspuren eines alten Schwesternpaars aus Ostberlin und ihre Verwerfungen durch die deutsche Geschichte; die Parabel von einem Instituts-Kollektiv, dessen planmäßiger Optimismus umschlägt in pure Realitätsblindheit; die banale und zugleich alptraumhafte Situation eines Grenzübertritts im Bahnhof Friedrichstraße – selten wird die Notwendigkeit präziser Erinnerung so sinnlich einleuchtend wie in diesen Prosastücken. Außenseiter stehen oft im Mittelpunkt dieser Texte: eine Mitschülerin aus Polen, ein belächelter Veteran der scheiternden Ökologie-Bewegung; doch auch eine farben- und geschichtstrunkene Reiseskizze ist aufgenommen: Neapel leuchtet auf in »Sanazzaro«.